二十一時の渋谷で　キネマトグラフィカ

古内一絵

新元号が発表された2019年4月、老舗映画会社・銀都活劇の宣伝チームで働く砂原江見は岐路に立たされていた。長く務めた勤務先が、大手IT企業傘下の映像配信会社に買収されることが決まったのだ。すべての企画が止まった社内には弛緩した雰囲気が漂い、不穏な噂が飛び交っている。DVDの宣伝を手がける江見の部署も、一癖ある部下たちも、この先どうなるかわからない。では社名が消えるまでに、自分はどんな“仕事”がしたいのか――働き方は十人十色。時代や元号がどんなに変わろうとも、自分の働き方を決めるのは自分だけ。すべての働く大人たちにエールをおくる傑作小説！

二十一時の渋谷で　キネマトグラフィカ

古内一絵

創元文芸文庫

IN SHIBUYA AT 9PM KINEMATOGRAPHICA

by

Kazue Furuuchi

2021

目次

二十一時の渋谷で　キネマトグラフィカ

開幕　バック・トゥ・ザ・ナインティーズ

新橋(しんばし)駅前広場の大型ビジョンの前に、大変な人だかりができている。

午前中の取引先への訪問を終え、新橋に戻ってきた砂原江見(さはらえみ)は、何事かと足をとめた。

「もうすぐだよ」

「平成のお次は一体なにかね」

自分と同じく勤務中と思われるサラリーマン二人組の、いささか興奮したやり取りが耳に入る。

ああ、そうか。

腕時計を確認すれば、もうすぐ十一時半。そろそろ、発表の時刻なのだ。

大勢の頭越しに、江見も大型ビジョンを見上げた。

それにしても、なぜわざわざエイプリルフールの四月一日に新元号を発表するのだろう。

新しい元号は「冗談」なのではないかという揶揄が、ＳＮＳ上でも盛んに飛び交っていた。

ふと気づくと、人だかりの後ろでは、機材を抱えたテレビクルーたちがマイクの用意をし始めている。新元号発表直後の反響を撮ろうという算段らしい。新橋の駅前広場は、社会人男性の世相コメントを押さえる鉄板の場所になっている。

若者なら渋谷か原宿、女性なら銀座か表参道、男性なら新橋か虎ノ門というのが、コメント取りをするテレビクルーたちの共通認識であるようだ。

「ちょっといいですか、テレビ中央ですが……」

大手テレビ局の腕章を巻いた男から声をかけられたとき、江見は正直虚を衝かれた。男性コメント狙いの彼らが、四十代半ばの中年女である自分に声をかけてくるとは思わなかったのだ。

「すみません、仕事中なので」

江見は軽く頭を下げて、その場を立ち去ろうとした。

背後で微かな舌打ちが響く。

思わず振り返れば、カメラを担いだ男たちは、次のターゲットを探しに既に人込みの中に紛れ込んでいた。限られた時間内にコメントを押さえなければならない彼らも、相当焦っているのだろう。しかし、コメント協力を断ったからといって、舌打ちをされるのは心外だ。

あんな態度をとっていたら、そのうち大手テレビ局の公式ＳＮＳに抗議が入るかもしれない。

もっとも、重たいカメラを担いで一般人のコメントを集めて回っている彼らは、局の社員ではない。そのほとんどが、下請け制作プロダクション所属の、下手をすれば臨時の日雇いスタッフだ。そうした内幕なら、身を以て知っている。

新卒入社に失敗した江見は、数年間、テレビ番組の制作プロダクションでアルバイトをしていたことがある。たいして思い出したくもない経験だ。

大学三年生の終わりに、阪神・淡路大震災と、オウム真理教による地下鉄サリン事件が起きた。戦後最悪の年と称されたこの時期に、江見は本格的な就職活動に入らなければならなかったのだ。先輩の中には内定を取り消される人まで現れ、バブルがはじけて以降低迷し続けていた景気の波は、ついにとどめを刺される形になった。

ロストジェネレーション——。

江見が社会に出た九〇年代から二〇〇〇年代の初期は、たびたびそう銘打たれる。所謂、〝失われた世代〟というやつだ。

就活時代に味わった屈辱と絶望は意外に根深く、今でもふとしたときに胸を暗くすることがある。初めて社会に出るにあたり、歓迎された世代と、されなかった世代の差異は大きい。

〝平成複合不況〟の重圧を背負い、くる日もくる日も面接に落ち続けるうちに、若い自信は粉々に打ち砕かれ、心底己が無価値に思えた。ましてや江見は、もともと就職に不利と言われる文学部の出身だ。専攻を尋ねられて「アイルランド文学」と答えるたび、ＯＢも面接官も、「なんだそれは」といった表情を浮かべた。

アイルランド文学専攻の四大卒女子など、どこにも需要がない。

そんなふうに思い詰めていた矢先、二次面接で不採用になったテレビ番組の制作プロダクションから連絡が入った。

〝お前、確か英語が喋れるんだよな〟

ＯＢ訪問で知り合った先輩からの、アルバイトでよければ仕事があるという誘いに、江見は一も二もなく飛びついた。条件も待遇も問わなかった。受け入れてさえもらえれば、充分だと思っていた。それくらい、焦っていた。

二十数年前の心持ちが甦り、江見は薄く苦笑する。

定員に達したほとんどの船が出港してしまった孤島に置き去りにされ、なす術もなく広大な海原を前にしていれば、たとえどんな泥船であっても乗り込みたくなるものだ。

実際には、あのプロダクションで英語が必要になったことなんて、数えるほどしかなかったけれど。

下請け制作プロダクションの労働環境は、想像以上に酷かった。深夜残業は当たり前。セクハラも日常茶飯事で、男性だらけの撮影現場では、あいさつのように猥雑な言葉をかけられた。あっという間に身も心も摩耗して、却ってなにも感じなくなった。よく数年も耐えたものだ。

ただ、あのときに泥船に乗り込んだおかげで、今の職場にたどり着いたと考えると、少し不思議な気分になる。

しかし、その職場が順風満帆かと問われれば、それはまた別の話だ。

背後で大きな歓声があがり、江見は我に返った。新元号が発表されたらしい。振り向くと、大型ビジョンに新元号を披露している官房長官の姿があった。

令和

官房長官が掲げている額縁の中の文字を見て、江見の脳裏に真っ先に浮かんだのは、「命令」という言葉だった。

スマートフォンを取り出し、辞書アプリを開く。「令」を引くと、やはり一番初めに出てきたのは、「命令。いいつけ」という解説だった。その下に、「法規。さだめ」が続き、例として「戒厳令」という文字が並んでいるのを眼にし、江見はアプリを閉じた。

大型ビジョン前からは、まだ歓声が響いてくる。

和して命令を聞くという情景が広がり、少し背筋が寒くなった。

元号なんて、どうでもいい。

不穏な思いを払うように、江見はスプリングコートの襟を掻き合わせる。

平成という元号が発表されたときはまだ高校生だったけれど、改元よりも、自粛ムードで深夜ラジオがクラシック放送ばかりになったことをよく覚えている。

あのときも、臍曲がりな自分は、平成という元号に好意的な印象は抱かなかったはずだ。

駅前広場を足早に出て、江見は土橋の交差点方面へ向かった。この辺りから、地名は銀座に変わる。

限りなく新橋に近い、銀座の外れ。戦後は周辺に闇市が広がっていたという雑多な界隈に、江見が勤める老舗映画会社、銀都活劇——通称銀活——の自社ビルがある。

エントランスホールに立つ顔馴染みの老守衛にあいさつし、江見はエレベーターのボタンを押した。三台あるエレベーターは、なぜかいつも同調して動いている。用もないときには立て続けにやってきて、急いでいるときにはいつまでたってもやってこない。

玄関にもっと近代的なセキュリティーを導入するとか、エレベーターを最新型にするとかいう話は会議で何度も出ていたが、結局、どれも実現しないまま終わりを迎えることになりそうだ。

現在、銀都活劇の自社ビルは、売却が決まっている。

〝銀活さん、なんだか、大変そうだねぇ……〟

午前中に訪ねた取引先からかけられた声が、耳の奥に響いた。

確かにね——。

エレベーターを待ちながら、江見は腕を組む。冷静に考えれば、改元どころではない現状が迫っている。

制作プロダクションでの過酷な労働と、早すぎた結婚の挫折。公私ともにぼろぼろになっていた九〇年代末に、江見はふとしたきっかけで、銀都活劇に転職した。

以来、二十年近く勤めてきた銀活が、年内に大手ＩＴ企業資本の映像配信会社、マーベラ

ＳＴＶの傘下に入ることが決まったのだ。

まだ詳細はなに一つ知らされていないが、銀都活劇という社名も、恐らく消滅することになるらしい。戦後の日本映画黄金期を牽引（けんいん）した〝五社〟と称される映画会社の一つだった銀活が、ついに長い歴史に幕を下ろすことになった。

とはいえ、銀都活劇が日本の主要な映画会社として隆盛を誇った黄金時代を、江見は知らない。銀活が名作映画を連発し続けたのは、六〇年代の前半までだ。娯楽の多様化で観客動員数が右肩下がりになると、銀活は映画会社のインフラでもある興行網――系列劇場――のすべてを手放してしまっていた。それ以降、縮小と別業界からの資本導入と機構改革を散々に繰り返し、これまでなんとか持ちこたえてきたのが実情と言えるかもしれない。

江見が入社した当時の銀活には、それとはまた少し異なる、異様な熱気が満ちあふれていたのだが――。あれもまた、時代だったのだろう。

ふと、江見の心に微かな郷愁が湧く。

あのとき経験した強烈なムーブメントは次第に色褪（いろあ）せ、二十代だった自分は四十代半ばになり、それなりに経験だけは増えた。

たとえば離婚。たとえば降格。たとえば所属会社の身売り――。

どれもこれもろくでもない経験ばかりではないかと、江見は我ながら苦笑する。

人生の航路はどうあっても厳しい。

半ば他人事（ひとごと）のように開き直って視線をめぐらすと、エントランスホールに貼られたポスターが眼に入った。映画会社の玄関口には、最新のラインナップが飾られているのが通常だが、そこにあるのは、既にロードショーが終わっている邦画のポスターだった。

資本交代を前に、制作も、映画宣伝も、事実上業務がストップしているせいだ。

営業譲渡の形をとるため、今後の業務に変更はないと総務は繰り返しているが、それもまた、怪しいものだった。

社長の退陣はもちろん、役員の一新や、拠点が都心から郊外の多摩市に移されるなどという油断のならない噂も漏れ聞こえてくる。業務の変更や、人員の削減がまったくないとは考えにくい。今、労働組合に騒がれると面倒だというのが、身売りを決めた経営陣の本音に違いない。

ようやくやってきたエレベーターに乗り込み、江見は一つ息をついた。六階のボタンを押し、壁にもたれる。

最近、社内の雰囲気は最悪だ。

組織改編が多くなってから、人の顔色を窺うのがうまい社員が上へいく傾向はままあったが、それが迷走の色を呈してきている。

誰それについていけばどこそこのポストにつける、今誰それの言うことを聞くのはまずい、誰それは誰それに通じている、云々……。

どこまで確かなのか判然としない噂話が水面下で飛び交い、仕事をそっちのけに、情報収集と根回しに奔走している社員も少なくない。

和して命令を聞く、か。

新元号の第一印象が甦り、江見は軽く身震いした。

こうした状況を憂えたところで仕方がない。とりあえず、今は眼の前の仕事をするだけだ。

六階でエレベーターを降り、江見はフロアに足を踏み入れた。

大きなフロアには、二つのグループが同居している。

興行——すなわち、映画の配給を担当する映画事業グループと、パッケージ——すなわち、DVDやブルーレイ等の制作販売を担当するビデオグラム事業グループだ。

各グループはそれぞれのグループ長——通称G長——の下、営業チームと宣伝チームに分かれ、四つの島を形成している。G長の上には担当役員がいるが、役員は最上階の役員室にいることが多く、会議以外は、あまり現場のフロアには下りてこない。

中央の一番大きな島は、大勢の宣伝部員たちを抱える映画宣伝チームだ。

入社以来、ずっと宣伝畑だった江見は、十年近く映画宣伝のチーム長を務めてきたが、数年前、ビデオグラム事業グループに宣伝チームが新設された際に、異動になった。

フロア内で一番小さな島、DVD宣伝チームが、現在の江見の職場だ。

「砂原チーム長、見ましたか。令和ですよ、令和！」

スプリングコートをコート掛けにかけていると、同チームの若林令奈が感極まった表情でやってきた。

フロアにいるほとんどの社員が、テレビの前に集まっている。このときばかりは、誰もが社内の状況より、新元号の発表に気を取られている様子だった。

「私の名前の〝令〟の字が入ってるなんて、もう、大感激です。しかも、出典は万葉集なんですって。すてきですよねぇ」

「ああ、令ちゃんの令か」

「はいっ」

令奈が頰を紅潮させて頷く。

「私、平成が始まったときはまだ二歳でしたから、全然記憶がないんです。今回、新元号の発表をリアルタイムで見られて、感動しちゃいました」

テレビから聞こえてくる中継でも、新しい元号はおおむね好意的に受けとめられているらしかった。

「なんか、いい時代になりそうですよね。令和」

「そうだね」

真っ先に「命令」という言葉を思い浮かべた自身の意見を、江見はひとまず胸にしまっておく。事実、令奈の名前を見て、そんなことを考えたことは一度もなかった。

ひょっとすると自分が抱いた不穏な印象は、生産性で人を判断したり、なにかと全体主義をちらつかせたりする現政権への不信感から発したものだったのかもしれない。

バツイチで独身。子どもも産んでいない四十代半ばの働く女である江見は、現政権からすれば、最も身勝手で生産性のない、無用の長物のようなものだろう。いわんや福祉とも公共事業とも関係ない、軟派な娯楽産業勤めとくれば、彼らにとっての有用性のなさはお墨つきだ。

「ふんっ」

堆く積まれたファイルの陰で、誰かが鼻を鳴らした。

「いい時代になんかなるわけないじゃん。勤めてる会社が、売却されるっていうのにさ……」

嘆息交じりの暗い声が響く。

「よく平気で浮かれてられるよな。ある意味、感心するよ」

烏天狗を思わせる黒マスクで顔の半分以上を覆った前村譲が、パソコンの前でぶつぶつと呟いていた。

「ちょっと前村さん、せっかくいい気分なのに水差さないでくださいよ。売却じゃなくて営業譲渡だから、業務変更もないし、リストラもないって、総務は言ってるじゃないですか」

「そんなこと、本気で信じてんの？」

不服そうに告げた令奈に、譲はマスクが歪むほど顔をしかめる。

「じゃあ、どうしろっていうんですか」

「どうにもできないね。俺たちは今、まな板の鯉だから。でも、新元号なんかで浮かれてる場合じゃないのだけは確かだ」

令奈と譲は入社時期は違うが、同い年のはずだ。

おっとりした楽天家の令奈と、なんでも悲観的に受け取る皮肉屋の譲の個性はまるで異なる。

「元号で浮かれるのには、僕も反対ですね」

DVD宣伝チームの小さな島に、もう一人の男性社員がテレビの前から戻ってきた。

「浮かれまくって、その場のノリで子どもに名前つけちゃったのが僕の親だから。やれやれ、やっと終わってくれたよ、平成」

美濃部成平(みのべなりひら)は、その名前から想像がつく通り、平成元年の生まれだ。成平が席に着くと、DVD宣伝チームの島が埋まる。

令奈、譲、成平。この三人が、フロアで一番小さなチームのメンバーだ。江見以外は、全員三十代の社員だった。

「私は、新元号に自分の名前が入ってて嬉しいけど」

令奈が相変わらず浮かれた声を出せば、

「そりゃ一文字だからでしょう」

と、成平が唇をとがらせる。

「それに、平成の改元は一月七日ですからね。つまり、僕の同学年の平成生まれは早生まれなわけですよ。クラスのほとんどが昭和生まれで、平成生まれは圧倒的な少数派だったんです。そこへもってきて、成平なんて逃げ場のない名前だから。小中高と、どんだけ僕が、ヘーセーヘーセーって、昭和生まれからいじめられてきたか……。未だに社内でも『ヘーセー君』呼ばわりだし」

「ああ、それ！」

成平のぼやきは完全に無視して、令奈がつぶらな瞳をますます丸くした。

「そう言われれば、私の友達が今月の下旬が出産予定日で、ものすごく悩んでた。四月生まれだけが、クラスで平成生まれになっちゃうって。そうすると、今度はその子がへーセーへーセーって、令和生まれからいじめられることになるよね」

改元によってそんな懊悩が生まれることがあるのかと、江見はあきれる。今の江見からすれば、真にどうでもいいことに思われるが、子どもたちにとっては大問題なのだろう。

取り繕う術を持たない子ども時代の小さな差異は、ときに大きな隔絶に発展する。

「だから、元号なんかやめて、西暦で統一すればいいんだよ。こんな面倒くせえことやってんの、どうせ日本だけなんだし」

譲がパソコンのモニターをにらみながら吐き捨てた。

「えー、だからこそ、すてきなんじゃないですかぁ」

黙っているといつまでも続きそうな後輩たちの言い合いに、江見は掌を打った。

「とりあえず、仕事しようか」

「俺はずっとやってますけどね」

キーボードを打つ手を休めず、真っ黒なマスクの中で譲はもごもごと口を動かす。

「でも、まともに仕事してんのって、今やパッケージ部門だけっすよねぇ」

「まあ、そうだね……」

譲の皮肉めいた口調に、江見はつい、フロアの中央にある映画宣伝チームの大きな島を振り返ってしまう。

チーム長の野毛由紀子（のげゆきこ）をはじめ、いつも由紀子に腰巾着のようについてまわっている三木美子（みきよしこ）他、パブリシストたちの姿はない。公開作品が未定な現在、席にいる必要もないのだろう。

前から、一体感のないチームだったしな……。

映画宣伝チーム時代のぎすぎすした雰囲気を思い返すと、今でも胸焼けを起こしそうになる。

誰もいない島から眼をそらし、江見はパソコンを立ち上げた。

「会社がこんなことになれば、作品契約の連中が我先にと逃げ出すのは、当然っちゃ当然っすけどね」

譲がまだぼそぼそと呟いている。

その通りだと、江見も思う。次の作品の公開の目途（めど）が立たないとあれば、たとえ契約期間が残っていても、外部のパブリシストたちが律義に働く意義は薄い。

もともとあの島の中に、「作品のために」と純粋に考えているスタッフがいるとは、正直、考えづらかった。人の問題ではない。システムの問題だ。

江見が入社した当時、銀都活劇はほとんど新卒者を採（と）っていなかった。中途入社の江見に、同期と呼べる人はいない。それでも当時の銀活には、どの部署にも、一つの作品を力を合わせて成功させようとする勢いがあった。個性ややり方はバラバラでも、部署の垣根を越えて補い合っていこうとする気概が見えた。

それはきっと、作品が成功さえすれば、全員が前へ進めるという希望的な観測に、今よりずっと現実味があったからだろう。

事実、中途入社の江見は、一年後には正社員として迎え入れられた。契約社員ばかりが増え続ける現在ほど、正規雇用への道が険しくはなかった。正社員になれば、作品の成功と共に等級が上がり、給料もボーナスの額も増える。つまり頑張れば頑張った分だけ報われる土台が、今ほど崩れていなかったのだ。

加えて、映画界における瞬間風速的な追い風があり、あの頃の銀活は若々しかった。猛烈に忙しかったけれど、身も心もすり減るばかりだったテレビ番組の制作プロダクションとはまったく違う、熱気と充実感に満ちていた。

江見を銀活への転職に向かわせた一本の映画。

その映画を制作した女性プロデューサー、海外渉外を担当していた国際部の女性課長、地方（ローカル）営業（セールス）から実績を積んできたたたき上げの配給担当の先輩たちの姿が浮かぶ。

「平成元年組」

バブルの爛熟（らんじゅく）期に新卒入社し、採用人数の少ない映画会社では異例の六人の同期を持つ彼らの世代は、そう呼ばれていた。

あの人たちは、当時、今の令奈や譲や成平たちと同年代だったはずだ。

なんだか、信じられない――。

思わず、自分の島の後輩を見回してしまう。

向かいの譲は休まずにキーボードをたたいているが、譲の隣の成平はのんびりとコーヒーを飲んでいる。右隣のデスクの令奈に至っては、未だに興奮さめやらぬ様子で新元号関連のネット記事を読みふけっている。

あの頃の三十代と今の三十代では、働き方が明らかに違う。

それもまた、時代の変遷と無関係ではないだろう。新卒採用がほとんど行われなくなると社内の新陳代謝は滞り、入社から三年経っても五年経っても若手扱いを受けるし、後輩ができなければ、本人も新人意識が抜けづらくなる。

要するに、人ではなく、やっぱりシステムの問題だ。

十年前、創業者の息子だった二代目社長が逝去し、経営陣がメインバンクからの出向組に取って代わられると、「平成元年組」の先輩たちも、一人、二人と会社を去っていった。

新体制の下、各部署にはっきりとした縦割りの線が引かれ、江見は改めて宣伝事業に配属された。

入社以降、ずっと宣伝業務に携わり続けてきた江見は、今では誰よりも長く、銀活における映画宣伝の変遷を眼にしてきている。

創業者一族が去った後の新体制の縦割りを第一次徴候と考えるなら、今回の〝身売り〟は決して青天の霹靂ではないと、江見には思われた。

新体制以降、中途採用者の正規雇用もほとんどなくなった。特に映画宣伝の現場は、個別契約のパブリシストだらけになってしまった。公開作品の傾向によって、その都度、それを得意とするパブリシストを招聘して徹底的に合理化を図るというのが、メインバンクから出向してきた映画宣伝担当役員の方針だったからだ。

しかし実際には、作品の成功よりも、己の有用性のアピールに主軸を置いたパブリシストたちの序列確認がとまらず、毎回顔ぶれの違う宣伝の現場は一気に殺伐としていった。

当たり前だよな……。

メールソフトを開きながら、江見は軽い息を漏らす。

正社員、年間契約、作品契約と、立場も待遇も違うスタッフでは、現場が一枚岩にならないのは仕方がない。作品の興行が成功したところで、公開と同時に契約を切られるパブリシストたちには、ほとんどメリットがないのだ。ならば作品の成功よりも、自身の優秀さのアピールに努めたほうが、次の契約につながると考えるのは、むしろ妥当だ。

作品契約という不確かな立場に置かれるフリーランスのパブリシストは、圧倒的に女性が多い。プロフェッショナルとして請われるというより、使い捨ての駒として配置されていることを、彼女たち自身が身に沁みて感じていたのだろう。

作品契約から、年間契約へ。年間契約から、なんとかして正社員登用の狭い道に食い込もうとする彼女たちは、ときに、見えない場所で足の引っ張り合いをすることさえあった。

紙媒体、電波媒体、ウェブ媒体と振り分けられた担当の中で、彼女たちは口もきかず、視線も合わさず、ただ黙々と、己の仕事だけに取り組んでいるのだった。

たとえどれだけ宣伝記事(パブ)が出たとしても、そんなばらばらの宣伝が作品を成功に導くわけがない。

江見は何度も、外注ではなく、正規社員の採用を実施してくれと映画宣伝担当の役員にも総務にも人事にも談判した。宣伝チームの社員たちが、どんな作品でも対応できるようにスキルを上げさえすれば、すべては解決するはずだと。

ところが会社が重視したのは、あくまでも時短と合理化だった。恐ろしいことに、このとき話した上司たちは、現場の社員が力をつけることに、まったく期待していなかった。

〝チーム長である砂原君が、パブリシストたちをうまくまとめられれば済む話じゃないの〟

まだ銀行に籍を置いている役員は、苦々しい表情でそう言った。

〝できるでしょ。あなたプロなんだから〟

最後につけ加えられた他人行儀な一言を、江見は今でも鮮明に覚えている。

銀活にも映画にもなんの思い入れもない他業界からやってきた上司や役員たちは、あの頃からうまい形での身売り先を虎視眈々(こしたんたん)と探していたのかもしれない。結局のところ、二代目社長亡き後に敷かれた新体制は、残務処理の過程にすぎなかったのだろう。

まさしく、和して命令を聞け、といったところか。

未読メールをチェックしながら、江見は寒気(さむけ)を覚える。

チームをまとめきれなかった江見は、やがて映画宣伝のチーム長を外され、数年前に新設されたＤＶＤ宣伝チーム長となった。映画会社にとっての第一ウインドウである劇場映画の宣伝に比べ、ＤＶＤパッケージは二次使用と呼ばれ、予算もスタッフの人数も格段に少ない。実質的な降格だった。

代わって、副チーム長だった野毛由紀子が、映画宣伝のチーム長を務めている。

「とりあえず業務があるほうが、気は紛れるってものですけどね」

譲がちらりと江見のほうを見た。

「継続業務があるほうが、リストラ対象からは外れるかもしれないし」

譲にしては甘い意見だったが、江見は「そうかもね」と答えておいた。

リストラという言葉を耳にした途端、それまでうっとりと「令和」の余韻に浸っていた令奈が、ぴくりと頬を引きつらせたことに気づいたからだ。

これくらいの気休めを口にしても、罰は当たらないだろう。実際、社内のあちこちで空白状態が生まれている今、通常運転をしているのは、毎月リリースがあるビデオグラム事業グループくらいだった。

メールチェックを一段落させ、江見は改めて小さな島の面々を眺めた。

都落ちしてきた自分のもとに集められた三人のスタッフは、それぞれ出自が異なる。

前村譲はビデオグラム事業グループ営業チーム、ＤＶＤ制作班に所属する新卒入社組で、宣伝業務は兼任だ。

対して、宣伝専属スタッフとして、映画宣伝チームから自分についてきた若林令奈と美濃部成平は作品契約から年間契約に移行した契約社員だった。

年間契約社員は一つの部署で三年間契約を更新した後、正社員登用試験を受ける権利を与えられる。映画宣伝チーム時代、令奈にはその権利があったのだが、どれだけ勧めても、かたくなに登用試験を受けようとはしなかった。その理由は、今なら分からなくもない。

当時、令奈は、パブリシストたちのボス的存在だった三木美子になにかと標的にされていた。令奈をたたくことで、美子はほかのパブリシストたちを手懐けているようなところがあった。

それを阻止できなかったのは、チーム長である江見自身もまた、バッシングの対象になっていたからだ。

あのチーム長は、自分の保身のために外注をやめようとしている。

そう言って、美子はパブリシストたちを扇動していたらしい。上と下に攻撃対象を作ることで、美子はかろうじて現場をまとめ、それを副チーム長の由紀子も密かに援護していた。

令奈は江見の推薦で登用試験を受けて、美子たちから〝抜け駆け〟と吊るし上げられることがよほど怖かったのだろう。

もっともこうした構図をはっきりと知ったのは、DVD宣伝チームに移ってきてからだった。

江見の直属の上司となる、ビデオグラム事業グループのグループ長が、ご親切にすべてをぺらぺらと暴露してくれたのだ。

〝いやあ、女ってのは本当に怖いよねぇ。でもおかげでうちは、宣伝プロデューサーを譲ってもらえて、棚ボタみたいなもんだよ。今後、海外ドラマシリーズとか、DVDオリジナル作品のリリースも続くからさ。プロモーション、よろしく頼むよ。予算さえ守ってくれれば、なにやってもらっても構わないから。いや、まじで〟

映画宣伝担当の役員とは少し違った意味での丸投げ発言を堂々と述べたのは、陰で「マナバヌ」と綽名(あだな)されている葉山学(はやままなぶ)だった。

〝実はうちのグループも、販社から、ちゃんとプロモーションをやってくれってつつかれて参ってたところだったのよ。兼任の前村一人じゃ、業界紙にリリース出すくらいが関の山だしさ。今後、前村のこともよろしく頼むわ。まあ、俺には、なんでまた、あんな烏みたいな根暗な男が難関の新卒採用面接を突破できたのか、さっぱり理解できないんだけどね〟

葉山学はあけすけに語り続けた。

〝正直なところ、きてくれたのが、砂原ちゃんで助かったわ。野毛ちゃんは、ああ見えて、厄介なところがあるからさ。あの人、社内アピール大好きだし。それに比べると、砂原ちゃんて、なんかドライだよね。砂原なだけに。あ、ここは、サハラ砂漠とかけてみたんだけど……どう？〟

なにが、どう？　だ。

油紙に火がついたように一人で喋っている学の顔を、江見は茫然(ぼうぜん)と見ていた。

この人は、これで、江見に強い影響を与えた「平成元年組」の一人なのだ。

好景気時代に社会に出た人たちには、独特の力強さと輝きがある。

しかし、軽佻浮薄(けいちょうふはく)もまたバブル世代の大きな特徴であることを、学を見ていて江見は深く悟らされた。「マナバヌ」という異名は、残念ながら伊達(だて)ではなさそうだ。

〝今後の宣伝チームは、野毛ちゃんのお手並み拝見ってところだね。攻撃対象を作って統率力上げようなんてのは、小学生女子でも考えつく安直な方策だからさぁ。バッシング対象のあなたと令奈ちゃんが一気に抜けるとなると、それはそれで困ってるんじゃないのかなぁ〟

面白そうに笑う学を眺めているうち、江見の中の警戒信号が点滅した。

この男——。結構、曲者(くせもの)だ。

〝おまけに、唯一の緩衝材だったへーセー君までが抜けるとは、誤算だったろうなぁ……アッハッハッハ……！〟

なんなの、その高笑い。上からも下からもたたかれていた、こちらの身になってみろ。

だけど、社内の人間関係をよく見ている。

政治力がものを言う新体制の社内で、しぶとく生き残ってきただけのことはある。

学が言うとおり、美濃部成平は映画宣伝チームでは貴重な男性パブリシストだった。清潔感があり、ノーブルな顔立ちをした成平の前では、気の強い女性パブリシストたちも露骨な衝突は控えていたようだ。

ところが、令奈同様「本人の強い希望」で、成平はＤＶＤ宣伝チームにやってきた。

周囲と争うことを極端に嫌う成平は、女性パブリシストたちのマウンティング合戦に巻き込まれることが耐え難かったのかもしれない。一時は会社を休みがちだったが、今は、良くも悪くも他人に関心のない譲の隣のデスクで、安心したように働いている。この島では一番の若手でありながら、その実、成平は唯一の既婚者で、一児の父でもあった。守るべきものは江見よりも多い。

今後の体制の如何によっては、契約社員の令奈と成平の立場はかなり危うい。もちろん、正社員の譲も、もともと経営陣の覚えのよくない江見も同様ではある。新体制が残務処理の過程だったという江見の推測が正しいなら、使い捨ての駒は、なにも外注のパブリシストたちに限った話ではない。

受け入れ先の映像配信会社にしても、本当に欲しいのは、人ではなく、銀活が保有する日本映画黄金時代からの膨大な数のソフトだろう。

なんだか、人をバカにした話だ。

彼らにとって、従業員がいくらでも取り換えの利く歯車でしかないことが、透けて見えている。たとえ今後の会社の動向にそれほどの興味がなくても、一方的に切り捨てられたり、振り回されたりするのは、面白くない。

歯車にだって、心はある。

そんなことを考えながらメールに返信していると、ふと強い視線を感じた。

向かいの席の譲が、長い前髪の奥から異様な様子でこちらをじっと見ている。

「なに？」

思わず声をかけると、首を横に振られた。

それでも眉間にしわを寄せて、江見のほうを凝視している。真っ黒なマスクの上で眇(すが)められている眼つきを見るうちに、背筋がざわりとした。

「ちょっと！」

江見は立ち上がり、譲を招いた。譲も無言で席を立ち、後をついてくる。

幸い令奈も成平もそれぞれの業務にとりかかっていて、こちらを気にしていない。江見はあいている打ち合わせスペースに譲を招き入れるなり、後ろ手に扉を閉めた。

「前村君、また、なにか見えてるの？」

江見は両手で自分の肩口を払う。

譲には、今のところ、江見しか気づいていないであろう秘密がある。

前村譲は見えるのだ。

「いや、別に、そういうわけじゃないんですけどね」

椅子を引いて座ると、譲はテーブルに肘(ひじ)をついた。

「砂原チーム長さ……」

おもむろに顔を上げ、まだなにか見ている。

「やめてよ！」

江見は身震いして自分の両腕を抱いた。

「いや、だから、そういうんじゃないんですよ」

「じゃあ、なに」

「うーん……」

問い詰めると、譲は困ったように口ごもる。どうやら今回は、本人にもよく分からないらしい。

譲が「見える」ことに気づいたのは、たまたま二人きりで深夜残業をしているときだった。

〝あー、うっとうしい！〟

突然、髪をかきむしって、譲が叫んだ。最初は自分に言われたのかと思ってぎょっとした。

だがすぐに、江見のことではないと弁解された。

〝ここ、いるんですよ〟

その言葉を疑う余地もなく信じられたのは、江見もまた、垣間見てしまったからだ。譲が両手をあげているのに、パソコンのキーボードが、自動ピアノのようにカチャカチャと動いているのを。

ほんの一瞬の出来事だったし、もしかすると見間違いだったのかもしれない。けれどあのとき、譲は確かにキーボードに触っていなかった。加えて、キーボードが動いているのに、モニターのディスプレイにはなんの変化も表れていなかった。

今思い返せばゾッとするが、そのときは譲があまりに平然としていたので、却って冷静になった。

〝大丈夫ですよ。悪意は感じませんから〟

淡々と告げられ、そういうものかと納得もした。

〝悪戯(いたずら)〟をされるのは、霊感体質である人間に限られるのだそうだ。譲曰く、相手には譲は見えても、江見の姿は見えないらしい。時々、好奇心のある猛者(もさ)が、相手にとっても胡乱(うろん)な存在であるこちらに、何事かを仕掛けてくるのだという。

彼らがここでなにをしているのかと尋ねると、譲は平然と答えた。

〝俺らと同じです。ここで働いてます〟

古い映画会社はこの手の話が尽きない。機材が霊を呼ぶとも、フィルムに霊が付着するとも言われている。撮影所では、覚えのない泣き声や、甲高い笑い声が録音されることなど、日常茶飯事だと聞く。

しかし、それが本当に〝霊〟なのかどうかは定かでないというのが譲の弁だ。

「でも、砂原チーム長、最近……」

穴があくほどに凝視され、江見は身構えた。

「駄目だ」

だが散々に見つめた挙句、譲が吐き捨てるように呟く。

「やっぱ、分かんねえや」

その晩、江見はソファにもたれてテレビを見ていた。

会社が凪のような状態に入っているおかげで、残業は減っていた。こんなことでもないと、定時退社できないというのも皮肉なものだ。

それにしても段々飽きてきた。

今夜のニュースは新元号発表の特集一色だった。

どのニュースでも、「令和」を掲げた陰気な雰囲気の官房長官が映っている。そして、様様な有識者たちが、新元号の意味について、我こそはと解説をしているのだった。

令和の典拠は万葉集。漢籍ではなく、国書からの選定は初。元号に、「令」の字が使われるのも初。英訳はビューティフルハーモニー……。そうしたことが、繰り返し語られている。

所々で挿入される市井の人たちの反応は、どれも好意的だった。

新橋の駅ビルの前でサラリーマンたちが興奮したように喋っている様子に、江見はザッピングの手をとめた。

〝いやあ、最高だね、令和。なんといっても響きが綺麗じゃない〟

〝僕は昭和生まれなんで、和が入ってるのが嬉しいです〟

二人のサラリーマンが手放しで新元号を歓迎している。

舌打ちをしていたテレビクルーが放送に適したコメントを収録できたのかと思ったが、画面の隅に表示されている局名は、テレビ中央ではなかった。

「人々が美しく心を寄せ合う中で文化が生まれ育つ」という、総理大臣の己に酔ったようなスピーチがリピートされ出したところで、江見はテレビを消した。

これからしばらく、令和フィーバーは続くだろう。

なんとなく自分だけが軌道を外れてしまった気がして、江見は嘆息した。

社内の状況にしても同じだ。

チームの三人の後輩のことが気にならないかと言えば嘘になるが、今更根回しなどできるわけがない。そもそも、新体制以降の社内で、自分が本当に職場に馴染んでいたことなどあっただろうか。二代目社長が亡くなり、メインバンクから役員がやってきて、会社がどんどん変容していくにつれ、江見は自分がなにに惹きつけられてこの会社にいるのか、よく分からなくなっていた。それでも一応は軌道に乗って仕事をしてきたのは、長年の慣れのようなものだ。

経験だけは積んできたので、たとえどんな作品であっても、宣伝の仕事はできる。パッケージ部門のＤＶＤ宣伝チームに移ってからは、名前も知らなかったアイドルのＤＶＤのプロモーションも、とりあえずこなしてきた。

思えば、どうしてもこの作品を届けたいと情熱を燃やしていた時期は、随分と遠くなってしまった気がする。この先、映像配信会社の傘下に入ってからも、与えられた仕事を淡々とこなす以外に、軌道に乗っていく方法はないのだろう。

胸の奥がずしりと重くなる。

いっそ、一人でどこかへ飛び出してしまおうか。

無責任にそう考えた瞬間、江見の脳裏(のうり)に、軌道を外れ、ぽーんと虚空に飛び出していく惑星のイメージが浮かんだ。

自由浮遊惑星。

この宇宙には、なんらかの理由で軌道から弾き飛ばされ、自由に浮遊する惑星が、銀河系の中だけでも数千億個存在するという。

しかもその惑星は、秒速数百キロという猛スピードで、まさしく宇宙を駆け巡っているのだそうだ。

こんな話を江見に聞かせてくれたのは、天体好きの元夫だった。

透（とおる）、元気かな——。

久しぶりに、元夫だった男性のことを考える。

別れて、もう二十年近くが経つ。

江見は、テーブルの上のスマートフォンを手に取った。今でもたまに、メッセージアプリでやり取りはしている。決して、憎み合って別れたわけではないからだ。

〝だったら、どうして俺と結婚したんだよ〟

しかし、ぶつけられた言葉と眼差しを思い返すと、それが本当だったかどうかは定かではなくなる。

旅行代理店に勤める透とは、制作プロダクションでアルバイトをしていたときに、旅番組のロケ地巡りに協力してもらったことをきっかけに知り合った。大学までサッカーをやっていたという透は、細身だが筋肉質で背の高い男性だった。

低予算の突貫番組だったにもかかわらず、透は始終誠実に、臨機応変に対応してくれた。

透がロケの最適ルート確認をしている間に、疲労感に耐え切れず、カウンターで半ば失神するように眠ってしまったことがあった。

〝大丈夫ですか〟

はたと我に返った江見の前に、透は心配そうに缶コーヒーを差し出した。

若い女性へのセクハラや嫌がらせが横行するテレビ業界で心が麻痺しかけていた江見にとって、透のように温かく丁寧に接してくれる男性は稀（まれ）だった。

普段は飲まない缶コーヒーの甘さが、しみじみと身に沁みた。

それ以降、江見は個人の旅行も透に手配を頼むようになり、やがては交際へと発展した。どんなに忙しくても、二人の時間を作るのが楽しかった。透は宇宙や天体が大好きで、星の話を始めると、とまらなかった。

この先もずっと一緒にいたいと結婚を申し込まれたときは、純粋に嬉しかった。二人とも二十代で、今なら随分早いように思えるが、当時はそうした意識は薄かった。

新婚旅行は、日本最南端の有人島である波照間島（はてるまじま）へ南十字星を見にいった。浜辺に寝転んで、一晩中流れ星を数え、地平線ぎりぎりに浮かぶ南十字星を眺めた。透のおかげで、江見は今でも、惑星や主だった星座の位置が分かる。宇宙がラズベリーのような甘酸っぱい匂いの物質に満ちていることも、彼から教わった。

好きだったから、結婚した。

それだけでは駄目だったのかという問いを、江見は今でも胸に秘めている。

結婚して数年は互いに満ち足りていた。制作プロダクションの労働環境は酷いものだったが、激務の合間を縫って、一緒に旅行にも随分出かけた。

だけど——。

透から、透の両親から、自分の両親から、「子ども」を熱望されるたび、江見はだんだん耐えられなくなっていった。

〝最初は誰でも自信がない〟〝産めるときに産まないと、あとで後悔することになる〟〝産めば絶対可愛くなる〟〝産みたくても産めない人がいることを考えろ〟

説得の言葉を重ねられれば重ねられるほど、江見は却って自分の気持ちがはっきりしてくるのが分かった。

私は、子どもが欲しくない。

しかし、そう口に出してしまった途端、想像を絶する反発が返ってきた。理由はなにかと問い詰められ、江見は答えることができなかった。

お前は勝手だ、透さんが可哀そうだ、と、実の母からも散々に詰(なじ)られた。健康な若い女性が子どもを欲しくないと思うことはこんなにも罪なのかと、江見は打ちのめされた。

それでも、自分の人生に、子どもが必要だとは思えなかった。

そんな自分が結婚をしたことが、そもそも間違いだったのだろうか。

お正月に届いた透からの年賀メッセージを、江見はじっと見つめる。そこには、二人の子どもと並ぶ、中年になった透の写真が添付されていた。

「上の息子は、今年で中学生です」というメッセージに、「お父さんにそっくりですね」と送った自分の返信が残っている。

スマートフォンをテーブルに戻し、江見は立ち上がった。

キッチンに向かいながら、自由浮遊惑星のことを思う。

ラズベリーの香りに満ちた宇宙を自在に駆け巡るのは、きっと気持ちがいいだろう。

皆の輪から外れることは、寂しいけれど、自由なことでもあるのだ。

狭いキッチンに立ち、電子レンジで豆乳を温めてソイラテを作る。ソーサーにアーモンドを数粒載せてソファに戻った。ソファにもたれてカルチャー雑誌をぱらぱらとめくっていると、ふと自分を凝視していた譲の姿が浮かんだ。

あれって、一体なんだったんだろう。

雑誌をテーブルに伏せ、江見は首を傾げる。

〝やっぱ、分かんねえや〟

唐突に吐き捨てられた呟きが、耳の奥に甦った。

年明けからは杉、晩春はヒノキ、今後はブタクサと、すべての花粉症に該当する前村譲はほとんど一年中、黒いマスクで顔を覆って過ごしている。更に常人には見えないものと日々戦っているらしいのだから、まことにご苦労なことだ。

なぜあんな暗い男が正社員で入ってきたのか分からないと、上長の葉山学からは笑い飛ばされていたが、正確な仕事をする譲のことが、江見は嫌いではなかった。

譲のＤＴＰのスキルは高く、ちょっとした広告なら、デザイナーを入れなくても彼一人で作れてしまう。

気味悪くないんですか――。

〝深夜残業事件〟の後、譲から一度だけ、そう尋ねられたことがある。

珍しく、神妙な顔つきをしていた。もしかすると、その〝体質〟のせいで、譲は過去に何度かつらい目に遭ったことがあるのかもしれない。恐らく人間関係の方面において。

自分でも答えの分からないことが原因で、人との関係が結べなくなることは、江見にも覚えがある。

よく、なにを考えているのか分からないと言われる。

ドライだ。淡々としている、と。

夫婦になった透にすら、最後は本当の気持ちを伝えることができなかった。

そもそも、子どもが欲しくないと考える自分は、本当に冷血なのかもしれない。すっかりあきらめてしまったのか、今でこそ両親はなにも言わないが、一人娘に失望していたのは明らかだ。

将来必ず後悔すると言われた二十代の本音は、悲しいかな、四十代半ばになった今も少しも変わっていない。もちろん、悔やんでもいない。

そうしたことと一緒にするのはおかしいかもしれないけれど、江見はなんとなく、譲の孤独な横顔に共感を抱いた。

気味悪くなんてない。自分に実害が及ばなければ、どうってことない。

正直に伝えると、譲は明らかにホッとした顔つきになった。

〝砂原さんが冷静で助かりました〟

その言葉に、江見のほうがよほど安堵した。自分の冷徹さを、初めてほかの誰かに肯定してもらえた気がした。

江見が大学で専攻していたアイルランド文学にも、亡霊だの妖精だの精霊だのが大挙して登場する。そうしたことは、頭から否定できるものではないのだろうと江見自身は考えている。

いずれにせよ、首なしのデュラハンや、死者を悼んですすり泣く妖怪女のバン・シーよりも、創業一族がいなくなった途端に会社の身売りを画策する経営陣や、陰でネガティブキャンペーンを繰り広げる副チーム長や後輩のほうが遙かに恐ろしい。

ソイラテを啜り、江見は一息ついた。

再びカルチャー誌をめくっていくと、そこに見知った顔が現れ、指をとめる。

アコースティックギターを手に微笑を浮かべる、一人の男性が大きく特集されていた。

「うわあ、変わらないなぁ……」

思わず、感嘆の声が漏れる。

さらさらのおかっぱヘアーに、少年のように滑らかな肌。青と白のボーダーシャツに、生成りの短パン――。

カジノヒデキ。

最後の渋谷系と称され、今もなおそのスタイルを貫き続けているネオ・アコースティックを代表するミュージシャンだ。

だがそれ以上に、江見にはもっと強烈な印象がある。

〝通算十八枚目にあたる、ニューアルバムのテーマは、九〇年代リバイバル〟

ページの見出しに、江見の視線が釘付けになった。

〝個人的に、「思春期」「青春」そして「大人になること」をテーマにしたアルバムを制作しようと考えたとき、偶然か必然か、それが九〇年代リバイバルに重なったのです〟

見出しの下には、カジノ自身の言葉が記されていた。

九〇年代、思春期、青春、大人になること――。

それらの文字が、江見の脳裏を強く刺激する。

九〇年代の末、江見はカジノヒデキに会っていた。その晩に、一気に記憶が引き戻される。

あのとき江見は、公私ともに疲れ切り、身も心もぼろぼろだった。

制作プロダクションの劣悪な労働環境は一向に改善せず、結婚後も、たびたびセクハラ被害に遭った。加えて、透との結婚生活も、完全に暗礁に乗り上げていた。

子どもが欲しくないのは、愛していないからか。

だったら、なぜ自分と結婚したのか。

仕事を辞めたいといつも言っているくせに、産みたくない理由は一体なんなのか。

虚しい言い合いに耐え切れず、江見は当時透と一緒に暮らしていた原宿のアパートを飛び出した。

今でもよく覚えている。あれは、初秋の週末の夜だった。

行く当てもなく、江見は夜の街を延々歩き続けた。いくら歩いても気持ちは落ち着かなかったが、秋の夜風が段々身に沁みてきた。

時計を見れば既に二十一時になろうとしている。

そろそろ帰るしかないかと観念し始めた矢先、坂の上に、同世代のたくさんの男女が並んでいることに気がついた。テイクアウトのドリンクを手にした彼女や彼たちは、楽しそうに談笑していた。メタリックのエントランスが輝く前衛的なデザインのそこは、映画館のようだった。

いつの間にか江見は、渋谷の映画館街まで歩いてきていたのだった。

なんの映画を上映しているのかも分からなかったが、江見はふらふらと最後尾についた。ぼんやりしていると、江見の後ろにはまだまだ長い列ができていく。

しばらくすると、開場したらしく列が動き出した。江見は慌てて当日券を買い、再び列に戻った。黒い階段を下りて地下にいくと、スクリーンをカーテンで覆った劇場が現れた。

場内はほとんど満席だ。

かろうじてあいている席を見つけ、江見は彼らの中に紛れ込んだ。座り心地のよいシートが、寄る辺ない心まで、すっぽりと包み込んでくれるようだった。

すぐに映画が始まるのだと思っていた。

だが、場内が暗くなり、スクリーンを隠していたカーテンが開くと、そこにスポットライトが落ちてきた。

途端に、場内から拍手と歓声が湧き上がる。

スポットライトの中、舞台に登場したのは、一人の女性とカジノヒデキだった。

〝本日は、ご来場いただき、誠にありがとうございます〟

頭を下げたスーツ姿の女性が上映作品のプロデューサーだと知り、江見は驚いた。年齢は自分より少し上のようだが、テレビ業界にはあんなに若く、しかも女性のプロデューサーはほとんどいない。

やがて、二人はパイプ椅子に腰を下ろし、映画の見どころを語り始めた。

女性はさりげなく聞き手に回り、カジノヒデキが気さくな話術で場内を沸かせていた。

このときまで、映画に初日舞台あいさつ以外のトークショーがあり、そこにこんなにたくさんの若い男女が集まっていることを、江見は知らなかった。

当時を思い起こしながら、江見は改めてカルチャー誌のページのカジノヒデキを見つめる。

何気ないようでいて、このビジュアルは驚異だ。八〇年代の終わりから現役でライブ活動を続けているカジノヒデキの実年齢は、五十歳を超えている。それなのに、ピーターパンのような少年体型は、あの晩とほとんど変わらない。

カジノヒデキのトークショーは楽しかった。彼自身、本当に映画が好きなことが、言葉の端々から熱く伝わってきた。カジノと女性の話は、上映作品以外にも、フランスのヌーヴェルヴァーグやフィルムノワールにまで及んだ。『気狂いピエロ』や『大人は判ってくれない』等、江見でも知っている映画のタイトルがいくつか出てきた。

いつの間にか、江見も会場の皆と一緒になって、笑ったり、拍手したりしていた。

トークショーは、たっぷり二十分近く続けられた。

〝それでは、ごゆっくりご鑑賞ください〟

最後にカジノヒデキが爽やかにあいさつすると、場内が再び暗くなった。

始まった映画に、江見は衝撃を覚えた。

それは、子連れの英国人女性と結婚した日本人男性が、結婚直後に事故で妻を失い、残された十代の連れ子の少女と共に、新婚旅行でいくはずだった日本最南端の島に南十字星を見にいくというロードムービーだったのだ。

タイトルは、『サザンクロス』。

映画の中では島の名前は変えられていたが、その場所は、間違いなく、江見が透と新婚旅行で訪れた波照間島だった。

映画はときに人の心を映し出す。懐かしい風景に、江見は途中からすっかり夢中になった。

旅の終わりに少女が男性に「父親とも家族とも思えないけれど、同じ時間を過ごした仲間（カンパニー）だと思う」と告げたとき、ずっとわだかまっていた心が、すうっとほどけていくのを江見は感じた。

どうして分かってもらえないのか。自分のほうこそ、愛されていないのではないか。

そんなことが引っかかり、苦しんでいたけれど。

もう、自由になろう。自分も透も。

そう思った瞬間、ふわりと涙があふれた。

その翌月、新聞の求人欄で、『サザンクロス』を製作、配給していた映画会社、銀都活劇が宣伝スタッフを募集していることを知ったときは、まさしく運命だと感じた。

迷わず制作プロダクションを辞め、祈るような思いで面接に臨んだ。

採用が決まったとき、江見は静かな気持ちで離婚を切り出した。透は蒼褪（あおざ）めていたが、ほんの一瞬、安堵の表情を浮かべたのを、江見は見逃さなかった。

相手を縛っていたのは透ではなく、自分のほうだったと気づかされた瞬間だった。

しばらく後（のち）、透は再婚し、今では二児の父親になった。

江見は江見で、映画という、新しい世界に飛び込んだ。

一本の映画との出会いが、潮目になったのだ。

同時にそれは、非常によいタイミングでの転職でもあった。当時、映画界の一部には大きな風が吹いていた。

ミニシアターブームだ。

バブルという浮かれた時代の終焉（しゅうえん）の空白を埋めるように、映画と音楽とファッションを融合したサブカルチャーの嵐が、渋谷を中心に湧き起こった。数年の間に多くのミニシアターが開館し、そこからたくさんのヒット作が生まれた。

ジム・ジャームッシュ、ダニー・ボイル、レオス・カラックス、ハル・ハートリー、ウォン・カーウァイ、エドワード・ヤン、ホウ・シャオシェン……。洋の東西を問わず、才能のある若手監督たちが一斉に活躍の場を広げ、彼らの百花繚乱の作品が、ミニシアターブームをおおいに盛り立てた。

色々な偶然が重なって一つのムーブメントが起きた、懐かしくも、不思議な時代だった。

このブームを支えていたのは、才気あふれる監督たちと同時代を生きる、若者たちの活力だったのではないかと、江見は今になって考える。八〇年代のバブルが極彩色の喧騒なら、九〇年代のサブカルチャーブームは、より若者に身近な輝きだった。週末、地方の学生たちが、渋谷のミニシアターでレイトショーを見てから、新宿のクラブに繰り出すことも多かった。書店もレコードショップも、深夜まで営業しているのが当たり前の時代だ。

ミニシアターブームから生まれたヒット作は、決して映画通（シネフィル）たちが好む作品ではない。もっとファッショナブルで、当時の世相を強く反映するものだった。だからこそ、映画に詳しくない多くの若い人たちを、あんなにも取り込むことができたのだ。

それまでのアート系映画館で上映されていた芸術性の高い名作路線は知らなくても、橋の上で刹那的に踊る恋人たちや、現実社会から逃げまくる駄目なジャンキーや、コーヒーとシガレットを介して繰り広げられる機知（ウィット）に富んだ会話には充分感情移入できるし、ポップな世界観を楽しむこともできる。

江見が偶然巡り会ったトークショーもまた、こうしたミニシアターブームの一環だった。

銀活入社直後は、ミニシアターブームが佳境に達し、毎週末のレイトショーに、様々なアーティストを招き、トークショーが行われた。

カジノヒデキのほか、渋谷系の女王と称されていたボーカリストの宮野摩子や、音楽プロデューサー集団イデオット・サバントのメンバー等、映画好きで知られるアーティストたちが、次々と劇場にやってきた。

晩秋の夜にわけも分からず映画館の前の行列に並んだ江見は、いつしか、その行列を整理する側に回っていた。

きらきらしたアーティストたちが、好きな映画やカルチャーについて気さくに語る姿を間近に見ることができるトークショーは、毎週大盛況だった。相変わらず景気は悪かったが、まだデザイナーズブランドも健在で、若い女の子たちは目一杯おしゃれをして、アーティストたちに会いにきていた。

大変だったけれど、刺激的で遣り甲斐のある仕事だった。江見自身、多才なアーティストを迎えるのが楽しみだった。手間がかかりすぎると、現在の銀活では絶対に通らない企画だ。

当時を思い返すと、懐かしさが江見の胸に満ちる。

九〇年代と聞いたとき、多くの人が思い浮かべるのは、恐らく暗いものばかりだろう。

平成複合不況。震災。カルト宗教によるテロ。失われた十年間。世紀末。ノストラダムスの大予言……。

しかしそれは、毎週末、若い観客たちが行列をなしてミニシアターへ押し寄せる、映画が一番おしゃれだった時代でもあったのだ。

〝砂原さんは、文章がうまいね〟

回想に耽る江見の脳裏に、初めて映画の解説とストーリーの原稿を書いたときに告げられた言葉が浮かぶ。

カジノヒデキと一緒に舞台に登壇していた女性プロデューサー、北野咲子は「平成元年組」の一人だった。

〝読みやすいし、分かりやすい。砂原さんがストーリーを書くと、面白い映画がもっと面白く思える〟

江見の眼を真っ直ぐに見つめ、咲子はしみじみとそう言った。

就職に不利で、なんの役にも立たない文学部での鍛錬が、初めて功を奏した気がした。ようやく本当に自分の足で立つことができたような、熱い喜びが胸の奥底からふつふつと込み上げたことを、昨日のことのようによく覚えている。

もともと江見は、子どもの頃から本を読むのが好きだった。小学校時代には、作文や読書感想文のコンクールで賞を取ったこともある。当時は、将来はものを書く人になりたいと、漠然と思っていた。

とはいえ、文学部に進んだのは、自分の頭がどう考えても理系ではなかったせいだ。成長するにつれ、幼い頃の夢は遠のき、新卒入社に失敗したときは、「文学部は潰しが効かない」

という常套句に今更のように苛(さいな)まれた。

その自分が書いた文章が、ようやく仕事に結びついたのだ。

〝今後、プレスシートの解説とストーリーは、砂原さんに任せていいかな〟

咲子に打診され、江見は嬉しさのあまり何度も頷いた。

プレスシートというのは、映画の公開に先立つ試写会で、マスコミ向けに配布される宣伝用の資料のことだ。当時は、劇場で販売するパンフレットの原稿も、記名原稿以外はすべて映画会社の社員が書いていた。

新体制が敷かれ、アウトソーシングによる合理化ばかりが叫ばれるようになるまで、江見は何本もの映画の解説とストーリーを任された。

何本も、何本も、書いて、書いて、書きまくった。

その充実感は、就活の失敗で味わった屈辱と自己否定を癒すと同時に、忘れかけていた幼い頃の夢を甦らせてくれた。

当時の銀活のラインナップは独創性の強いものが多く、その魅力をいかに伝えるかで、江見は頭を悩ませた。深夜の会社に一人残って、延々キャッチコピーを考えることもあった。

あの頃は、会社のラインナップの中に、届けたい物語がたくさんあった。

現在の銀活では、こうしたライティングの仕事は、外部の編集プロダクションやライターに丸投げするのが通例となっている。

江見も役職と引き換えに、深夜までキャッチコピーを考えるようなことはなくなった。

ミニシアターブームもまた然り。

ブームである以上、いつかは終焉を迎える。フィルムのデジタル化、シネコンの台頭、若者の嗜好性の細分化といった背景から、多くのミニシアターが姿を消した。

江見が『サザンクロス』を見た、坂の上にあった劇場も今はない。

新体制後、銀都活劇の映画制作も、多くの企業が参画する製作委員会方式が主流になり、既に知名度のある漫画やベストセラー小説の実写化ばかりになった。『サザンクロス』のような、アート色の強い作品は、久しく作られていない。北野咲子も、昨年、会社を去った。

その理由が、一人息子の中学受験準備のためと知ったとき、江見は肩透かしを食らった気分になった。自分との違いを思い知らされたようで、しみじみと寂しかった。

どの道、失われた時間は戻らない。

郷愁を振り切ろうと、江見は雑誌を閉じようとした。

でも、待てよ……。

ページを閉じかけていた指が、再びとまる。二十年前とほとんど変わらないカジノヒデキの姿を見るうちに、江見の中に、一つの思いが湧いた。

今なら、どうなのだ。

新体制を敷いてきた役員たちが一斉にいなくなる、過渡期の、今なら。

江見はスマートフォンを手に取り、クラウドに社員IDを打ち込んで、版権のファイルを開いた。洋画のほとんどは既に版権が切れているが、DVD化のために、新たに契約をし直したタイトルも数点ある。『サザンクロス』等、銀活が制作した作品は、当然すべての権利が残っている。

これ、もしかしたら……。

江見の胸がどくんと鳴った。

やれるんじゃないのか？

『サザンクロス』は今でも評価が高い作品だ。加えて、ＤＶＤの発売時期が早かったために、まだ廉価版やブルーレイが出ていない。この作品をメインに、デジタルリマスターのブルーレイとＤＶＤを再発売し、そのプロモーションとしてイベント上映を企画すれば――。

長年劇場映画の宣伝を手掛けてきた自分になら、充分に手立てはある。

若林令奈や美濃部成平は、企画を持ちかければ、喜んで手を貸してくれるだろう。あの二人は人間関係に疲れただけで、映画宣伝の仕事はもともと好きなはずだ。前村譲は多少の文句を言うかもしれないけれど、足を引っ張るような陰湿な真似は絶対にしないだろう。

それに、企画立案から一緒にやれば、今後会社がどうなろうと、まだ三十代の三人にとってはよい実績になるかもしれない。

野毛由紀子と三木美子コンビが横槍を入れてくる可能性は否めないが、そんなことは知ったことではない。告げ口をする役員が不在な以上、彼女たちは脅威じゃない。

一番の問題は、この企画の要(かなめ)でもあるＤＶＤ制作の決定権を握っている葉山学だ。ビデオグラム事業グループの長の判子がなければ、この企画は進まない。

お気楽に振る舞ってはいるが、あの男は油断がならない。自分の利にならないと判断すれば、問答無用で切り捨ててくる可能性はおおいにある。

しばし考えを巡らせたが、江見は口元を引き締めた。

やってやる。

一本の映画が、誰かの潮目になることだってあるのだ。

和して命令を聞いてばかりいて、たまるものか。改元も、会社の身売りも関係ない。

銀都活劇消滅の前に、現場主導の企画を実現してみせる。

歯車を舐めるなよ。

江見の口元に、いつしか挑戦的な笑みが浮かんだ。

軌道を外れた自由浮遊惑星が、猛スピードで宇宙を駆けていく。

ワーキングデスクに向かい、江見はノートパソコンを立ち上げた。ファイルを開き、企画書のタイトルを打ち込む。

〝デジタルリマスター、ブルーレイ＆ＤＶＤ販促企画　さよなら銀活、九〇年代トリビュート〟

ソイラテを一気に飲み干し、江見は集中して企画の主旨を打ち始めた。

第二幕　令和戦線異状あり

「却下」

葉山学(はやままなぶ)はにべもなく企画書を突き返した。

昼下がりのオフィスにはけだるいムードが漂っている。学がグループ長を務めるビデオグラム事業グループの島にも、同期の仙道和也(せんどうかずや)がグループ長を務める映画事業グループの島にも、数えるほどしかスタッフがいない。もともと日中はデスクにいる社員が少ない職場だが、今となってはホワイトボードに外出先が書いてあることのほうが珍しい。

〝老舗映画会社銀都活劇(ぎんとかつげき)、マーベラスＴＶの傘下へ〟

こんな見出しが躍ったのは、業界紙だけだった。業績不振の映画会社の身売りなど、一般的には話題にもならない。それでも中にいる社員にとっては一大事だ。誰もが業務以上に、根回しや情報収集に忙しい。

マーベラスＴＶは、大手ＩＴ企業資本による映像配信会社だ。社長は一九八〇年生まれだと聞いている。所謂(いわゆる)ＩＴミレニアム後に社会に出てきた手合いだ。

かくいう学が社会に出たのは平成元年。いわずと知れたバブル世代。スマートフォンどころか、パソコンも携帯電話もない時代だった。

端末での作業が主となるマーベラスの本社には、個人用デスクすらないと聞く。

業務移行は年内という話だが、今後の業務内容や人事等の詳細については、グループ長職である自分にも知らされていない。

そんな誰もが途方に暮れているエアポケットのような時期に、新たなイベントの企画書を提出してくる酔興な人間がいようとは――。

〝デジタルリマスター、ブルーレイ&ＤＶＤ販促企画　さよなら銀活、九〇年代トリビュート〟

稟議用の捺印欄まで添付された企画書越しに、学は自分のデスクの前に立つ人物を睨め回した。

砂原江見。自分の管轄下であるＤＶＤ宣伝チームのチーム長だ。企画書を突き返されても、顔色一つ変えていない。

食えないね。

学は胸の中で嘆息する。

長い黒髪、シャープな小顔。四十代バツイチ独身、子どもなし。そんな女性はこの業界には掃いて捨てるほどいるけれど、どことなく江見は異質だ。

湿ったところがなく、乾いている。つかんでも掌からこぼれ落ちていく、よく研磨されたきめ細かな砂のように。

砂原なだけに。なんちって。

「大体さ、なんで今更、九〇年代トリビュート? 今、そんなことやってる余裕ないから。それより、令和元年記念のエリリンのDVDイベントの販促を、しっかりやってちょうだいよ」

思い切り不機嫌に告げても、江見に動じる気配は見られなかった。

「それはもちろん」

淡々と、もう一つのイベントリリースを差し出してくる。

〝令和元年スペシャルイベント、令和のビーナス、エリリン、爆誕！〟

ショッキングピンクのコピーの下、ボッティチェリのビーナス誕生よろしく、可憐な美少女が大きな貝殻の上に立っていた。惜しむらくは、絵画のようなヌードではなく、華奢な肢体に薄絹のドレスを纏っている。それもまたはかなげで、趣があると言えなくはない。

「業界紙はもちろん、各スポーツ紙や少年誌の園田恵梨奈さん担当には、既にリリースを送っています。そのほか、グラビア誌、週刊誌、情報誌、各新聞、男性誌、念のため、DVD紹介枠のある女性誌にも手を広げておきました」

一息に説明し、江見は学を見た。

「この時期ですから、普段はグラビアやアイドルDVDとは無縁な媒体も、乗ってくるかもしれません」

「確かに、今ならありうるな」

学は腕を組んで頷く。

先月、某アイドルユニットから独立したばかりの園田恵梨奈のオリジナルＤＶＤを発売した。発売直後の売れ行きは、正直、それほど芳しいものではなかった。ところが最近になって異変が起きた。

恵梨奈の独立の本当の原因が、ネット上で暴露されたのだ。

数か月前に、恵梨奈はアイドルユニットを〝卒業〟して小所帯の個人事務所に移籍していた。実はその裏側で、恵梨奈が長年、ユニット内の中心メンバーから執拗ないじめを受けていたことが、アプリのメッセージ流出によって明らかになったのだ。

これまで沈黙を守っていた恵梨奈には、現在、世間の同情が一斉に注がれている。

そんな状態をも商機と考えてしまうのがこの業界の恐ろしいところだが、いじめに耐え、一人になっても健気に活動を続けるエリリンの知名度と好感度が、これまでにないほど高まっているのは紛れもない事実なのだ。

そこで、我がビデオグラム事業グループが立ち上げたのが、「エリリン令和元年スペシャルイベント」だ。令和元年限定オリジナルジャケットのＤＶＤを、元年初日の五月一日に、秋葉原のイベントスペースでエリリン本人が手売りする。

要はジャケットを差し替えて再販するという姑息な手段だが、ファンにとってはエリリンに会えるし、マスコミにとっては旬のネタだし、エリリンにとっては更なる露出を目指すチャンスだし、こちらにとっては在庫もさばけるしと、どこから見てもＷｉｎ－Ｗｉｎの企画だ。

もとはといえば、これもまた、砂原江見が考案した企画ではあるが。

〝やってみてはいかがでしょうか〟

ビデオグラム事業グループの定例会で、さして情熱もなさそうに、江見が提案してきたのだった。

無論、販促部隊である宣伝チームがイベントを考案するのは当たり前。販促効果のありそうなものをジャッジするのが、グループ長である自分の役目だ。

効果が出れば自分の手柄、駄目なら宣伝チームの責任だ。

これこそが我がスタンス。

別に恥ずかしくなんてない。今までだってそうやって、手柄は自分のものに、責任は部下に押しつけてここまでのし上がってきたのだから。

「電波媒体とネット媒体には、直前に連絡を入れます。こちらも、かなりの反響が見込めるかと」

学の内心の開き直りを知ってか知らずか、江見が冷静に続ける。

砂原江見が面白いのは、予算規模の大きな劇場公開作品であろうと、こうした小規模のアイドルイベントであろうと、恬然と仕事をこなしてみせるところだ。

それでいて、社内アピールに精を出すようなこともしない。要するに、ドライだ。

だからあなたは、映画会社の第一ウインドウである映画宣伝チームを追われたんだよ――。

学はさりげなく、江見の白皙（はくせき）を見返す。

「というわけで、アイドルイベントはアイドルイベントとしてきちんと進めますので、新しい企画のほうもご検討ください」

突き返した企画書を、江見が再び差し出してきた。

「だから、そんな余裕ないって言ってるでしょうが」

「そうですかね」

江見の切れ長の瞳がきらりと光る。

「当面は持つかもしれませんが、このままだと、夏には手札が尽きますよ。秋以降のラインナップ、旧作を引っぱり出さないと埋まりませんよ」

たたみかけてくる江見を、学は途中で遮（さえぎ）った。

「だってこれ、販促上映までやるっていうんでしょう？　そんな手間ばっかりかかって、利益の薄そうなものは駄目。大体、銀活の九〇年代って言ったら、ほとんどが単館公開のアート系作品じゃないの。そんなもん、ブルーレイなんか出してどうすんの。ブルーレイを買うのは、アニメファンか特撮マニアだけなんだよ」

「でも、この辺の作品は、ＤＶＤ化が早すぎて廉価版が出てないですよね」

江見がおもむろに、数冊の雑誌を取り出してくる。

映画専門誌やカルチャー誌で行われた廉価版ＤＶＤリクエスト特集で、銀活が九〇年末に劇場公開した『サザンクロス』がベストスリー内に入っていた。

『サザンクロス』は今でも評価の高い作品です。廉価版の売り上げは一定数見込めるはずです」

「却下」

「なんでですか」

「付加価値が認められないでしょう。エリリンのＤＶＤなら、この先のシリーズ化だって見込めるけどさ。『サザンクロス』なんて、二十年も前の作品じゃないの。このイギリス人監督、確か今じゃ、作家に転身してるんだよね。当時のスタッフだって、ほとんど残ってないし」

企画書を押し返すと、さすがに江見が口をつぐむ。

「エリリンのプロモーションをしっかり頼むよ」

これで話はおしまいと、学は視線をパソコンに向けた。

「分かりました」

抑揚のない声が響く。

「付加価値……要するにタイアップでもあれば、いいってことですよね」

「は？」

顔を上げると、企画書を学のデスクの上に置いたまま、江見は長い髪を翻して自分の席に戻るところだった。さっさと遠ざかっていく背中を、学は茫然と見つめる。

これだから嫌なんだ。ロストジェネレーション。

好景気時代に浮かれながら社会に出た自分たちと違い、就職氷河期から這（は）い上がってきたロスジェネには、妙な根性としぶとさがある。バブル世代がめちゃくちゃにした世の中を、自分たちがなんとかしてきたという密かな矜持（きょうじ）を持っているのも、一つ下の世代の特徴だ。

だから正直なことを白状すると、学はほんの少しだけ江見が怖い。

それにしても、今更『サザンクロス』を持ってくるとは——。

当時、一部の若者に絶大な人気を誇っていた英国人監督を招聘（しょうへい）し、合作映画を制作したプロデューサー、北野（きたの）咲子（さきこ）は学の同期だ。

バブル爛熟期の恩恵を受けた自分たちは、採用人数の少ない映画会社としては異例の六人の同期がいた。その同期も一人二人と会社を離れ、現在銀都活劇に残っているのは、自分と仙道和也の二人だけだ。

会社に長く残る社員が優秀なわけではないことは、自分のように、仕事になんの理想も希望も抱いていない男がグループ長職で生きながらえていることからも明白だろう。

ともあれ、平成の三十年間は、学にとって、そのまま銀活で過ごしてきた年月だった。

その平成も今月の末に終わりを告げる。

〝さよなら銀活〟

江見が押しつけていった企画書の文字を、学は見るともなしに眺めた。

日曜の朝、学は愛犬のグレイと一緒に葛西（かさい）海浜公園へきていた。

人工砂浜を散歩しながら、タンカーが行き交う東京湾を眺める。天気が良い日でも、ここから眺める東京湾が青く見えたことはない。白っぽく霞んでいたり、灰色によどんでいたりする。高層ビルが立ち並ぶ海岸線に囲まれた入江は、巨大な水溜まりのようだ。

葛西へ引っ越してきたのは十年前だ。結婚と同時に、義父から頭金を出してもらって海の見える高層マンションの一室を買った。

そのときから学の本名は荻野目になった。妻の姓を選んだためだ。会社では旧姓の葉山で通しているが、こちらは通り名ということになる。

婿扱いになった理由はただ一つ。そのほうが楽だから。

地元で〝神童〟と呼ばれ、ストレートで東大に合格した桁違いに優秀な兄を持つ学は、常に楽な方向へと全力で舵を取って生きてきた。今は官僚になっている兄が、子どもの頃から現在に至るまで、四六時中熾烈な競争と激務にさらされているのを間近で見てきたからだ。

楽しく、明るく、らくちんに。すべてにおいて、なによりも〝楽〟を優先する学に、入社早々ついた綽名は「マナバヌ」だ。

妻の亜希子とは、十年前に取締役の紹介で知り合った。いつまでもふらふらしていないでいい加減に身を固めろと、余計なお節介を焼かれたのだ。

紹介されたのは取引先の社長の一人娘。美人で教養があって、気の強そうな人だった。当時、学より三つ年下の四十歳。会って間もなく、どうしても子どもが欲しいと宣言された。絶対に後に引けない雰囲気だった。

断るよりは受けるほうが楽だから、学は亜希子と結婚した。若々しい外見を保ってはいても、自分も四十を過ぎていたし、取締役の顔を潰すのも可愛げがない気がしたし。

妻となった亜希子は当初の印象通り、美人で教養があって、気の強い人だった。それからは妻に求められるまま懸命に子作りに励み、その甲斐あって、翌年、娘の亜香里が産まれた。

〝よくやった〟と義父から肩をたたかれたとき、学は封建時代の〝嫁〟にでもなった気がした。

だが、婿扱いは別段悪いことばかりではない。

取締役の紹介に素直に従ったせいか、結婚後、学はたいした功績もないのにビデオグラム事業グループのグループ長になった。マンションの頭金だって、ぽんと出してもらえた。優秀な長男への注力で力尽き、次男に対しては明らかに手を抜いている両親も、学の姓が変わることに反対するわけでもなかった。

亜希子はやたらにプライドが高いけれど、料理上手できれい好きだ。家はいつも清潔に片づき、毎日の食事も栄養バランスがとれていて美味しい。おかげで、学は五十を過ぎた今でも、ほとんどの男たちが陥る中年太りを免れている。

たまにはそれが、息苦しく感じられることもあるのだが。

「でも、それくらい普通だよな」

どことなく生臭い海風を受けながら、学はグレイの小さな頭を眺めた。イタリアン・グレイハウンド特有の細い体をしならせて、グレイはハッハと短い息を吐いている。

しゃがんで首元を撫でてやると、嬉しがって学の顔をぺろぺろと舐めた。

亜香里にせがまれて買った犬だが、最近では散歩の担当はほとんど学になっている。ここ数年、亜希子と亜香里は母子(おやこ)ともどもバレエ教室に夢中だ。バレエを習っているのは亜香里だが、体重管理から衣装やシューズの選定まで、亜希子は娘を上回る情熱で、なにくれとなく世話を焼いている。

今年のゴールデンウイークの十連休も、母子で長野にバレエ合宿にいくという。学が仰せつかっているのは、東京駅への送り迎えだけだ。

「連休中も、お前と二人きりだな」

興奮してのしかかってくるグレイを、半ば持て余して立ち上がる。

十連休か――。

学は鈍く光る東京湾に眼をやった。

天皇陛下の生前退位が決まってからというもの、なにやら改元はお祭り騒ぎだ。先日の元号発表も大層なはしゃぎぶりだったが、改元に向けての奇妙な盛り上がりは一向に衰えない。

昭和末期の自粛ムードに比べれば、この明るさはむしろ歓迎すべきなのかもしれない。

それにしても日本人てのは、こうも足並みそろえないと、休めないものなのかね……。

たった十日間の休みに改元の大義名分が必要となる民族性に、いささかあきれる。

とはいえ自分は、令和元年初日に秋葉原でアイドルイベントだ。

別段、学自身がなにかをするわけではない。プロモーションは宣伝チームの江見に任せているし、ＤＶＤ制作も部下に放りっぱなし。学がしたことといったら、書類に適当に判子をついたくらいだ。

だって俺、おえら方だから。

それでも当日、顔を出さないわけにはいかない。それも、おえら方だから。

繰り返したら、なぜだか溜め息が出た。

ふいに煙草（たばこ）が吸いたくなる。リードを引いて、学は喫煙所に向かった。

犬に副流煙を吸わせたくないので、少し離れた花壇の柵にリードをつなぐ。グレイは心得たもので、大人しくその場に座った。

胸ポケットから煙草を取り出して火をつける。きれい好きな亜希子が管理する家では吸えないので、散歩のときはいいチャンスだ。

大体、おえら方ってなんなんだ。

思い切り吸い込むと、微かに苦みを伴う紫煙が胸に満ちてくる。

大人しく役員の言いなりになっていれば、たいした功績がなくても出世できちゃう会社って一体全体なんなんだ。

「でも、それくらい普通だよな」

我知らず呟くと、グレイがピンと耳を立てた。

慌ただしく煙草を吸い終え、学はグレイの元へ戻った。尻尾を風車のように振り回すグレイの期待に応えて、リードを手に人工砂浜へ駆け降りる。細い手足をしならせてグレイが砂の上を飛んだ。その姿を見るうち、学の迷いも消えていく。

楽して生きてなにが悪い。苦労なんてまっぴらごめんだ。

営業譲渡だろうが、一回り以上年下の新社長だろうが、役員の総入れ替えだろうが、なにがこようと関係ない。この先も俺は絶対うまくやる。

定年まで後十年もない。最後まで、どうにか逃げ切ってみせる。

いつしか学はグレイと競い合うように、全力で砂浜を駆けていた。

週明け、グループ長職以上が招集されて緊急会議が行われた。

出たよ。

役員の説明を聞きながら、学は微かに眉を顰める。

営業譲渡の形をとるため、人員の削除も、今後の業務の変更もない――。

総務があれだけ繰り返していた約束は、舌の根も乾かぬうちに、早くも反古となった。

新体制へ移行するにあたり、今後、独立して仕事をしたい人材への支援を行うと役員は述べているが、これは明らかに早期退職者の募集だ。もっとはっきり言えばいい。

リストラだと。

夏までに、支援金をプラスした額で試算した退職金を全社員に提示する。その後に、新体制へ移行する社員の人数を確定したいと役員は結んだ。

会議室の長机に座った面々は、ほとんどが浮かない顔をしていた。退職金を提示される社員には、当然自分たちグループ長職も含まれている。

平然としているのは、まだメインバンクに籍がある少数の出向組だけだ。

それにしても、男、男、男……。

学は密かに会議室の中を見回した。おまけに、デブ、禿(は)げ、白髪の中年だらけ。チーム長職までなら、女性や若い男性もいるが、グループ長職以上となると、見事に中年及び老年の男ばかりだ。

企業の本音は、こういうところによく見て取れる。女性や若い力に頼るふりをして、その実、既得権は絶対に渡さない。一応はマスコミなのに、その頭の固さは変わらない。

今後、ＩＴ企業傘下になれば、環境は変わるのかもしれないが、また新たな既得権争いが起きるだけだろう。ＩＴミレニアル世代にせよなんにせよ、人は一度握った権力は、誰にも渡すまいとするものだ。

それに比べると、俺って柔軟じゃね？

なにしろ、権力を握ったことがないのだから。

硝子(ガラス)窓に映る己の姿をぼんやり眺めていると、昼時を知らせるチャイムが鳴った。合わせたように、役員が立ち上がる。

総務からの公式発表があるまで、この件に関しては絶対に現場に漏らすなと、最後の最後に念を押された。

会議室を出ようとしたとき、同期の仙道和也と視線が合った。

「昼、いくか」

どちらからともなく誘い合わせてエレベーターに乗る。会議の内容が内容だっただけに、部下たちと顔を合わせるのがきまり悪く、久々に新橋の烏森口まで足を延ばした。

烏森神社の参道から少し奥に入ったところに、夜は飲み屋になる小さな蕎麦屋がある。まだ同期の大半が銀活にいた頃、残業帰りに一緒に暖簾をくぐっていた店だ。別段高級な店ではないが、入り口に小さな盛り塩があったり、店内に神棚があったりするところに、老舗の趣が感じられる。

小上がりに通されると、学は和也と向かい合って、座布団の上に胡坐を組んだ。

「ついにきたって感じだな」

おしぼりが出るなり、和也が早速顔をふく。若い時分はモッズファッションで決めていた和也も、今や完全にオッサンだ。低いテーブルと柱の突き出た壁に挟まれた大柄な身体が窮屈そうに見える。

「このまま何事もなく移行するなんて、思ってなかったけどさ。マーベラスが今回の営業譲渡を呑んだのだって、所詮はソフト狙いだろ」

欲しいのは人材ではなく、歴史だけは長い銀活が保有している数々のソフトのアーカイブ。マーベラスTVの本音がいよいよあらわになってきた。

恐らく、残留を選ぶ社員には相当酷な条件が提示されるだろう。退職金の増額と、意に沿わない異動や待遇の改悪という飴と鞭で、現行の正社員の人数を最小限に絞り込むという算段に違いない。

ひょっとすると、譲渡前に銀活をどれだけ身軽にできるかで、役員たちの退職金や、その後のポストの優遇が決まるのかも分からない。

ふと、逃げ切ろうとしているのは、自分以上に彼らなのではないかという考えがよぎった。

「そういえばさ、砂原ちゃんが、なんか面白いこと考えてるみたいじゃない」

和也の言葉に、学は我に返る。

〃さよなら銀活、九〇年代トリビュート〃

企画書の文字が浮かんだ。

砂原江見め。もう、映画事業グループへの根回しに走ったか。社内アピールには疎いくせに、なぜこういうときだけ、行動が早いのだ。

「面白くないって、あんなの」

「そうか？　あの子の宣伝プラン、俺は昔から好きだったけどな」

店員が注文を取りにきたので、そこで一旦会話が途切れた。

和也はかつ丼ともり蕎麦のランチメニューを頼み、学は散々迷った末に、きつねうどんを注文する。あまり食欲がわかなかった。

注文を取った店員が戻っていく厨房の入り口に、「令和」と書かれた半紙が貼ってある。

こんなところまで、新元号フィーバーだ。

「一体、いつからだろうな。どんな映画の宣伝でも、たいして関係ない芸人やタレントを呼んで、ワイドショー向けのイベントやるテンプレができたのって」

テーブルに肘(ひじ)をつき、和也が再び話し出す。

「顕著になったのは、二〇〇〇年代に入って、しばらく経ってからじゃないの？」

ＩＴミレニアムは、携帯電話からのインターネット接続サービスをもたらした。パソコンからしか接続できないというそれまでの常識が覆(くつがえ)り、ネットニュースは小さな端末を通して一気に広がった。それと同時に、情報も紙でじっくり読むものから、ネットで飛ばし読み(スクロール)されるものへと変化していった気がする。

芸人やタレントによる映画イベントも、その流れから派生した一種のこけおどしだろう。

「俺、あれ嫌いなんだよ。一昔前ならミニシアターでやってたような作品まで、ああいう宣伝するじゃない。どこをターゲットにしてるんだって話だよ」

「仕方ないじゃん。あれやらないと許されないような雰囲気が、業界全体にあるんだもの」

「業界に向けて宣伝やってどうすんだよ。いくらワイドショーやネットに露出したって、ターゲットに届かなかったら意味なんてないだろう。大体、あれじゃないと認められないってのは、トップがテンプレでしか判断できなくなってる証拠だろ？　うちの制作と宣伝を見ろよ。映画会社の根幹ともいえる両部門の役員が、一年おきにころころ替わってんだぞ」

「それだってしょうがないよ。あの人たち、どうせ出向組だもの。一年間、制作や宣伝のトップやって、映画の一本にでも名前がクレジットされたら、それがいい思い出ってところでしょ」

蕎麦茶を啜りながら、学は口元をゆがめる。今の社長や経営陣にとって、銀活は所詮その程度のものだ。

「でも、砂原ちゃんはテンプレこなしつつも、ちゃんとターゲットに合わせた宣伝プランを独自にちまちま考えていたじゃない。そのちまちまこそが、もっと評価されるべきだったって、俺は思うよ」

学の醒めた思いとは裏腹に、和也は熱心に語っている。

「俺、あの子が映画宣伝抜けちゃったとき、ちょっとショックだったんだ。契約パブリシストたちをまとめられないとか、スタンドプレーが多いとか、色々言われてたけど、砂原ちゃんて、マーケティング能力あったと思うよ。映画のキャッチコピーとか書かせても、うまいもんだったよな」

「そういうところがディスられるのよ。アウトソーシングが叫ばれる今となっちゃ、宣伝プロデューサーにクリエイティブ能力なんていらないの」

「だからって、女所帯をまとめるのが宣伝プロデューサーの仕事かよ。女子校の学年主任じゃないんだから」

和也の嘆息に、学は噴き出した。

〝女子校の学年主任〟という、いかにも正しげ且つ威圧的なたとえが、砂原江見に代わって映画宣伝チームの長に収まった野毛由紀子に、あまりにぴったりだったからだ。

「野毛ちゃんてさ、テレビスポットの線引きもほとんど読めないみたいで、いっつも代理店の言いなりなんだよ」

　線引きとは、ターゲットに合わせてスポット広告を入れる時間帯を指定する方法だ。テレビスポット用の予算を代理店に預けると、文字通り、番組表のタイムテーブルに線を引いたものが提示される。その線を如何に読んで、限られた予算の中で代理店と交渉するかは、宣伝プロデューサーの経験と手腕にかかってくる。

「その点、砂原ちゃんは線の引き方から延べ視聴率の交渉まで、ゴリゴリやってくれたからなぁ……。あの子は宣伝に関しちゃ、百戦錬磨のたたき上げだもんな」

百戦錬磨のたたき上げ――。

確かにそうなのだろう。今となっては、江見の宣伝のキャリアは社内で一番長い。

「俺はもう一回、砂原ちゃんと仕事してみたいと思ってる。あの企画、悪くないよ」

「俺、あんなの承認しないよ」

思った以上に強い声が出た。

「なんでだよ」

「仙道、お前、さっきの話、聞いてなかったの？　俺らにそんな余裕、あるわけないじゃん」

退職金を提示される事態が迫っているというのに。

第一、手間がかかりすぎる。面倒なことをするのは、自分の主義に反する。

「追って沙汰を待つばかりじゃ面白くもないだろ」

学の思いをよそに、和也は鷹揚に腕を組んだ。

「あれくらいの企画なら、役員会を通さなくても、俺とお前の稟議承認だけでなんとかなる。さっきの話を聞いたからこそ、俺はますますやってみたくなったよ。どうせ、今は配給営業もたいしてやることないんだし。こうなった以上、現場がやりたいことやったらいいと俺は思うよ」

学は絶句した。

和也はなにを言っているのだろう。

面白くない？　そんなことは当たり前だ。

やりたいこと？　そんなの会社の中にあるわけがない。

追って沙汰を待てばいい。所詮自分たちは、会社の歯車なのだから。

それに、それが――。

「メインの作品『サザンクロス』だぞ。我らが同期、北野咲子プロデューサーの処女作じゃないか」

学の思いを遮るように、和也が続ける。

「あの頃はすごかったよな。毎週のようにトークショーとかやってたんだ。それこそ、ターゲットにばっちりのゲスト呼んでさ。ワイドショーのためなんかじゃなくて、純粋に観客のためのイベントだ。俺たちも部署の垣根を越えて色々手伝ったじゃないか。お前だって、多少の思い入れはあるだろ」

学の胸の中に、一人で受付にやってきたほっそりとした女性の姿が浮かんだ。

くるりと向けられたしなやかな背中が甦る。

「あ、あれはミニシアターブームの賜物だろ」

なぜだか声がひっくり返った。

「今じゃもう、あんなことできないよ」

「そんなことない。さすがに本興行は無理だけれど、イベント上映なら、なんとかできる」

「今更九〇年代もないだろう」

「平成が終わる今だからこそだよ。俺たちにとっても懐かしい時代じゃないか。あの頃のすべてが良かったとは言わないけどさ、今みたいにSNSの迂闊な一言がきっかけで新入社員が首を切られるような世知辛さはなかったよ。ミスが起きても犯人捜しより、力を合わせて乗り切ろうみたいなところがあったじゃないか」

和也が言っているのは、数年前、制作部に配属された新人が、公式発表前にうっかりキャストの名前をSNSで漏らしてしまい、たった半年足らずで退職させられた件だろう。あのときは、学も気分が悪かった。それくらいのミスなら、自分も若い頃に山のように犯してきた自覚があったからだ。

ふと、学は思い出す。

映画がまだフィルムプリントだった時代、学のミスでダブルブッキングが起きたとき、セールスが自分の手でプリントを劇場に持ち込む、所謂〝ケヌキ〟リレーをやろうと提案したのも和也だった。

〝仕事はとりあえず、流れればいい〟

あの頃は全員がそんな考えで、良くも悪くも随分と適当だった。

今だったら、あんなこと、許されるわけがない。

「時代は変わったんだよ。北野だって、結局は辞めちゃったじゃないか」

「あれは仕方ないよ。子どもの中学受験だろ？　〝お母さん業〟に専念するのは、女性として悪いことじゃない」

「あのさぁ、仙道。今の時代、女は〝お母さん業〟に専念しろとか言ってると、炎上するぞ」

「どこで炎上するんだよ。どの時代になったって、子どもにとっては、お母さんが一番だろう。うちの子どもたちだって、いくつになっても、ママ、ママだぞ。男親と女親の役割は、やっぱり違うよ」

当たり前のように頷く和也を、学は横目で眺める。

そう言えば、こいつは昔から礼儀正しい営業として、年功序列時代のオッサンたちから大人気だった。現在は物分かりのいい上司として、部下からの人望もそれなりに厚いけれど、要するに保守なのだ。

「だからこそ、『平成元年組』の俺たちが北野の意志を継いでだな……」

「はぁあああ？」

なに言ってんの、こいつ。

学は本気でバカバカしくなってきた。

「俺たちだって、今やグループ長職なんだぞ。『平成元年組』とか、いつまでもつまんねえこと言ってんじゃねえよ。とにかく、あんな利鞘の薄そうな企画、俺は承認しないから」

和也の妙な熱血ぶりを、学はバッサリと断ち切る。

「DVD販促企画である以上、事業計画たてるのは俺の部署なんだからな。新体制への移行時期に、そんな無駄なもの背負いたくない」

そこまで言うと、和也が口を閉じた。

折よく、きつねうどんとかつ丼セットがやってきて、しばらく互いに無言で箸と口だけを動かす。

「……まあ、最終判断はお前だけどな」

かつ丼を半分食べ終えたところで、和也がぼそりと呟いた。

「お前、よくそんなので足りるね」

ついでにきつねうどんを指さされ、学は「ふん」と鼻を鳴らす。

「お前みたいな腹になりたくない」

「五十過ぎてまで見てくれに固執するなよ」

そう言う和也が、モッズファッション時代に「オヤジになるくらいなら四十一で死ぬ」と豪語していたことを、学はおぼろげに思い出した。

昼食後、和也と別れると、学は喫煙室に向かった。

「お前、やめてたんじゃなかったっけ」

別れ際、和也からも指摘されたが、娘が産まれてからずっとやめていた煙草が、なぜか最近復活してしまっていた。

人気のない喫煙室で、学はぼんやりと白煙を吐く。

本当、俺、なんでまた煙草に戻っちゃったかな。

健康上、百害あって一利なし。しかも、バカみたいに値上がりしてるのに――。

思い切り煙を吐いた瞬間、ふと気づく。大っぴらに溜め息をつけるせいかもしれないと。

なんてね。

口元に苦笑が浮かんだ。

なんで、楽しく明るくらくちんに生きるのが信条の自分に、溜め息をつく必要があるのか。

さあ、今日も適当に判子だけ押して、さっさと定時にあがろう。

喫煙室を出た途端、ふいに人影が現れて、学はぎょっとした。

「葉山G長」

明らかに待ち伏せしていたと思われる、野毛由紀子が正面に立っていた。ベージュのスーツに、ぺったりとしたショートヘア。砂原江見より年下のはずなのに、小太りの体型のせいかずっと老けて見える。けれど地味な風貌は、団塊世代に近い役員連中の眼にはある種の安心感として映るかもしれない。既婚者で、一児の母親という点もポイントが高い。

その佇まいは宣伝プロデューサーというより、やっぱり女子校の学年主任だ。

先刻の和也のたとえが甦り、学は笑いを噛み殺す。

「野毛ちゃん、どうしたの？　こんなガス室の前なんかで」

ひょっとして午前中の緊急会議の内容をかぎつけて、口の軽そうな自分に白羽の矢を立てたのか。

学は少々身構えた。

「砂原さんが、販促上映企画をたててるって本当ですか」

だが由紀子が切り出したのは、もっと手近なことだった。

「ああ、そっち」

思わず呟いてしまい、慌てて唇を引き結ぶ。

「ＤＶＤの販促って言っても、一応劇場で上映するんですよね。その場合、プロモーション活動をするなら、映画宣伝担当の役員を通していただかないと……」

学の一瞬の狼狽(ろうばい)に気づくことなく、由紀子が続けた。小さな黒目が暗く光っている。

自分のシマを荒らされまいとする猫の目だ。

小さいね……。

でもそこに、学は安心感を覚える。ときとしてなにを考えているのかよく分からない江見に比べ、由紀子はとても分かりやすい。

「心配しなくていいよ。俺、あんな企画、承認するつもりないから」

学の言葉に、由紀子は明らかに溜飲(りゅういん)が下がったような表情を浮かべた。

そう。規律を乱す、勝手な行動は許さない。

俺はそれが面倒だし、君はそれが気に障るからだ。

「砂原さんて仕事はできるけど、昔から割とそういうところがあるから……」

慎重に言葉を選びながら、由紀子が探るようにこちらを見る。

「本当、困るよね。ああいう、自分のために会社があるって思ってる人。いくらマスコミでも、会社ってそういうもんじゃないから。自分のための仕事がしたいなら、フリーランスになればいいって話だよ」

言いつつ、学は無理だろうなと考える。

どれだけ退職金が上乗せされたとしても、バツイチ独身の四十代女が、正社員の立場をそう簡単に捨てられるわけがない。

「ああいうのを、勘違いっていうんだよ」

断言してみせると、由紀子は滲み出る喜悦を隠すことができなくなった。今度は散歩を前に、尻尾を振りまくる犬みたいだ。

可愛いね。

由紀子の丸顔に、舌を垂らしてハッハと短い息を吐くグレイの面影がよぎる。

そうだよね。俺たちはこうやって徒党を組んで、ルールを振りかざして、出る杭を打ちまくってきたんだもの。

それが普通だ。熱血ごっこの和也がなにを言おうが、主流なのは俺たちだ。

俺も君も、きっと新会社でもうまくやる。

なぜなら俺たちは、自分が歯車でしかないことを知っている。追って沙汰を待って、上長の前で尻尾を振りまくる。だってそのほうが可愛いもの。

それに、それが――。結局、一番楽だから。

和也に遮られた思いが胸に湧く。

「やっぱり、葉山G長はさすがですね」

由紀子が満足げな笑みを浮かべた。

上機嫌で去っていく由紀子の後ろ姿を見送りながら、学は自分でも気づかぬうちに長い溜め息をついていた。グレイを自分たちになぞらえたのは、いささか失礼だったと思う。犬がはしゃいで尻尾を振るのは、主人が本当に好きだからだ。対して、自分たちはそうじゃない。学もミレニアル世代の新社長に好感は持っていないし、由紀子だって本気で「さすが」と思っているわけではないだろう。無垢な犬に比べ、自分たちは不純だ。

学の胸に重い影が差す。

自覚的な分だけ、俺はもっと醜悪だ。

今日は朝から晩まで、どの局も平成特集をやっている。グレイの散歩から帰ってきた学は、ソファに寝転んでザッピングを続けていた。

二〇一九年四月三十日。ついに、平成最後の日がきた。

なんだろう。このすさまじい年末感。

〝平成最後〟の大連呼に、学はあくびを噛み殺す。公共放送に至っては、今日から明日にかけて「ゆく時代くる時代」という大型特別番組を組んでいる。

九〇年代という言葉が耳に入り、学はザッピングの手をとめた。

湾岸戦争、バブル崩壊、阪神・淡路大震災、オウム真理教、地下鉄サリン事件……。なんだか暗いニュースばっかりだ。一般的に見れば、九〇年代は、失われた暗黒の時代だろう。

〝俺たちにとっても懐かしい時代じゃないか〟

和也の台詞が甦り、学はリモコンを放り出してソファの上であおむけになった。

確かに当時の銀活には、若々しいパワーがあった。それを支えていたのが、二十代から三十代にかけての自分たちだったという気概は、学の中にすらある。

「平成元年組」唯一の帰国子女、小笠原麗羅(おがさわられいら)が二十八歳の若さで国際部の課長になったときから、銀活の現場は大きく変わった。リミッターが外れたように八面六臂(はちめんろっぴ)の活躍を見せたのは、同期の中でも麗羅や咲子のような女性陣だった。若い彼女たちの感性は、それまでただマイナーだった銀活のラインナップに新たな息吹(いぶき)を吹き込んだ。

そこへ大きな追い風を送ったのが、興行界に瞬間風速的に巻き起こったミニシアターブームだった。

〝俺たちも部署の垣根を越えて色々手伝ったじゃないか。お前だって、多少の思い入れはあるだろ〟

そりゃ、あるよ――。

ソファの上で寝返りを打つ学の脳裏に、ほっそりとした一人の女性の姿が浮かぶ。

毎週末に行われていた、『サザンクロス』のトークショー。劇場の受付でぼんやりしていた学の前に、さっぱりとした感じの女性が現れた。化粧っ気がなく、服装も至極あっさりとしていた。

まさかその人が、今夜のゲストだとは思ってもみなかった。

その人は、パーティションで仕切られたメイクルームも、姿見も使わなかった。トークショーの司会を担当する咲子とバックヤードで談笑しながら、小さな手鏡一つで自分自身でメイクをした。つけ睫毛（まつげ）を半分に切って眼尻につけ、アイラインをすうっと引いて、唇にグロスを塗った。

失礼だと思いつつも、学はなぜか眼が離せなくなり、魅入られたように眺めてしまった。

気づいた咲子に追い払われそうになったが、「気にしないで」と微笑んでくれた。

後にも先にも、あんなに手早く、綺麗な仕草で化粧をする女性を見たことがない。

最後にくるりと背中を向けてシャツを脱ぐと、頭からさらりとワンピースを被った。一瞬見えたしなやかな白い背中に、どきりとした。

すべてが至極自然な身のこなしだった。今までも数々のライブハウスのバックヤードで、彼女はそうやって普通に化粧をして、普通に着替えをしてきたのだろう。

振り向かれた瞬間、薔薇（ばら）が咲いたと思った。

渋谷系の女王の異名をとるボーカリスト、宮野摩子（みやのまこ）がそこにいた。

「かっこよかったよな……」

気づくと、声に出して呟いていた。

本当に、おしゃれですてきな人だった。

映画業界に長く身を置いていれば、女優やアイドルに直接会う機会も少なくない。大抵彼女たちは、ヘアメイクやスタイリストといったスタッフたちにかしずかれている。メイクをしてもらうまでは、サングラスと大きなマスクで防御して、絶対に素顔を見せない。だから学はどんなに綺麗な女優を見ても、着せ替え人形のように感じてしまう。

あんなふうに、スタッフと談笑しながら自分でメイクをする人を見たのは初めてだった。飾らない、真っ直ぐな美しさがそこにあった。

いつからか、正直さや率直さに心密かに惹かれる自分がいることを、学は自覚している。優秀すぎる兄と本気で向き合うのが嫌で、幼い頃から家族の前でさえ被り続けてきた道化の仮面は、もはや皮膚と一体化して外すことができない。

故に、素顔を見せられる人に惹かれる。

〝葉山君、ありがとね——〟

とうに会社を去った経理の女性の面影がよぎり、学の胸がずきりと痛む。

クッションに顔をうずめた学の耳に、聞きなれた電子音が響いた。

テーブルのスマートフォンを手に取り、学は訝しげに眉を寄せる。てっきり妻か娘からだと思ったのに、液晶画面に表示されているのは、部下の伊藤の名前だった。

「もしもし」

テレビの音量を下げ、スマートフォンを耳に当てる。

「はぁっ⁉」

けたたましく響いてくる伊藤の声に、学は一気に血の気が引くのを感じた。

地下の駐車場に車を駐めると、学は息せき切ってエレベーターに飛び乗った。社員証のカードをかざすだけで、オフィスのロックは簡単に解除された。こういうときは、セキュリティーの甘い会社でよかったと思う。

誰もいないフロアを横切り、自分のデスクに放置されているサンプルDVDを手に取った。ジャケットを確かめ、全身から力が抜けそうになる。

万事休す。

伊藤が言ったとおりだ。明日の「エリリン令和元年スペシャルイベント」で本人が手売りすることになっている令和元年限定オリジナルジャケットのクレジットに誤植がある。

園田恵梨奈の名前が、恵利奈になっている。

よりによって本人の名前だ。なぜ、気がつかなかったのだろう。

学は思わず天を仰ぐ。

DVD制作を担当したのは伊藤だが、最終確認をしたのは自分だ。いつものように適当に判子を押したに違いない。

イベント会場で事前の納品チェックをした際に、伊藤は初めて事態に気づいたらしい。

〝やばいっすよ、世の中十連休なんですよ。どこへ電話しても、誰もつかまらないんすよ〟

電話口で、伊藤は泣き声をあげていた。

通常、ＤＶＤのジャケット印刷は、デジタルマスタリングを行う現像所(ラボ)が一括して請け負う。学も何度かラボに連絡を入れてみたが、どの部署にかけても十連休を知らせる録音テープが繰り返し流れるばかりだった。

〝よりによって、デザイナーはグアム旅行中なんすよ。もう、どうしたらいいか、全然分かんないっすよ。誰が決めたんすか、この十連休……！〟

半ばパニック状態の伊藤には、とりあえず手売り用に準備した二百枚のＤＶＤを、すべて会社に引き上げるように指示した。本人やマネージャーに、誤植のあるＤＶＤを見せるわけにはいかない。

しかし、この先どうするか。

学はパソコンを立ち上げた。社内クラウドに入っている確認用データを探し出す。

〝令和のビーナス〟のＰＤＦデータはすぐに見つかった。デザインを取り囲むように、ずらりとアイコンが並んでいる。けれど、知識のない学には、なにをどうすればよいのか皆目見当がつかなかった。そもそもＰＤＦというフォーマットがなんたるかも、たいして分かっていないのだ。

〝誰が決めたんすか、この十連休……！〟

伊藤の泣き声が甦り、学は奥歯を嚙みしめた。通常の暦通りなら、今日は平日だったのだ。デスクの卓上カレンダーも、四月三十日火曜日は黒文字になっている。映像業界はゴールデンウイークも暦通りの会社が多い。異例の十連休でさえなければ、修正は可能だったはずだ。

最悪、明日は引換券を配るか。

だが、令和元年のイベントに、肝心の限定ジャケットが間に合わなかったなどという事態が、果たして許されるのか。マスコミへの釈明はできても、ファンは絶対に黙っていないだろう。

今は誰もが情報を発信し、それがどんどん拡散されていく、恐ろしい時代なのだ。

〝令和元年のイベントに商品間に合わないって、マジか〟〝銀活、潰れて当たり前〟

炎上騒ぎは必至。

業界内であれば多少の宥恕はあるかもしれないが、匿名の顧客たちはそうはいかない。容赦なく牙をむき、どこまでも責め立て、煽ってくるだろう。

学の腋の下を、気味の悪い汗が流れた。

SNSの一言が原因で、せっかく入った会社を退職させられた新人の顔がよぎる。

容赦のない時代。一つのミスが絶対に許されない。学自身はもちろん、どこまで責任を追及されるかも分からない。

以前なら、なんとなく曖昧に処理されてきたことが白日の下に晒され、本来無関係な人まであらゆる見解を侃々と提示してくる。隠蔽を可視化するよき契機と見る向きも多いだろうが、自分のような迂闊な人間からしてみれば、怖さや息苦しさのほうが圧倒的に先に立つ。

突如、背後で物音がして、学は飛び上がりそうになった。

振り向くと、砂原江見が驚いたような顔で立っている。

「葉山グループ長、いらしてたんですね」

それだけ言うと、江見は自分の席に着いた。

「砂原ちゃんこそ、どうしたの」

「明日のイベントの直前連絡ですよ。媒体によっては、未だにファックス寄こすようなところもあるので。あと、会社のパソコンのほうがなにかと便利なので」

淡々と答える江見を前に、学はごくりと唾を呑む。

「さ、砂原さん……」

もう「ちゃん」づけで呼ぶ余裕もない。

「明日のイベント、中止になるかもしれない」

江見は無言で学を見返した。

「ジャケットに誤植が見つかった」

学は覚悟を決めて、オリジナルジャケットのＤＶＤを差し出す。

「十連休中で、ラボもデザイナーもつかまらないんだ。制作担当の俺の責任だ。本当に申し訳な……」

「前村(まえむら)君に連絡しましたか」

頭を下げかけた学を、江見が遮った。

「え？」

「前村君ですよ」

江見が冷静に告げる。

前村譲(ゆずる)。年がら年中、黒いマスクで顔を覆っている根暗な若手。もともとは直属の部下だったのに、学にはその程度の印象しかなかった。

「彼ならマックが使えますし、ＤＴＰ入稿のスキルもあります。なんとかなるかもしれません」

絶句する学の眼の前で、江見は電話をかけ始める。

「あ、前村君？　悪いんだけど、すぐきてほしいの。……うん、会社に。本当に悪いと思ってるんだけど。明日のイベントのオリジナルジャケ写に誤植が見つかってね……」

江見が持つ受話器口から、獣のように咆哮(ほうこう)している譲の声が、学のもとにまで響いてきた。

「……そう。連休中で、デザイナーもラボも誰も連絡が取れないの」

再び譲がなにかわめいている。相当怒っているようだ。

それから二、三会話を交わした後、江見は受話器を置いた。

「これからきてくれるそうです。多分、なんとかなりますよ」

普段の饒舌(じょうぜつ)さをすっかり忘れ、学は返す言葉を失う。

江見が自分の業務をこなす傍ら（かたわ）で、学はこれまでにも前村譲がデザイナーの作った広告データをたびたび修正していたことを聞いた。関連会社の雑誌媒体から江見が広告の空き枠をもらい、その都度譲がデータをリサイズしたり、リライトしたりしていたらしい。

どうりで宣伝予算を増やしてもいないのに、広告の露出が増えていたわけだ。

これまで、江見たちのそうした地道な努力に注意を払ってこなかった自分を、学はさすがに本気で恥じた。

〝そのちまちまこそが、もっと評価されるべきだったって、俺は思うよ〟

先日の和也の言葉が耳の奥に響く。

江見も譲も社内アピールをしてこないタイプだが、きちんと現場を見ていれば、それくらいのことには気づけたはずだ。

針の筵（むしろ）に座る心地で到着を待っていると、小一時間ほどたったところで、乱暴にオフィスの扉があけられた。

「ああ、もう！　十連休殺したいっ！」

怒鳴り声をあげながら、前村譲がオフィスに入ってくる。

「早かったね。でも、家にいてくれて助かった。前村君が、連休中一緒に出かける友達がいる人じゃなくてよかったよ」

江見が平然とそんなことを口にするので、学は焦った。頼みの綱の譲をこれ以上怒らせるのは、得策ではないのでは――。

「冗談じゃないですよ！　友達なんかいなくたって、こっちはネトゲで忙しいわけです。ようやく寝床に入ったところを、砂原さんからの電話でたたき起こされたんですからね！」

背負っていたリュックをデスクに投げ出し、譲は苛々と部屋の隅のマッキントッシュに向かう。

オフィスの掛け時計を見れば、午後五時。夕刻、ようやく寝床に入る生活とはいかがなものかと思ったが、もちろん口には出せない。

学自身は指一本触れたことがないどころか、これまでオフィスにあることすら意識していなかったマッキントッシュコンピューターを譲が立ち上げた。

ジャーン！

威嚇のような効果音が、三人しかいないオフィスに響き渡る。

「ええと、ジャケットのＰＤＦなんだけど……」

恐る恐る背後から声をかければ、「ああっ⁉」と唸り声をあげられた。

「そんな吹けば飛ぶようなデータ量の確認用ＰＤＦで、ジャケットが作れるわけないでしょう」

黒マスクの上の眼が凶暴に眇められている。

「ラボのサーバーに入稿用のデータがあるはずなんで、それをダウンロードして使います」

グラフィカルなマックのブラウザを見つめながら、譲はキーボードをたたき始めた。

「そ、そんなことできるんだ」

「今までも似たような状況で、何度か誤植を食いとめたことがありますからね。パスワードは共有させてもらってるんです。大体、うちのＤＶＤ制作班、誤字が多すぎるんですよ」

三白眼でじろりとにらまれ、身がすくむ。

「連休中に呼び出されたのは、さすがに初めてですけどね」

自分のいい加減な仕事ぶりからくるポカミスが、これまでも、たびたび現場スタッフたちによって瀬戸際で食いとめられていたらしい。

「あ、チキショウ、やっぱりアウトラインがかかってやがる。ま、入稿用なんだから当然か……」

ダウンロードしたデータを見つめ、譲がぶつぶつと呟く。

「これ、一体、なんの字体（フォント）だ？　チキショ、今回のデザイナー誰だ？　凝ったフォント使いやがって。もしかして、天地で変倍してるのか？」

学には理解できない言葉を呪文のように唱えながら、譲が誤植部分のフォントを突きとめようとマウスを操作し始めた。

「な、なんとかなりそう？」

「するしかないでしょう」

きっぱりと言い切られ、学は深く息を吐く。

データ修正は譲に任せるとして、次の工程を考えなければ。ジャケットのプリントアウトは、社内のプリンターではできない。プリントアウト専門店を使うしかないが、この連休中に営業している店舗があるか。

確か、プリンターズのフランチャイズなら無人店舗があったはずだ。

デスクのパソコンで検索をかけていると、胸ポケットのスマートフォンが鳴った。ＤＶＤを引き上げてきた伊藤が、玄関口に到着したらしい。

学は台車を引いて、エレベーターホールに向かった。

「葉山Ｇ長、すみません。タクシーがなかなかつかまらなくて……」

汗だくの伊藤が、タクシーから降りてくる。

学はタクシーの荷台からＤＶＤの入ったコンテナを下ろすのを手伝い、ついでに運転手への支払いも済ませた。

「ジャケ写、どうしますか？　まさか、通常版に戻すわけにはいかないっすよね」

「今、前村がデータ修正してる」

「え？　前村先輩、神っすか！」

素っ頓狂(すっとんきょう)な声をあげる伊藤と共に、ＤＶＤをオフィスの打ち合わせスペースに運び込む。

ここからがまた大変だ。

「伊藤、シュリンクラップの在庫あったよな」

学は誤植版のＤＶＤの包装ラップを破りながら、伊藤に声をかけた。

サンプル版を作るときに、社内で包装することはよくある。ドライヤーの熱で簡単に密封ができるシュリンクラップは、幸い最近補充をしたばかりだ。

「二百枚確保できるか」

「問題ないっす」

備品棚の前で、伊藤が指でＯＫマークを作る。

「それじゃ、プリンターズを検索して、営業してる店舗を探してくれ」

「了解っす」

自分のデスクに駆けていく伊藤を見送りながら、学はラップをびりびりと破り続けた。打ち合わせスペースのテーブルが、あっという間にラップ屑で一杯になっていく。

「プリンターズの渋谷店、神ですかぁああああ！　この十連休中、一日も休んでません。しかも二十四時間営業っすぅううう！」

感極まった伊藤の声が、デスクの向こうから響いてきた。

「うるせえっ、神なんかこの世にいねえ！　得体のしれないものはあちこちに一杯いるけどな」

「うわぁああ、前村先輩、あなた神でしょおおおっ」

「やかましい！　お前のミスのおかげで、こっちは無駄な休日出勤だ。しっかりしろよ、制作担当」

どうやら、譲のデータ修正が終わったらしい。学は打ち合わせスペースの席から立ち上がった。

「伊藤、戻ってきたばかりで悪いが、渋谷のプリンターズで二百枚、ジャケットの打ち出しを頼む。俺はこっちで差し替えの準備を進めてる」

「了解っす」

譲から手渡されたUSBメモリを手に、伊藤が再び駆け出す。

「俺もいきます。一応クラウドにも保存しましたが、向こうでデータになにかあるとまずいので」

譲もリュックに手をかけた。

「わぁあああっ、前村先輩、やっぱり神っすね！」

「だから、神なんてどこにもいねえんだよ」

にぎやかに言い合う若手社員の姿が消えると、オフィスの中はしんとした。学はラップを破り続け、江見は江見で何事もなかったように自分の作業を続けている。

「手伝いますよ」

やがて江見が打ち合わせスペースに入ってきた。いつの間にか、窓の外は真っ暗になっている。

「……砂原ちゃん、ごめん」

「こっちは一段落しましたから」

「あのさ、砂原ちゃん」

学は臆しながらも切り出した。

「今回は、助けてもらったと思ってるけど、俺、恩に着るようなできた人間じゃないから」

そこまで言うと、江見が微かに笑う。

「ああ、九〇年代トリビュート企画の件ですか。別に、恩に着せようなんて思ってませんよ。第一、私はなにもしてません。頑張ってくれたのは前村君です」

江見の淡々とした表情からは、相変わらずなにも読めない。

「ただ、あきらめたわけじゃないですから」

さらりと続けられ、学は苦笑した。やっぱりロスジェネはしぶとい。

「砂原ちゃんはさ、なんでそんなにあの企画にこだわるの」

「だって今、ほかにあんまりやることないじゃないですか」

「そのほうがいいじゃない。楽だし」

「どうですかね。どの部署も手持ち無沙汰にさせて、社内に居づらくさせる方法っていうのも、ある気がしますけど」

思わずひやりとする。まるで、先日の緊急会議の内容を知っているようだ。

そっと横顔を窺ったが、江見は淡々と手を動かしているだけだった。しばらくの間、学もラップを破ることに専念する。

「……一言でいえば、やりたいからです」

ふいに江見が呟くように言った。

「ブラックとかホワイトとか、いろいろ言われますけど、皆、ちゃんとお金をもらえる範囲で努力して、自分のために働けばいいと思うんですよ。どのみち私たち、働かないと生きていけないんですから」

珍しく、江見は「ふふっ」と声に出して笑った。

そんなこと、迂闊に言っちゃ駄目だ——。

学は瞑目する。

自分のために働くなんて、既得権にこだわる連中や、彼らにおもねる歯車の前で、絶対口にしてはいけない。組織に属するほとんどの連中は、個人が楽しげに働くことなんて、所詮許そうとはしないのだから。

だって悔しいじゃないか。生意気じゃないか。

そうできない自分だけが、損しているみたいに思えるじゃないか。

いい気になってる。勘違いしてる。

嫉妬と羨望をもっともらしい正論に置き換えて、俺たちは、寄ってたかってあなたの頭をたたきにいくよ。

組織で必要とされるのは、結局優秀な人材でないことくらい、学は身に沁みて知っている。

そうでなければ、自分のような男がグループ長になれるわけがない。

学は黙し、江見もそれ以上なにかを言おうとはしなかった。二人とも、無言で黙々と作業を続けた。

午後八時近くになると、譲と伊藤がジャケットを携えて戻ってきた。休む間もなく、今度は四人で二百枚のジャケットの差し替えに着手する。江見と譲がケースに入っているジャケットを新しいものに差し替え、学と伊藤でシュリンクラップにドライヤーを吹きかけて包装した。

途中、学が来々軒から全員分の出前をとった。学の新入社員時代から三十年に亙り銀活の残業社員の胃袋を満たしてきた来々軒は、十連休をものともせず、元気に営業していた。中国人店主の日本語は、なぜか代々片言で、出前のメニューの一品を必ず間違えるのはお約束だったが。

「ここまでくれば、もう大丈夫だ」

一番手間のかかるシュリンク作業も残すところ十数枚となったところで、学は全員に声をかけた。

「後は俺がやっておくから、皆、電車のあるうちに帰ってくれ」

「葉山G長は?」

伊藤が心配そうに見上げてくる。

「俺は今日、車できてるんだ。DVDは一旦持ち帰って、明日、朝一で会場に搬入するから安心しろ」

学は江見と譲に向き直った。

「宣伝チームの二人にも迷惑をかけて申し訳なかった。本当に助かった。ありがとう」

「まったくもって、いい迷惑ですよ! こっちは明日が本番なのに」

素直に頭を下げたのに、譲はぶりぶり怒っている。

「じゃあ、これで私たちは帰ります。出前、ご馳走様でした。後はよろしくお願いします」

二人の若手がオフィスを出るのに続き、江見もトートバッグを持って立ち上がった。

「砂原ちゃん」

学は素早く声をかける。

「本当に感謝してる。俺一人だったら、完全にあきらめてるところだった」

足をとめ、江見が少しだけ振り向いた。

「〝仕事は流れればいい〟」

江見の言葉に、学はハッと息を吞む。

「こういうこと、私は全部、『平成元年組』から教わってきたんですよ」

「俺は……、あの頃から、たいしたことしてなかったけど……」

「そうですね」

学の言葉を否定せず、江見は踵(きびす)を返した。長い髪を揺らして去っていく後ろ姿を、学はじっと見送った。

オフィスに一人きりになると、学はテレビをつけて打ち合わせスペースに戻った。

テレビを見ながら、残りのシュリンク作業を行う。

「ゆく時代くる時代」が、いよいよ「時代越え」の大詰めを迎えようとしていた。「一万人の記憶に残る平成」のランキング第一位は、やはり東日本大震災だった。あの未曾有(みぞう)の大災害を胸に秘めたまま、一億二千六百万人が新たな時代を迎えようとしている。

若い人たちがひしめく渋谷のスクランブル交差点、大阪に復活したジュリアナ東京、解決の糸口の見えない廃炉問題を抱えながらも復興を目指す福島……。

日本各地から中継がつながり、年越しならぬ時代越しの瞬間が待ち望まれている。

ディスコで踊る母娘二世代を眺めるうちに、学の胸の中にも、いつしかふつふつと熱いものが込み上げた。

平成元年に社会に出てきた自分たちは、会社に終身雇用の幻を見た最後の世代かもしれない。いい加減な連中が多かったけれど、先輩と後輩と、そして同期に恵まれた。

〝仕事は流れればいい〟

今よりも鷹揚な環境の中で、自分は多くのことを赦(ゆる)されてここまでやってきたのだ。

九〇年代。それは、学にとっても青春だ。

ミニシアターブームという一時的な追い風があったものの、生き生きと活躍していた女性同期たちの頭をたたこうとする人は、それほど多くなかった。

忙しくても、殺伐とはしていなかったあの時代。

ブラックだとかホワイトだとかいう言葉が、まだなかったあの時代。自分も輩(ともがら)も若かった。

ひときわ大きな歓声があがる。

いよいよカウントダウンが始まった。

十、九、八、七、六、五、四……。

平成が終わる。銀都活劇で働いてきた三十年が幕を閉じる。

いつしか学も心の中で、カウントダウンに加わった。
三、二、一……！
大歓声が響き渡ると同時に、深夜零時を過ぎた。

さよなら平成。こんにちは令和。ようこそ、新しい時代（エラ）。

誰もが幸せそうに、歓声をあげている。

なんだ、自分たちはこんなふうに、大勢で喜びを分かち合うことだってできるんじゃないか。

だけど、こんなのはほんの一瞬だ。明日になれば、時代越しは日常に代わり、また損得の巡邏（じゅんら）が始まる。

勝手なことをする奴は、自分より面白そうに生きている奴は許さない。

さもしく貧しい牽制に、きっと自分も加わる。

でも、今だけは。この瞬間だけは。

学はデスクに戻り、引き出しをあけた。江見に押しつけられた企画書を取り出す。

別に恩を着せられたわけではないし、主義を曲げるつもりもないし、ほだされたわけでもない。

だから敢えて言うならこれは――。

令和元年の珍事。

「ハッピー・ニューエラ」

小さく呟き、学は稟議欄に承認の判をついた。

第三幕　ゆとり羊は九〇年代の夢を見るか？

すごい、すごい。これが映画のパンフレットだなんて……。

打ち合わせスペースのテーブルに、倉庫から送られてきたパンフレットを並べながら、若林令奈は興奮を隠すことができなかった。

パンフレットといったら、Ａ４サイズの通り一遍の冊子以外、久しくお目にかかっていない。ところが、長らく倉庫で保管されていた段ボールの中から出てくるのは、どれもこれも趣向を凝らした豪華で美しいものばかりだ。

印画紙のケースには、ブックレットと一緒にポスターやポストカードが封入されている。特殊加工で、表面がミラーのように光るもの。箔押しが施されているものまである。

しかもそれが嗜好性の強いアニメや特撮作品ではなく、すべてアート系映画のものなのだ。

これが、銀活の九〇年代。

なんて、綺麗。なんて、おしゃれ——。

六月に入った途端に梅雨が始まり、社内も社外も見通しが悪くてじめじめしている中、きらびやかなパンフレットを手にしていると、令奈は心なしかわくわくしてくるのを感じた。

一緒に中身を検(あらた)めている同僚の前村譲(まえむらゆずる)と美濃部成平(みのべなりひら)も、感心したようにブックレットを眺めている。

こんなおしゃれな映画の宣伝プロモーションに、企画段階から参加できるなんて、映画宣伝チームを離れたときには思ってもみなかった。

〝ちょっと、意見を聞かせてほしいんだけど……〟

DVD宣伝のチーム長、砂原江見(さはらえみ)が、「九〇年代トリビュート」をやってみないかと切り出してきたとき、最初はピンとこなかった。九〇年代がどんな時代だったか、令奈にはそれほどの印象がなかったのだ。

それでも、資料を読み込むうちに、単純に「面白そうだな」と思うようになった。

パッケージという性質上、秋葉原のイベント等、どうしてもオタク色が強くなるDVD宣伝も決して嫌なわけではなかったが、令奈は心の奥底では、やっぱり劇場映画の宣伝に携わりたいと考えていた。

しかも、銀都活劇の九〇年代から二〇〇〇年代初期の劇場映画ラインナップは、ベストセラー小説や人気漫画ばかりを原作とした最近の製作委員会方式の作品とは随分違い、オリジナル性にあふれるものだった。

〝実際には二〇〇〇年代初期の作品が多いんだけど、そこは、イメージ的に九〇年代(ナインティーズ)ってことで〟

江見の説明を聞きながら、「ちょっと、やってみたいかも」と関心を惹かれた。

同時に、こんな企画が通るわけがないとも考えた。

DVD事業グループのG長は、あの葉山学（はやままなぶ）なのだ。

このG長の綽名が「マナバヌ」であることくらい、未だに若手と呼ばれる令奈たちだって知っている。調子だけはいいけれど、面倒なことには一切かかわろうとしない。現場主導の企画の稟議を承認するとは、到底思えなかった。

一応賛同はしたものの、だから、まったく期待していなかった。肩透かしを食らうのは、できるだけ避けたい。自分のメンタルが豆腐のように崩れやすいことは、重々自覚している。

ところが、十連休明けの会議で「九〇年代トリビュート」企画が正式に承認されたと知って、おおいに驚いた。あまり感情が表に出ない成平も、珍しく意外そうな表情を浮かべていた。

常に真っ黒なマスクで顔半分を覆っているため、元から表情の読めない譲だけは、それほどの衝撃を受けていなかったようだが。

「改元お祭り騒ぎの十連休で、マナバヌのオッサンの頭がバグを起こした」というのが、譲の弁だ。

先月の十連休は、令和元年初日のアイドルDVD販促イベントで令奈も成平も休日出勤したが、その前日に、宣伝チームの江見や譲を巻き込んで、営業チームの制作班がなにやら騒動を引き起こしていたらしい。

詳細は聞いていないが、その騒動が普段の学の判断を狂わせることになったようだ。

おかげで、こんなすてきな映画の宣伝にかかわれるならラッキーかも――。令奈はうっとりと眺める。

モード誌の表紙のようなファッショナブルなキービジュアルを、令奈はうっとりと眺める。

手始めに資料として倉庫から取り寄せた九〇年代から二〇〇〇年代初期にかけての銀活作品のパンフレットは、令奈の「面白そう」という想像を遙かに超えていた。

よくこんな贅沢な仕様が許されたものだ。

最近のパンフレットは、解説とストーリーのほか記名原稿が一つ二つあればいいほうで、あとはプロダクションノートや、スタッフとキャストの紹介と場面写真でお茶を濁すものばかりだ。

けれどテーブルに並べられているのは書籍といってよいほどの厚みがあり、何ページにもわたり著名人の記名原稿が続いている。

ミュージシャン、作家、デザイナー、カメラマン、イラストレーター、モデル、音楽プロデューサー、アートディレクター、ファッションプレス……。寄稿者の肩書も様々だ。

サブカルチャーへの造詣が深くなく、そもそも九〇年代にようやく小学生になった令奈には、〝最後の渋谷系〟として今もライブ活動を続けているミュージシャン、カジノヒデキくらいしか、名前と顔が一致する人はいなかったが。

「すごいな、こんな大御所にデザイン頼んでるんだ。そりゃ、かっこいいはずだわ」

いつもは皮肉ばかり口にする譲が、珍しく感嘆の声を漏らしている。

「前村さん、そのデザイナーさん、知ってるの」

譲が見ている奥付のページを指さすと、「ああ?」とマスク越しにもはっきり分かるほど顔をしかめられた。

「逆に知らないとかありえないだろ。渋谷系ミュージシャンのCDジャケット、ほとんどこの人のデザインだから」

当たり前のように言い放たれ、令奈は少々むっとする。

「だって、渋谷系って、九〇年代前半じゃないの?　私たち、幼稚園か小学生じゃない」

入社時期こそ違うが、令奈と譲は同い年だ。

「渋谷系以外にもいっぱいアートディレクションしてるよ」

譲の口から次々と大御所ミュージシャンの名前が出てきて、令奈は驚く。中には自分が持っているCDもあった。

「じゃあ、あのミリオンセラーCDのジャケットもこの人のデザイン?」

「そうだって」

面倒臭そうに、譲が頷く。

「あと、デザイナーじゃなくて、アートディレクターね」

譲はただでさえ陰気に見えるのに、態度もぶっきらぼうでとっつきにくい。絶対に友達がいないタイプだ。

「へえ、前村さんて、サブカル強いんだ」

令奈が半ばふくれていると、成平が間に入ってきた。

「サブカル好きって、友達いない人が多いって聞きますけど、本当なんですね」

さらりとそんなことを言うので、令奈はひやりとする。だが譲はじろりと成平をにらんだだけで、別段なにも言わなかった。

こういうところ、成平は本当に平成生まれだと思う。淡々と毒舌を使う点など、二歳年下の妹によく似ている。すべてにおいてそつがなく、すべてにおいて醒めている。

長年新卒採用のない社内では、〝若手〟とか〝ゆとり〟とか呼ばれている令奈たちは、その実、三人とも三十を超えている。なんだかぞっとする現実だった。

三人の中で、所帯を持ち、子どもまでいるのは、成平だけだ。昭和の最終走者に属する令奈と譲は、未だモラトリアムの只中にいる。無論、そのことに意識的なのは、自分だけのような気もするが。

結婚どころか、人づきあい自体に無頓着そうな譲の様子を、令奈は横目で窺った。

「うわ、すげえ。この時期の銀活、マジに攻めてんな。ウィリアム・クラインの映画とかやってたんだ」

令奈の思いをよそに、譲はひたすら当時のラインナップに感激している。

「ウィリアム・クラインなら僕も分かります。『ヴォーグ』で活躍した後、『ニューヨーク』とか『ローマ』とか『東京』とかの写真集を出した伝説的なカメラマンですよね。青山ブックセンターで見たことがあります。映画も撮ってたんですね」

成平が、ミラーのような特殊加工が施された大判パンフレットを手に取った。

「六〇年代の中ごろに『ヴォーグ』を辞めてから、映画を撮り始めたんだよ」

譲も一緒にパンフレットをのぞき込む。

「この映画、俺もスクリーンで見てみたかったなぁ。さすがに権利切れてるだろうから、今回の販促上映には入れられないだろうけど……。すっげえなあ、日本公開時、ＧＵＣＣＩ（グッチ）が協賛についてるよ」

大判パンフレットのページをめくるたび、濃いアイラインを引いた美女が次々と現れる。映画のスチール写真というより、モード雑誌のビジュアルデザインのようだ。

あまりにファッショナブルで前衛的なグラフィックに、令奈は圧倒されてしまう。

でも私、『ポリー・マグーお前は誰だ？』とか聞かれても、よく分からないや……。

六〇年代の虚飾に満ちたファッション業界を風刺した映画らしい。解説を読んだ後、パンフレットをひっくり返し、令奈は眼を見張った。

千五百円。書籍並みの価格だ。

ほかのパンフレットも調べてみると、そのほとんどが千五百円以上であることに、改めて驚かされる。

レイトショーで映画を見て、千五百円以上のパンフレットを買う若い人たちが、九〇年代や二〇〇〇年代の頭にはそんなにたくさんいたのだろうか。

毎月〝推し〟に何万も貢ぐオタク気質の人たちはともかく、〝プチプラ〟が当たり前になってしまった、自分の価値観からは考えられない。

「で……、これが今回の企画の目玉、『サザンクロス』だな」

譲が正方形の可愛らしいケースに入った、ブックレットタイプのパンフレットを取り出す。ケースには丸い穴があいていて、ブックレットを入れるとちょうどそこに南十字星が現れる趣向だ。

ウィリアム・クラインは令奈には少々アート色が強すぎたが、美しい星空を基調にしたこちらのデザインにはおおいに心をくすぐられた。

「俺、この作品、入社前にレンタルDVDで見てるけど、いい映画だった」

ケースからブックレットを取り出しながら、譲が感慨深げに呟く。

「まさか、自分が宣伝に携わるようになるとは思ってなかったけどな……」

「これって、銀活で初めて女性制作プロデューサーになった、北野さんがプロデュースした作品ですよね。銀活資本でイギリスとの合作とかやってたんだ」

成平がブックレットに手を伸ばした。

「俺が入る一年前には辞めちゃってたけど、北野さんの同期だった小笠原って人が国際部の課長をやってた時代は、結構海外との合作やってるんだ。香港との合作も何本かあるよ」

小笠原麗羅。

令奈も名前だけは聞いたことがある。銀都活劇の洋画配給部門の流れを大きく変えた国際渉外担当はハリウッド女優並みの美女で、二十八歳の若さで課長になったという。

二十八歳で国際部の課長だなんて、考えただけで眩暈がしそうだ。

だけど、バブルの好景気時代に社会に出てきた人たちなら、なにをしてもおかしくないのかもしれない。

当時は風が吹いていたのだ。若い人たちの背中を押す、大きな時代の風が。

「こういう映画がちゃんとヒットしてたっていうのはすごいですね」

「九〇年代は、ミニシアターが元気だったからな」

令奈の心を読んだように、成平と譲が言葉を交わす。

「映画もデジタルじゃなくてフィルムですもんね」

「そうそう。フィルムだ、フィルム」

「この監督、今は作家に転向してるんですよね」

「よく知ってるね。この人、クロアチア系イギリス人なんだよ。祖国のボスニア戦争を題材にした小説なんかもすごくいいよ」

普段はほとんど口をきかない二人の男性同僚が珍しく意気投合していることに、令奈は少しだけ疎外感を味わった。

でも、こんなの。

以前、映画宣伝チームに所属していたときに比べたら、なんでもない。

全員が雇用条件の違う契約の宣伝部員（パブリシスト）。しかも女所帯だった映画宣伝チームには、仕事以上に厄介な葛藤があった。

著名文化人や、文化欄の新聞記者が試写会にこようものなら、まるで馴染み客でも奪い合うように嬌声(きょうせい)をあげて突進する。手に入れた名刺は、誰にも渡さない。リストも誰とも共有しない。

そんな彼女たちが、かろうじてまとまっていたのは……。

思い出しただけで錐(きり)で刺されたように、胃がずきりと傷む。

三年前、ビデオグラム事業グループにＤＶＤ宣伝チームが新設され、そこに砂原江見がいくと聞いたときは、「脱出」のチャンスだと思った。

あのとき、異動願を出すことができなかったら、令奈はこの会社にとどまることはできなかっただろう。女所帯で唯一の緩衝材となっていた希少な男性パブリシスト〝へーセー君〟までが、一緒に異動してくるとは思っていなかったが……。

新卒採用でもともとビデオグラム事業グループに在籍していた譲と違い、令奈と成平が未だ不安定な契約社員であることに変わりはない。だが、会社の身売りが決まったここに至れば、正社員であろうと契約社員であろうと、立場が不安定であることに大差はなくなった。

そんな過渡期に、新しい企画を提案してきた砂原江見は、たいした肝っ玉の持ち主だ。

おまけに、「さよなら銀活」だなんて――。

考えようによっては自虐的なタイトルに、令奈はくすりと笑いそうになる。

一見、淡々としているが、江見の姿勢(スタンス)には底力がある。それは、彼女が二十年の長きに亙(わた)り宣伝に携わっている、今となっては珍しいたたき上げの社員だからだろう。

砂原チーム長についていけば、大丈夫。

令奈はそう思うことで、つきまとう不安を掻き消していた。こんな時期に、日々の仕事があるのもありがたい。

〝人員の削減も、今後の業務の変更もない〟

営業譲渡が発表されてから総務は何度もそう繰り返してきたが、十連休明けの全体会議ですべてがあっさりと反古（ほご）になった。

来月より、支援金をプラスした額で試算した退職金の提示と、全社員の面談が始まる。その後、秋までには各々が進退を明らかにしなければならないという話だった。契約社員である令奈や成平に関しては、退職金ではなく、ただの一時金になるらしい。

嘘つき。

令奈の中に、ちらりと不服な思いが走る。

結局は、人員削減（リストラ）じゃないか。

一体いつになったら、平然と公約を覆す嘘つきな大人たちに振り回される立場から、〝ゆとり〟で〝若手〟の自分たちは脱却できるんだろう。三十代って、こんなにふわふわとした頼りないものでいいんだろうか――。

豪華なパンフレットの奥付には、当時の銀活スタッフの名前も載っている。

そこに記載されているほとんどの社員は既にいない。かろうじて、宣伝に江見の名前があるくらいだ。

「このとき、砂原チーム長、まだ二十代だったんだよね」

思わず、言葉がこぼれ落ちる。

「どうだかね。俺、あの人がいくつなのか、よく知らねえもの」

関心がなさそうに首を横に振った譲の前に、成平が身を乗り出した。

「砂原チーム長は一九七三年生まれですよ。二〇〇〇年代頭で宣伝プロデューサーになったって聞いてますから、その当時でも二十代後半ですね」

途端に譲が眉を寄せる。

「なんでお前、他人の生年までそんなに正確に知ってんの？　まじ、引くわ」

それに関しては譲に同感だったが、二十代という年齢はやはり衝撃的だ。

二十代後半といったら、令奈が作品契約のパブリシストとして初めて銀活にやってきたときと同年代だ。使い走りのようなことばかりやっていた自分と同世代で、宣伝プロデューサーを務めていたなんて、嘘みたいだ。

「やっぱり、砂原チーム長ってすごいよね」

砂原江見にせよ、北野咲子にせよ、小笠原麗羅にせよ、豆腐メンタルの自分とはまるで違う。

この当時に活躍していた彼女たちは、まるで、時代の追い風を一杯に受けて海原をいく帆船のようだ。

できることなら世代だけでものは語りたくないのだが、畢竟(ひっきょう)、自分たちは〝ゆとり〟の域を出ないのかもしれない。

でも、だからこそ。

「砂原チーム長がいれば、うちのチームは安泰だよね」

令奈は少し強い調子で、譲と成平に同意を求めた。

簡単に約束を反古にした経営陣は汚い。業務をストップさせ、飼い殺しも同然の状態で、支援金をちらつかせながら社員にじりじりと早期退職を迫る。年間契約の令奈や成平に対してであれば、契約解除はもっと簡単にできるだろう。

そんな中、現場から新企画を立ち上げた江見は、経営陣に反旗を翻して道を示す、ジャンヌ・ダルクのようではないか。きっと江見は、ＤＶＤ宣伝チーム存続の交渉を買って出てくれるに違いない。

「さあ、どうだかね」

ここでも譲はどうでもよさそうに肩をすくめた。

「砂原チーム長に頼りすぎるのは、俺は疑問だね。砂原さんは保身に走るタイプじゃないけど、それが吉と出るかは分からないし。第一、あの人自身が今後会社に残るとも限らない」

まさか。江見が早期退職を考えるわけがない。

あの人は役職づきの正社員だし、それに四十過ぎのバツイチ独身だし……。

我知らず江見を値踏みしている己に気づき、令奈はハッと赤くなる。

だけど冷静に判断すれば、四十代半ばを過ぎた中年女性に、好条件の転職先があるとは思えない。

「あの人、最近、ちょっと浮いて見えるんだよね」

譲がぼそりと独り言ちた。

「砂原チーム長って、前から社内で浮いてるじゃないですか」

すかさず成平が後を受ける。

「いや、そういうんじゃなくて」

譲がなにかを見透かすように、マスクの上の眼を細めた。

「今までにも何度か見たんだよな。スタジオにきてた俳優だったかな、監督だったかな。テレビとかでもたまに浮いて見える人間はいるんだよ。そういう人たちって、大概……」

急に意味不明のことを口にし始めた譲に、成平がきょとんとした顔をする。令奈にも、譲の言葉の意味はよく分からなかった。

まるで令奈たちの存在を忘れたように、しばし譲はぶつぶつと何事かを呟いていたが、やがて我に返ったように顔を上げて吐き捨てた。

「やっぱ、分かんねえや」

その晩、令奈はテーブルに三つのデザートを並べた。

生クリームをたっぷり使ったロールケーキ、ベルギーチョコのパフェ、抹茶風味のわらび餅……。全部、二十四時まであいているスーパーで半額になっていたものだ。

フローリングのワンルーム。テーブルも椅子もリサイクルショップで買ったので、理想的とは言えないが、令奈が三十になって初めて一人暮らしを始めた部屋だ。

手始めにロールケーキの袋をあけて、手づかみで口に運ぶ。

生クリームの脂肪分が、口の中に広がる。ひたすらに甘くて柔らかいそれを、令奈はもぐもぐと咀嚼(そしゃく)した。美味しいのか美味しくないのかよく分からないまま、あっという間に食べ終えると、次はパフェのカップを外し、プラスチックのスプーンを差し入れる。

自棄(やけ)食いだということは、自分でも分かっている。

だけど、これくらいしないと気が済まない。

いつものバーで待っていたのに、今夜も令奈はすっぽかされた。

このところずっと、恋人の宗(しゅう)とすれ違いの日々が続いている。証券会社の営業職の宗は毎日凄まじく忙しい。それでもつき合い始めて最初の一年は、馴染みのバーで週に二度は会っていた。

せめて、メッセージでもくれればいいのに——。

令奈は恨みがましくテーブルに伏せたスマートフォンに眼をやる。

仕方がないから、一人でビールを一杯だけ飲んで帰ってきた。

なんで私って、いつもこうなんだろう。

気がつくと、蔑(ないがし)ろにされる側に回っている。

〝お姉ちゃんは、いっつも周囲に流されてへらへらしてるから、簡単に舐められるんだよ〟

美濃部成平と同じく、平成元年生まれの妹の声が、すぐそばで響いた気がした。

「あー、もう、やんなっちゃうなぁ」

令奈はテレビのリモコンを手に取った。スイッチを入れると、大勢の人たちのデモ行進が映し出される。

香港で起きている大規模デモのニュースだった。一国二制度を揺るがす恐れのある逃亡犯条例の改正案に反対し、大学生を中心とした香港の人たちが抗議活動をしていた。

世界最大の金融都市の一つ、香港。令奈も、大学生のときに一度だけ格安パッケージツアーで訪れたことがある。夜景が綺麗で、屋台料理が美味しくて、女性が一人で訪れても安心な印象だった。その街で、大勢の人々が警官隊と揉めている。

じっと見ていると、段々胸が苦しくなってきた。

改元のときは、あんなに嬉しかったのに。特に自分の名前の〝令〟が入っていたのには本当に興奮した。初めて、自分たちの世代が主役になれる時代がやってきたような気がしたのだ。

生まれてこの方ずっと不景気。大学四年でリーマンショックが起き、周囲では内定を取り消される人が続出した。そしてその二年後に、東日本大震災が起きた。

一番力や希望があふれるはずの二十代、令奈の周りには常に暗雲が立ち込めていた。社会で活躍することなんて、とても考えられなかった。

平成は、令奈にとって主役になれない他人事(ひとごと)の時代だった。

その平成が天皇陛下の生前退位と同時に穏やかに終わり、新しい時代(エラ)、令和が始まった。

令和――ビューティフルハーモニー。

美しい響きに、多くの人たちが期待と喜びを感じたはずだ。令奈もそのうちの一人である。しかし、十連休からたった一か月で、早くも令和の雲行きは怪しい。

香港で大きなデモが起き、日韓の関係はこれまでにないほどに悪化し、アジアの情勢は穏やかでない。アメリカの前大統領のときは非核化が進んだのに、現在はすっかり逆戻り。秋には消費税の値上げが決まり、同じく秋には社内で進退を明らかにしなければならない。契約満了は来春だが、果たしてそれもどうなるか。加えて、恋人とはすれ違いが続いている。

国際情勢から卑近な状況に至るまで、明るい情報が一つもない。

でも――。

令奈の脳裏に、昼間手に取った豪華なパンフレットの数々が浮かぶ。

震災やテロのあった九〇年代だって、今と変わらずに暗いニュースばかりだったはずだ。

その時代に、ミニシアターブームを支えていた若い人たちがいたんだ。

あのあと、外出先から帰ってきた砂原江見に、当時の様子を聞いた。

渋谷のミニシアターでは毎週末のようにミュージシャンや文化人がトークショーを行い、彼らを目当てに、たくさんの若い人がおしゃれをして集まってきたそうだ。

当時の雰囲気を少しでも甦らせたら面白いのではないかと、江見は語った。江見自身、レイトショーで『サザンクロス』を見たことが、銀活入社のきっかけになったという。

一本の映画が、人の潮目になることもある。

江見が口にした言葉が、令奈の心に強い印象を残した。

なんだか、とってもすてきな響きではないか。

令奈はパフェの最後の一さじを口に運ぶ。パフェも甘いばかりで、どこがベルギーチョコなのかよく分からなかったけれど、やっと少しだけ気持ちが上向いてきた。

テレビでは、画面が天気予報に変わっている。

曇りや雨マークばかりの週間天気予報を眺めていると、上向きかけていた令奈の心に、再び黒い雲がかかった。

九〇年代トリビュート企画は、販促上映が主体となっている。これに関しては、映画事業グループの仙道和也G長が、十一月に上映会場を押さえることを約束してくれているそうだ。そうなると、劇場宣伝はこちらのテリトリーだと、映画宣伝チームが口を出してくるのではないだろうか。

映画宣伝チーム長の野毛由紀子は、そういうことにとことんこだわるタイプだ。

まさか、合同宣伝なんてことになったら――。

考えただけで、令奈の心臓がひゅっと縮む。

〝おかえりなさぁい〞

三木美子の作り声が耳の奥に甦り、ゾッと鳥肌が立ちそうになった。

令奈が担当雑誌の編集部回りから戻ってくるたびに、隣のデスクの美子が必ずそう声をかけてきた。口調だけは気味が悪いほど優しいが、絶対に令奈の顔を見ようとはしない。

その直後、女性だらけの宣伝チームの島から一斉にくすくすと忍び笑いが漏れるのだ。

〝若林さんて、外回りいくわりに、ちっともパブ取れないんだよね〟

〝どういう交渉してるんだろうね〟

〝本当に編集部回ってるのかな。猫カフェとかいってさぼってたりして〟

〝あー、やりそう。若林さん、天然だもんねぇ……〟

わざと聞こえるようなひそひそ話が延々続く。

こんなだから、デスクにいられないんじゃないか。

聞こえないふりをしながらパソコンを立ち上げる指先が、いつも震えた。

美子の猫なで声は、令奈への陰口のスイッチを入れる合図だったに違いない。

唯一の治外法権で、どれだけ席を外していてもなにも言われない成平のことが羨（うらや）ましくて仕方がなかった。だが成平も、女同士のマウンティングがとまらない島の陰湿な雰囲気が耐え難くて不在がちだったのではないかと、今となっては思われる。

映画宣伝チームだって、最初からこんなふうではなかった。

新卒入社がかなわず、小さな編集プロダクションでアルバイトをしていた令奈は、二十代半ばで作品契約のパブリシストとして銀活に転職した。当時銀活は、比較的大きな公開の邦画を何本か抱えていて、多くのパブリシストたちが作品契約で雇われていた。

元々マスコミ志望だった令奈にとって、契約社員とはいえ、映画業界で働けるのは願ってもない話だった。最初は右も左も分からなかったが、映画宣伝のチーム長だった砂原江見の下、懸命に働いた。

同じマスコミでも、デスク作業の多かった編集プロダクションでの仕事と違い、映画宣伝の仕事は刺激的だった。完成披露試写会、初日舞台あいさつ等、イベントも多く、令奈も汗をかいて走り回った。華やかなことばかりではないが、他ではできない体験をしているという充実感があった。

様子がおかしくなってきたのは、面倒見のいい先輩格だったパブリシストの三木美子が、二年連続で正社員登用試験に不合格になった辺りからだ。雇用形態の違う女性パブリシストたちがにわかにざわつき始めた。

気の強い美子を出し抜いて正社員になるのは恐ろしい。そもそもこの会社に、本当にパブリシストの正社員枠はあるのか。自分たちはただの便利な駒にすぎないのではないか。

誰もがそうした不安を隠せなくなり、呑気(のんき)を自認する令奈ですら、胸中穏やかではなくなった。

ひたすらに忙しいのにその先が見えない。まるで、頂上がどこにあるのか分からない険しい嶺を登っているようだ。

しかもこの時期、興行的に惨敗の作品が続いた。散々苦労してたどり着いたはずの山頂は深い霧に覆われて、なにも見えない。達成感も爽快感も得られない。

次々と人が辞めていくなか、作品契約が終了しても年間契約に移行して会社に残っているのは、なんとしてでも〝業界〟から離れたくないと考えている自我の強いタイプが多かった。

令奈自身がそうだったかと問われると、甚だ自信がない。

映画宣伝の仕事は好きだけれど、〝業界〟にこだわる彼女たちと正面から渡り合うほどの気嵩があるわけではなかった。

そんなふわふわしたところも、足をすくわれる原因になっていたのだろう。

ふと令奈の脳裏に、令和元年初日のＤＶＤ販促イベントでアテンドした、エリリンこと園田恵梨奈の顔が浮かんだ。

アイドルユニット内で、長年陰湿ないじめに遭っていたことが発覚した恵梨奈もまた、どこかおっとりとしたタイプの女の子だった。

アイドルと自分を同列に並べるのはおこがましいかもしれないが、恵梨奈を楽屋に案内しながら、令奈は内心同情を禁じ得なかった。

アイドル業界然り、学校生活然り、一般社会然り。

とかく厳しい環境に置かれると、人は我が身を守るために序列確認と生贄探しに勤しみたがる。それが一番手っ取り早い団結の指針になるからだ。

砂原江見は悪い上司ではなかったけれど、そうした微妙な空気には、驚くほど無頓着だった。ただでさえ孤立している令奈に、しきりに正社員登用試験を受けろと勧めてくるのにはほとほと閉口した。

やがて批判の矛先は、令奈だけではなく、その江見にも向けられるようになった。

美子を先鋒にして、上と下に攻撃対象を作ることで現場を牛耳っていったのが、ずっと江見の陰に隠れていた副チーム長の野毛由紀子だ。

由紀子は仕事よりも、コントロールが巧みなタイプだった。組織の中ではその能力が重宝がられたのか、やがて由紀子は江見に代わって映画宣伝チームのトップになった。江見は新設されたDVD宣伝チームに異動し、その後を追い、令奈と成平が異動願を出し、現在に至ったわけである。

明らかな降格人事にもかかわらず、江見にそれを気にする様子は微塵も見られなかった。新設チームで江見がせっせと販促企画を立ち上げるなか、マイペースな成平と、そもそも他人にまったく関心がなさそうな譲と共に、令奈もようやくのびのびと仕事ができるようになった。

やっとあの泥濘めいた女所帯から解放されたと思っていたのに――。

取り越し苦労であってくれと祈りつつ、由紀子の縄張り意識の強さを考えれば、充分にあり得る気がしてくるのだった。嫌な予感を振り払おうと、わらび餅に手をかける。

ストレスの解消には甘いものが一番、のはずなのだが、さすがに口の中が甘ったるくなってきた。冷蔵庫に、ペットボトルのお茶を取りにいく。

ルイボスティーをコップに注いで戻ってくると、テレビでは天気予報が終わり、今は少子化問題について、有識者がなにやら語り始めていた。自分と同世代と思われる女性アナウンサーが、深刻な表情で盛んに相槌を打っている。

少子化、か――。

〝後がつかえてるんだから、さっさとしてよね〟

この間の十連休も、久々に実家で顔を合わせた妹からそうせっつかれたんだっけ。

〝出産適齢期だって、あるんだからね〟

なにもかも計算しつくしたような顔で、そう告げられた。

どうして平成生まれって、あんなに結婚が早いんだろう。

わらび餅を口に放り込み、令奈は首を傾げる。

既に子持ちの成平然り。妹にも、結婚を視野に入れている相手がいるらしい。

〝ゆとり〟である以上に〝さとり〟である彼らは、人生の覚悟を決めるのが早いのだろうか。

〝やっぱり結婚はお姉ちゃんが先じゃないとなぁ〟

〝そうだよ、姉妹で逆転するのは格好がつかないんだから、令奈もちゃんとしなさい。お母さん、あなたの歳にはもう、二人目の子ども産んでたよ〟

両親からも、いらぬ発破をかけられた。

「産め、産め」「働け、働け」と、とかく三十代は急き立てられる。

しかし、デートの約束すらすっぽかす恋人が、結婚の約束をきちんと考えているとは到底思えない。令奈とて、今すぐ結婚して出産したいかと問われると、正直返答に窮してしまう。

〝三十五歳からは、高齢出産なんだからね〟

母に釘を刺された年齢が、三年後に迫っていることを考えると溜め息が出た。

仕事だって、本当にこれからなのに――。

社会人としてはまだまだ駆け出しの三十代が、いざ〝出産〟を基準にした途端、〝高齢〟になってしまう女性の現実に、令奈はたじろぐ。

加えて、たった今、恐ろしいことに気づいてしまった。

この先子どもが生まれるとしたら、令和生まれの子と昭和生まれの令奈は、二時代を隔てる親子になるのだ。つまり、令奈に当てはめてみれば、明治生まれの親がいるようなものだ。

へーセーへーセーと、早生まれで少数派だった成平が昭和生まれのクラスメイトたちにからかわれたのと同様に、「お前の母ちゃん、昭和」と、未来の我が子が、無神経な悪ガキどもにはやし立てられでもしたら……。

バカバカしいと思いつつも、意外に現実みがある気がしてきて、令奈の頰が強張る。

昭和の最終走者である令奈たちには、こんな予想外のトラップが仕掛けられていたなんて。

元号なんてやめて西暦で統一すればいいと吐き捨てた譲に、賛同してしまいそうだ。

大きく首を横に振り、令奈はテレビを消す。

リモコンをテーブルに置いたとき、スマートフォンが点滅していることに気がついた。ようやく宗が詫びのメッセージを寄こしたらしい。

「はあっ？」

だがスマートフォンを手にした途端、令奈は大声をあげた。

取引先との仕事が長引いた。今からそっちにいきたい。ろくに食べていないので、なにか用意しておいてほしい。

強引かつ勝手な宗からのメッセージが、立て続けに届いていた。

なにか用意しておけって……。

令奈は食べかけのわらび餅を見る。今日はこれで夕食を済ませてしまおうと思っていたので、なにも買っていない。冷蔵庫にも、ろくなものがなかったはずだ。

時計を見れば、既に二十三時を過ぎている。駅前のスーパーは、まだかろうじてあいているが。

「ああ、もう！」

トートバッグをひっつかむと、令奈はばたばたと部屋を飛び出した。

どうしよう。涙がとまらない。

上映が終わった途端、令奈は素早く席を立った。

翌日の午前中、販促企画に向けて『サザンクロス』の社内試写が行われた。ビデオグラム事業グループのスタッフ以外にも、映画事業グループの営業たちが集まり、社内の小さな試写室はほとんど満席状態だった。

眼を赤くしているのを見られるのが恥ずかしくて、令奈は真っ先に試写室を出ると女子トイレに駆け込んだ。個室の扉を閉め、思い切り洟(はな)をかむ。

『サザンクロス』。本当に、いい映画だった。

結婚直後に英国人の妻に先立たれた日本人男性と、十代の連れ子の少女が日本最南端の有人島を目指すロードムービー。文化も生活習慣も違う残された二人が、亡き妻であり母である女性の思い出を交換しながら、少しずつ、互いの心の傷を埋めていく過程が、静かに丁寧に描かれる。

最初は笑顔も見せない仏頂面の金髪の少女が、不器用ながらも気遣いを見せる〝父親〟に次第に心を開いていく様がとても自然で、気づくと何度も涙があふれた。

男性がいつも持っている文庫本に、少女がそっと浜昼顔の押し花を潜ませるところなど、とてもよかった。原色のイメージのある南の島が、始終柔らかな色彩でとらえられているのも印象的だったし、使用されている音楽のセンスもいい。

二十年も前の映画なのに、ちっとも古くなっていない。

製作委員会方式のよく言えば大作、悪く言えば大味な作品にしか携わってこなかった令奈は、九〇年代の銀活がこんなに繊細な美しい映画を制作していたとは、今の今まで知らなかった。

男性役を演じている俳優は、今も舞台を中心に活躍をしている実力派で、彼の若いときの風貌を拝めるのも「売り」の一つになると思う。午後の打ち合わせまでに自分なりに宣伝コンセプトをまとめてみようと、令奈はパブリシストの顔になりながら個室を出た。

洗面所で手を洗っていると、生あくびが込み上げる。

昨夜、遅くに宗に押しかけられたせいだ。わざわざ駅前まで買い出しにいって作った料理を、宗はなんの感想も述べずに食べ、布団を敷いてやれば当たり前のようにのしかかってきた。

恋人同士って、こんなだっけ？

鏡に映る疲れた顔に、令奈は心で問いかける。

ことが終わると、会話らしい会話もないまま宗はあっという間に眠りに落ちた。それからは、朝まで宗のいびきに悩まされる羽目になった。

でも、やっと見つけた、一応稼ぎのいい、一応イケメンなんだよ――。

宗が相手なら、たとえリストラされても、今となっては希少な〝勝ち組〟専業主婦になれるのだろうか。

そして、毎日昨夜のような状況が続く。食事を与え、身体を与え、身の回りの世話をする。感謝の言葉も聞かぬままに。

なにそれ。

急にくだらない気分になった。

一体、なにが正解なのだろう。

相手の気持ちどころか、自分の気持ちさえよく分からないのに、高齢出産の壁は三年後に迫っている。こんな不安な気持ちは、譲や成平たち男性同僚には絶対に分からないと思う。

映画という特殊な業界にいるせいか、普通に結婚して、普通に出産して、普通に仕事をしている人が周囲にいない。どこにもロールモデルが見つからない。

この先自分は、どうしたいのだろう。

仕事を続けたいのか。結婚して子どもが欲しいのか。そもそも今の仕事を続けられるのか。

本当に宗と結婚したいのか。

〝やっぱ、分かんねえや〟

そう吐き捨てた譲の顔が唐突に浮かび、令奈は苦笑した。

これ以上、分からないことを考え続けても仕方がない。まずは昼を食べてそれから午後の打ち合わせに備えよう。

「若林さん」

女子トイレを出た瞬間、いきなり背後から声をかけられて飛び上がりそうになった。

「ごめんね。そんなに驚くと思わなかったから……」

振り返りつつ、令奈は内心掌(てのひら)を打つ。

いた、いた、ここに。普通に結婚し、普通に子どもを産み、普通に仕事をしている人。

しかしそれが、野毛由紀子であることに、令奈はいささか落胆した。

「お昼、いかない？」

由紀子の誘いに令奈は身構える。

昨夜の嫌な予感が現実になってしまいそうだ。だが、合同宣伝を申し出るなら、相手はビデオグラム事業グループG長の葉山学のはずだ。一パブリシストにそんなことを告げても意味はない。まごまごしているうちに、令奈は強引に由紀子に外へ連れ出されてしまった。

銀座のホテルのロビーにあるイタリアンレストランに入ると、由紀子はコースランチを勧めてきたが、令奈は単品のカルボナーラを頼んだ。できるだけ早く、社内に戻りたかった。

「若林さんには、ちゃんと話しておきたいんだけど……」

ところが、いざ蓋をあけてみると、由紀子が自分に声をかけてきた意図は、令奈の予想とはかなり外れたところにあった。

「今回の砂原さんの企画、私は失敗すると思うの」

由紀子はそう断言した。令奈は茫然と由紀子を見返す。

「若林さんは、今後も会社に残るつもりでいるんでしょ?」

由紀子が落ち着いた口調でたたみかけてきた。令奈は応じることができず、膝の上に視線を落とす。

「だったら私は、この企画にあなたが入れ込む必要はないと思う」

沈黙を承認と受け取ったのか、由紀子の眼差しに熱がこもった。

「九〇年代を懐かしがっているのなんて、砂原さん以上の年齢の人だけだよ。稟議を承認したのも、仙道G長と葉山G長、バブルのおじさん二人でしょう」

ふっと、由紀子が眉間にしわを寄せる。

「まさか、葉山G長までが承認するとは思わなかったけど……」

不愉快そうに呟いた後、気を取り直すように首を横に振った。

「結局のところ、あの二人は『サザンクロス』のプロデューサーの同期だから、変な感傷に浸ってるんでしょうね」

由紀子が改めて令奈を見据えた。

「だからこそ、そんなことに若林さんまでつき合う必要なんてない」

「私は……」

口を開きかけた令奈を遮り、由紀子がきっぱりと告げる。

「一般的に見て、九〇年代なんて、失敗の時代だから」

失敗の時代——。その言葉の強さに、令奈は絶句した。

「銀活の九〇年代のラインナップも、私は滅茶苦茶だと思う。規模の小さい独立系（インディーズ）の配給会社ならならともかく、あんなのは、中堅映画会社がやる仕事じゃない」

令奈の脳裏に、豪華なパンフレットの数々が浮かんだ。

確かに、今の銀活の路線とはかけ離れている。

「稟議が通ってしまった以上、それについてとやかく言うつもりは私にはないの。過渡期を狙って砂原さんが単独プレイをしたいなら、勝手にやればいいと思う」

由紀子は落ち着き払って続けた。

「でも、こんな企画にかまけたところで、社内での評価は上がらない。それどころか、却って新体制に移行する前に、味噌をつけることにもなりかねない。現場から上げた企画で失敗したら、眼も当てられないことになる。あなたが損するだけよ」

そこまで言われると、令奈も段々不安になってきた。

「だからね……」

心持ち、由紀子が身を乗り出す。

「当時とは関係のない若林さんまでが、砂原さんに利用される必要なんてないのよ」

江見に利用される――？

そんなこと、今の今まで考えたことがなかった。

「こういうのって、やりがい搾取でもあるしね」

自信たっぷりに由紀子が続ける。料理がやってきても、令奈はすぐに手をつけることができずにいた。

「第一、こんな亜流のラインナップに〝さよなら銀活〟の冠をつけるなんておかしいし。銀活の総括をやりたいなら、それは九〇年代なんかじゃないもの」

ショックを隠せない令奈の前で、由紀子が余裕の笑みを浮かべてみせる。

「個人的な思い入れだけで企画を立ち上げられても、周りは迷惑なだけだものねぇ」

同意を求められ、令奈は膝の上の拳を握った。

「……じゃあ、野毛さんが、ふさわしい企画を立ち上げるんですか」

「え、私が？」

由紀子が虚を衝かれたような顔になる。令奈は由紀子を見つめて頷いた。

結局、令奈と同じく単品でボンゴレビアンコを頼んだ由紀子は暫(しば)しアサリの殻をよけることに専念していたが、やがてゆっくりと唇を開いた。

「上からそう命じられればね」

スプーンとフォークを器用に使いながら、由紀子がボンゴレを食べ始める。

「会社って、そういうものだから」

決めつけるようにつけ加えられた。

令奈は無言でフォークを手に取る。それからしばらくは、どちらも口をきかなかった。

「……あの」

カルボナーラを半分食べ終えたところで、令奈は改めて視線を上げる。

「野毛さんは、どうして銀活に入ったんですか」

思えば、令奈は由紀子の入社の経緯を聞いたことがない。一度は同じ部署で働いていたのに。

「銀活を、いい会社だと思ったからだけど」

由紀子がややつっけんどんに答えた。

「いい会社、ですか?」

「歴史はあるし、名作ソフトもいっぱいあるし、一応一部上場だし。中小企業の中では、そう悪い会社じゃない」

歴史。ソフト。一部上場——。

由紀子の説明は真っ当なのかもしれないけれど、令奈の心には響かない。

〝一本の映画が、人の潮目になることもある〟

なぜかそのとき、令奈は砂原江見の言葉を思い出していた。

「なにを聞きたいのか知らないけれど……」

いささか面倒くさそうに、由紀子が眉を顰める。

「私は別に、映画とか宣伝とかにこだわってるわけじゃないの。ただ、与えられた職務をきちんと果たそうと思ってるだけ。会社って、そういうものでしょ。マスコミであってもね」

なんだか、進路指導を受けているみたいだ。

高校時代の担任の女性教師も、こんなタイプだった。手堅くて押しが強くて、生徒に有無を言わせない。

「とにかく、今後も会社に残るつもりでいるなら、一度冷静になって考えてみてほしいの。まだ若いあなたに、おかしな企画の巻き添えになってほしくないから」

オリーブオイルでぬれた唇をナプキンで拭きながら、由紀子は厳かに告げてきた。

あなたのために言ってるの――。

言外の圧を、令奈はひりひりと感じる。

これが、普通？

でも、野毛由紀子が自分の求めるロールモデルだとは、到底思えない。

「あの」

伝票を手に立ち上がった由紀子に、令奈はもう一度声をかけた。

「どうして、私にだけ、忠告してくれるんですか」

本当に若手の立場を案じているのなら、子どものいる成平のほうが、自分より余程深刻なはずだ。

「それはね……」

由紀子が急に優しげな笑みを浮かべる。

「以前、あなたを守ってあげられなかったから」

〝おかえりなさぁい〟

耳のすぐそばで美子の猫なで声が響いた気がして、令奈は思わず身をすくめた。

当たり前のように領収書をもらっている由紀子の後ろ姿を眺めながら、高校時代の女性教師もいじめを放置するタイプだったことを、令奈はぼんやり思い返していた。


もう、やめよう。

週末、いつものバーで宗を一時間待ったあと、令奈は唐突に立ち上がった。

帰ります。今夜はうちにこないでください。

宗にメッセージを送って外に出ると、たたきつけるような雨が降っていた。梅雨というよりは台風のようだ。折り畳み傘はなんの役にも立たず、令奈はあっという間にびしょ濡れになった。

地下道に逃げ込み、やみくもに歩く。

もやもやする。仕事も、恋愛も。

由紀子に横槍を入れられてから、令奈は会議で積極的な意見を言うことができなくなった。

譲がトリビュート企画の宣伝材料一式のデザインを担当し、成平が公式ホームページとSNSを担当することが決まっても、自分だけ、立場を表明することができずにいた。同僚二人は令奈の煮え切らない態度を不審に思ったかもしれないが、江見は別段それを追及しようとはしなかった。

なんだか、本当に流されてばっかりだ。

このまま家に帰りたくなくて、気づくと会社に足を向けていた。他にいくところを思いつけない自分が寂しいが、雨宿りくらいはできるはずだと、見慣れた古いビルに入った。

真っ暗なロビーを横切り、エレベーターに乗り込む。社員カードをかざして六階のオフィスの扉をあけると、まだ電気がついていた。腕時計を見れば、二十二時。以前なら、終電間際でも誰かしらが残っていたが、現在の状況で深夜残業をしている人がいるのは珍しい。

濡れたサマーコートを脱ごうと女性用ロッカールームの扉をあけた瞬間、令奈は段ボールを抱えた人影と正面衝突しそうになった。

「ごめんなさい！」

こんな時間に、ロッカールームを使っている人がいるとは思っていなかった。

慌てて身をかわし、令奈はぎょっとする。

段ボール箱を腕に抱えた三木美子が立っていた。絶対二人きりになりたくない相手と鉢合わせしてしまい、喉が干上がったようになる。

美子も一瞬、きまりが悪そうに視線をさまよわせた。

「お疲れさまです」

先に声をかけたのは、令奈のほうだ。美子は不機嫌そうに口を閉じていた。

無視されるのなんて、慣れている。

令奈は濡れたコートをハンガーにかけ、ロッカールームを出ようとした。

「映画宣伝チーム、なくなるんだって」

ふいに、背後で声が響く。驚いて振り向くと、美子が奇妙に興奮した面持ちでこちらを見ていた。

まさか、そんな——。

にわかに信じられず、令奈は言葉を返すことができなかった。

「今後は全部、外注にするんだってさ。パブリシティ会社に丸投げしたほうが、効率がいいから」

「それじゃ、パブリシストの皆は……」

「ほとんど、契約解除だよ」

美子の口調が挑戦的な色を帯びる。

「よかったね。DVD宣伝チームは残るらしいから。何人かはそっちに流れるかもしれないけど」

令奈は息を呑んだ。途端に、美子の乾いた笑い声が響く。

「なに、その顔。若林さんって、本当に天然」

天然というのは、要するにバカのことだ。

「安心してよ。私は辞めるから。私、砂原さん、嫌いだもの」

令奈に背を向け、美子は段ボール箱にロッカーの私物を入れ始める。

「砂原さんって勝手なことばっかりやってるじゃん。外出も多いし。なに考えてるのかよく分かんないし。今回も、わけ分からない企画やるんでしょ。ああいう人に、振り回されたくない」

「じゃあ、会社に振り回されるなら、いいの？」

言ってしまってから、むしろ令奈自身がハッとした。

「は？」

美子が音をたてて段ボール箱を床に置く。

「あんた、なに言ってんの？　天然のくせに」

「……ごめん」

「謝ってほしくなんてないから」

不愉快そうに呟き、美子は再び私物の整理を始めた。

「でも結局はあんたと砂原さんの勝ちだよ」

勝ち負けなんて、考えたことがない。

子どもの頃からナンバーワンにならなくていいと言い聞かされて、私たちは育ってきたんじゃないか。だけど、勝ち負けを追及されなかった自分たち〝ゆとり〟は、損得勘定に縛られて生きている。

宗と別れたら損。迂闊に現場の企画に手を出したら損。

リスクは損。損。損。損。

〝あなたが損するだけよ〟

念を押すような、由紀子の眼差しが甦る。

「野毛さんだけ、映画宣伝の窓口担当として残るらしいけどね」

美子の言葉に、令奈は我に返った。

「いつか必ず正社員化の道を探してあげるとか、調子のいいことばっかり言っちゃって。結局私は、あの人にいいように利用されただけだよ。どんだけフォローしたか分からない。野毛さんの子ども、しょっちゅう、熱出すからね」

美子を失うと分かり、自分を懐柔にきたのか。

野毛由紀子の強かさにも、令奈は半ば感嘆する。同時に、働く母親としての由紀子の苦労に思いを馳せた。

「皆、自分勝手だよね」

美子が溜め息をつくように独り言ちる。

確かにね。

でもそれって、私もあなたも同じなんじゃないのかな――。

誰かに利用されるなと忠告してきた人に、いいように利用されたと嘆く人がいる。

人間は、所詮、自分勝手にしか生きられない。どんなに大義名分を言い立てたって、結局は自分のことばかり考えている。

心に浮かんだ思いを、令奈は口にすることができなかった。

ロッカーの私物をすべて段ボール箱に入れ終えると、美子はガムテープで封をした。段ボールを持って「よっこいしょ」と立ち上がる。

「それじゃ、元気でね。若林さん」

最後に妙にしっかりとした口調で令奈の名を呼んで、美子は段ボールを抱えてロッカールームから出ていった。

明るいLED照明の下、令奈は一人佇む。面倒見のよかった先輩時代の美子の面影が頭をよぎり、不覚にも涙が込み上げそうになる。

あんなにディスられたのにね――。

肩で息をつき、令奈はロッカールームを出た。

DVD宣伝チームの島に近づくと、堆く積まれた資料の陰に誰かがいた。

「ああ、もう、うっとうしいなぁ！」

いきなり大声で叫ばれて、令奈は悲鳴をあげそうになる。

「なんだ、生きた人間か」

振り向いたのは、マスクを外した前村譲だった。

〝生きた人間〟呼ばわりされたのは、生まれて初めてのことだ。珍しくマスクなしの素顔を、令奈はまじまじと眺める。

この人……。よく見ると意外に整った顔立ちをしている。

「悪い。また、魑魅魍魎が出たかと思った」

いささか頭がおかしいようだけれど。

「なに、忘れ物？」

「そうじゃないけど」

令奈は自分のデスクにつき、パソコンを立ち上げた。

「前村さんこそ、こんな時間までなにしてるの」

「デザイナー探してる」

トリビュート企画の宣材を任された譲は、メインビジュアルを作る新しいデザイナーを探しているらしかった。

「いつも制作班がジャケットを頼んでるデザイナーさんじゃ駄目なの？」

「駄目ってことはないけどさ」

譲がぼさぼさ髪をさらに掻きむしる。

「せっかく九〇年代トリビュートだろ？　あんなにかっとんだパンフ見せられちゃったら、こっちだって挑戦したくなるじゃない」

デスクの周りに積んだパンフレットを、譲は手に取った。

「当時の砂原さんたちは、音楽系の大物アートディレクターに依頼したわけだろ。そこまでの予算はないけど、俺も今回、違う分野のデザイナーにコンタクトしてみたいんだ。例えば、本の装丁とかやってるような」

マッキントッシュのディスプレイには、本の装丁がずらりと並んでいる。柔らかいもの、尖っているもの、温かいもの、冷たいもの、鮮やかなもの、シックなもの、レトロなもの、前衛的なもの。写真、イラスト、油絵、グラフィック。その表現は多岐にわたる。

「あんまり映画のテンプレっぽくしたくないんだ。特に『サザンクロス』の監督は、今は作家になってるから、ちょっと、本の感じも欲しいっていうか」

呟きながら、譲はマッキントッシュに向き直った。

「私も手伝っていい？」

自然と言葉がこぼれる。

「もう、タイムカード押したんじゃねえの？　サービス残業とか、やめとけよ」

「今日だけ、特別」

令奈は構わず検索を始めた。

「……ありがとう、助かるわ」

ぶっきらぼうに告げられた言葉が深く心に落ちてくる。

そうだったのか。

私、本当は、こういうふうに皆と仕事がしたかったんだ。

張り合うんじゃなくて、協力したかった。美子たちとも。

駒のように分業制で働くのではなく、チーム全体で、一から宣伝コンセプトを練り上げ、ビジュアルを作り上げて、一つの目標に向かいたかった。

きっと、九〇年代から二〇〇〇年代初頭の江見たちも、そんなふうにして働いていたのだろう。ずっしりと重い書籍のようなパンフレットからは、当時の熱気が充分に伝わってくる。

現場主導の企画で失敗したら、眼も当てられない。社内の評価は上がらない。

自分が損するだけだと、周到で、強かな人は言った。

でも多分、損得勘定を抜きに、衝き動かされるようにして働いてきた人たちの仕事が、風を生むのかもしれない。

はらりと眼から鱗（うろこ）が落ちるように、令奈は悟る。

銀活で初の女性制作プロデューサーになった北野咲子も、洋画配給部門の流れを変えた小笠原麗羅も、二十代半ばで宣伝プロデューサーになった砂原江見も、時代に後押しをされてきただけじゃない。彼女たちは全員、自ら風を起こしたのだ。

そういう人たちが残した仕事こそが、きっと誰かの潮目になりうるのだろう。

「あ」

検索をしていくうちに、令奈は小さく声をあげた。

『サザンクロス』の監督の小説の新刊情報が載っている。発売は十月。トリビュート企画の販促上映の一か月前だ。令奈はすかさずページをブックマークした。

「前村さん、十月に監督の新刊が出るみたい」

「まじで」

譲にも分かるように、令奈はパソコンのディスプレイを動かす。

「この出版社に、タイアップ企画、持ち込んでみようか」

令奈の思いつきに、譲が「いんじゃね」と親指を立てた。

心の奥底に、ぽっと小さな火が灯る。

〝ゆとり〟で、豆腐メンタルの私にだって、できるかもしれないんだ。

誰かをあてにしたり、吹いてくる風を待ったりしているだけではなにも変わらない。

ちっぽけな種火を大きくして、自ら風を起こすのだ。

会社に残るにせよ、離れるにせよ。結婚するにせよ、しないにせよ。子どもを産むにせよ、産まないにせよ。生きていくのはやっぱり大変なことに違いない。

ならばそもそも自分勝手な私たちは、やりたいように、一生懸命頑張るしかないものね。

いつしか令奈は、去っていった美子の背中に語りかけていた。

羅針盤を操るように、深夜のオフィスでマウスを握る。

微かな風が、頰をそっと撫でた気がした。

第四幕　女も男もいない舗道

たまらなく、一人になりたくなるときがある。

その点、プールは楽だ。水の中では、誰とも口をきかずに済む。

ほかに人がいなければ、一層素晴らしい。夏のプールはどこへいっても混んでいるが、五つ星ホテルのスパエリアであれば、まだ静けさを望める。

クロールで向こう側までたどり着くと、小笠原（おがさわら）麗羅（れいら）は壁を蹴って、今度はバックストロークにスタイルを変えた。

クリスタルのシャンデリアがきらめく高い天井をゴーグル越しに眺めながら、勢いよく水を切る。どんなスポーツでも難なくこなす麗羅にとって、二十メートルなどあっという間だ。

何往復かするうちに、次第に飽きてきて、麗羅は腕の力を抜いた。プールの中央にあおむけで浮かび、目蓋（まぶた）を閉じる。

両耳の奥に、微かなピアノ音が響く。

ドビュッシーの『亜麻色の髪の乙女』。〝非常に静かに、優しく表情をつけて〟と、ドビュッシー自らが注釈をつけた、美しい前奏曲（プレリュード）。

このホテルでは、プールの水中にクラシックを流している。悪くない趣向だ。

全身の力を抜いて揺蕩(たゆた)っていると、高層階に満々と水をたたえた巨大水槽の金魚にでもなった気分になる。

金魚はなにも考えない。只々、水中を漂う。

その空想は安逸だったが、一点だけ気になる点があった。以前、このプールはもっと深かったはずだ。百七十センチを超える長身の麗羅を以(もっ)てしても、プールの中央では足がつかなかった。それが、今では簡単に足がついてしまう。

足先が沈み始めたことに気づき、麗羅は身体を反転させて今度は水中に深くもぐりこんだ。ピアノの音色を聞きながら潜水で泳ぐ。

水から顔を上げた瞬間、にぎやかな声が響いた。

浮き輪を手にした中国系と思われる親子連れが、プールサイドを歩いてくる。

そういうことだったのか——。

麗羅は合点しつつ、プールサイドに身体を引き上げた。

一人になりたくなるたび、都内の外資系ホテルを渡り歩いているが、このホテルにきたのは久しぶりだ。以前は子どもが入れなかったプールの規約が、現在では変更になっているらしい。

硝子(ガラス)窓に面したデッキチェアまで歩いていくと、古くからいる顔馴染みのスタッフがバスタオルを持ってきてくれた。

「小さな子たちも入れるようになったんですね」

含みを持たせないように、麗羅はできるだけ穏やかに声をかける。

「保護者様とご一緒でしたら、お子様も入れるように配慮しております」

スタッフも、慎重に言葉を選びながら頷いた。

それで、水深が以前より浅くなっていたわけだ。五つ星の外資系ホテルも、この十数年で随分と変わってきた。デイスパやホテルアフタヌーンティー等の流行に伴い、スパエリアやラウンジも平日からにぎわうようになった。その上、今は夏休み（ハイダウェイ）シーズンだ。観光客も多い。外資であろうと、五つ星であろうと、もう都心に隠れ場所は望めなくなったということだ。

一刻ではあったが、プールを独り占めにできていただけでも御の字だったのだろう。

バスタオルで身体を包み、麗羅はデッキチェアに身を横たえた。大きな硝子窓からは、皇居の緑を背景に、夕刻の大通りが見下ろせる。幹線道路を行きかう車は引きも切らず、舗道にも帰宅途中と思われるたくさんの人たちが歩いていた。

日中はうだるような暑さが続いているが、お盆を過ぎると、急に日が短くなったように感じられる。まだ六時を過ぎばかりなのに、皇居の森の上に広がる空は既に赤く染まり始めていた。

背後でひときわ高い歓声が響く。新たに家族連れが増えて、浮き輪をつけた子どもたちが水しぶきを上げてはしゃいでいた。

「ほら、気をつけて」「ここ、深いから」「小心（シャオシン）、小心（シャオシン）！」

子どもたちの歓声に、中国語や日本語で大人たちが口々に注意する声が重なる。天井のクリスタルのシャンデリアにも、水中のクラシックにも、気を留める人は誰もいないようだ。

部屋に戻ろう――。

ミネラルウォーターを用意してくれているスタッフに軽く手を振り、麗羅は身体にバスタオルを巻いたまま、デッキチェアから立ち上がった。

高層のコーナースイートの窓辺からは、都心の向こうに夕日が落ちていく様子がよく見える。

橙色に熟した太陽が雲の中に沈んだ途端、日中の暑さで霞んでいた富士山や丹沢山地の稜線が、夕映えの空にくっきりと浮き出してきた。

スパエリアから部屋に戻った麗羅は、バスローブを羽織ったままソファに身を沈め、濃いピンク色に染まっていく雲の色を眺めていた。富士山が見えなければ、まるで南国を思わせるような鮮やかな夕景だ。バリ島のジンバランの海岸で、よく似た紅の雲を見た気がする。最近の東京の夏は、赤道直下のインドネシアと変わらないほど蒸し暑い。この時期に乾季を迎える彼の地のほうが、朝夕ならむしろ涼しいくらいだ。

グラスに注いだミネラルウォーターを飲み干し、麗羅はソファから立ち上がってクローゼットをあけた。一応ナイトドレスも持ってきていたが、夏休みの客層を考えると、その必要はないように思える。

シャワーを浴びたばかりの身体にシトラス系のコロンを吹きつけ、麻のシャツとパンツをクローゼットから取り出した。手早く着替えを済ませて、素足にピンヒールの靴を履く。

最近ショートボブにした髪を手櫛ですき、クローゼットの扉の鏡に全身を映してみた。

髪の艶、肌の張り、長い手足、引き締まった身体は、我ながら隙がない。

若くはない。けれど、年齢を感じさせない背筋の通った女の姿がそこにあった。

とうに五十を過ぎていることに気づく人は、滅多にいない。それでいて、若い女には絶対に出せない貫禄が充分に備わっていることに、麗羅は自分でも満足した。

冷房よけにパシュミナのショールを肩にかけ、カードキーを手に部屋を出る。ピンヒールの音を響かせて廊下を歩き、最上階のイタリアンレストランへとエレベーターで向かった。

予想通り、夕食時のレストランは混雑していた。入り口に近い席では、幼い子どもの金切り声が響く。

「小笠原様」

エントランスに立つ麗羅を見つけ、顔馴染みの黒服のウェイターが声をかけてきた。家族連れの観光客でにぎわう店内を横切り、奥の個室に案内してもらう。

リニューアルをしてから、このレストランも随分とカジュアルな雰囲気になったが、隠し扉のような引き戸の奥にある個室は、ここへ通い始めた当時からあまり変わらない。

インポート雑誌や写真集が並ぶ本棚に囲まれたソファに、麗羅は腰を下ろした。約束の時刻までは、まだ間がある。

「とりあえず、スプリッツを」

差し出されたメニューを受け取りながら、食前酒を一杯頼んだ。

「かしこまりました」

ウェイターが恭しく頭を下げる。引き戸が閉められると扉一枚とはいえ、喧騒が遠くなった。

窓の外には、刻々と色を変えていく都会の夕景が広がっていた。暮れなずむ空の下、高層ビルの窓明かりが星のように光り出す。点滅する航空障害灯の上に、刷毛ではいたような朱色の雲が浮いていた。

間もなく、柑橘系のリキュールをスパークリングワインで割ったスプリッツが運ばれてきた。ミラノでは、オレンジの果実が添えられている庶民的な食前酒だが、麗羅はそれをいつもライムに変えてもらっている。

冷えたグラスを傾けると、ライムの爽やかさが利いたスプリッツが心地よく喉を潤した。小皿に盛られたピスタチオをつまみながら、麗羅は本棚からインポート雑誌を引き抜いてみる。

ぱらぱらとページをめくっていくうちに、ふと、一枚の写真が眼にとまった。

ヌーヴェルヴァーグの寵児、ジャン＝リュック・ゴダールの六〇年代の代表作『気狂いピエロ』のワンシーンをメインビジュアルに使った、昨年のカンヌ国際映画祭のポスターだ。

若き日のジャン＝ポール・ベルモンドとアンナ・カリーナが、互いの車から身を乗り出して軽やかにキスを交わしている。いかにもフランス映画らしい、美しいシーンだ。

この作品は、ヴェネチア国際映画祭に出品された当初、大ブーイングの嵐に見舞われたと聞く。

しかしそれこそが、ゴダールの狙いだったろう。

そもそもゴダールがフランソワ・トリュフォーやジャック・リヴェットらと共に推し進めてきたヌーヴェルヴァーグは、これまでの映画の様式や価値観を打ち砕くことを主眼とした運動だった。

ヌーヴェルヴァーグとは、フランス語で「新しい波」を意味する。

ゴダールの映画は、ストーリーを重視しない。シナリオはあってなきが如しで、その場でメモを渡して役者に即興をさせ、哲学、芸術学、映画論を引用した象徴的なナレーションやテロップを多用し、カットとカットをあえてつなげない乱暴な編集をする。ジャンプ・カットと呼ばれるこの手法は、映画の基本であるモンタージュそのものを否定するものだった。

一九六八年、パリの若者たちを中心にゼネストの嵐が吹き荒れた五月革命の最中、トリュフォーらと共にフランス映画三部会を結成したゴダールは、「ブルジョワ映画祭を粉砕せよ」と、カンヌ国際映画祭の会場に乗り込み、コンペティション正式出品作品の上映を妨害した。

それから五十年後、かつて自らが中止に追い込んだ映画祭のポスターに代表作のビジュアルが使用されることになることを、当時のゴダールは想像していただろうか。

八十代後半になったゴダールが監督した最新作は、この年のカンヌ国際映画祭の特別賞（スペシャル・パルム・ドール）を受賞している。

カンヌ、か――。

目蓋の裏に、海に面した瀟洒（しょうしゃ）な街並みが浮かんだ。石畳の坂が続く旧市街、白い砂浜と紺碧（こんぺき）の地中海……。フランス南東部に位置する、ヨーロッパ屈指の観光都市。

だが麗羅の記憶に刻まれているのは、風光明媚（めいび）な景観ではなく、時間に追われながら数々のブースを訪ね歩いたことばかりだ。

きらびやかな国際映画祭の背後で行われる、世界規模のフィルムマーケット。当時の麗羅の主戦場は、このバックステージだった。

三十年前、麗羅は大学を卒業すると同時に、老舗映画会社、銀都活劇（ぎんとかつげき）に入社した。特別、映画に興味があったわけではない。大学時代の自分は、ゴダールどころか、フランスのヌーヴェルヴァーグも、イタリアのネオリアリズモも、アメリカのニューシネマも知らなかった。

ただ、学生時代から手伝っていた父の経営する専門商社にそのまま入社するのがつまらなく思えて、〝社会勉強〟を名目に、一年間だけ知らない業界で働いてみたいと考えたのだ。

それが、結局、二十年も勤務することになるなんて……。

麗羅の口元に、軽い笑みが浮かぶ。

平成元年組と呼ばれた同期たちと巡り会うことがなければ、あんなに長く映画の仕事に携わることはなかったかもしれない。

外人。傲慢。冷血。七光り……。

父の仕事の都合上、ロンドンで幼少期を過ごした麗羅は、中学時代に日本に帰ってきて以来、ずっと異物扱いだった。北欧の血を引く父の遺伝による、高い身長も、高い鼻も、加えて高い自尊心も、日本では受け入れられないことは、十代から知っていた。

ところが――。

〝すごいね。もしかしたら、この雑誌の映画評なんかも簡単に読めちゃったりする？〟

完璧なネイティブイングリッシュを披露して国際部の課長すら委縮させた自分に、瞳をきらきらと輝かせて、ニューヨーク・タイムズやフィルム・ジャーナル・インターナショナルやビレッジ・ボイスの切り抜きを差し出してきた人物がいた。

同期の一人、北野咲子。自分同様、銀活が初めて総合職枠で採用した女性社員だ。

触られれば毛を逆立てるハリネズミみたいに尖っていた自分に、あんなに無邪気に近づいてきた人を、麗羅は他に知らない。遠巻きにされたり、陰口を言われたり、おもねられたりすることには慣れていたけれど、他意のない真っ直ぐな眼差しを向けられて、最初は動揺を覚えたほどだ。しかし、追ってすぐに理解した。

咲子には、〝やりたいこと〟があったのだ。そのために、麗羅の能力に単純に興味を持った。

後に咲子は営業を経て銀活初の女性プロデューサーとなり、国際部の課長となった麗羅の協力の下、日英合作映画『サザンクロス』を制作した。

よくよく考えれば、利用されただけなのかもしれないが、咲子の純粋な接近は、裕福な家庭で育った麗羅に近づいてくる大勢の人たちとは一線を画していた。

咲子がいなければ、同期に溶け込むことも、一つの会社に二十年も勤務することも、なかったのではないかと思われる。事実、もう一人の女性同期の額田留美は、朝のお茶くみの習慣を「Rubbish」の一言で切り捨てた自分を、出会った当初ははっきりと敬遠していた。

その古巣でもある銀活が、年内に大手ＩＴ企業資本の映像配信会社の傘下に下ることが決定したらしい。営業譲渡に伴い、銀都活劇という社名も、消滅することになるようだ。

もっとも、同期の大半が、とうに銀活を去っている。一番映画に詳しかった水島栄太郎は、誰よりも早く銀活を離れ、現在は群馬のフィルムコミッションで、〝ご当地映画〟の誘致に励んでいる。留美は二十代の終わりに結婚退職し、咲子も昨年、一人息子の中学受験準備を理由に退職した。

かくいう自分も十年前に退職し、今は五年前に他界した父が残したインポート雑貨を取り扱う専門商社のバイヤー兼ＣＥＯを務めている。

結局、会社に残ったのは、若い頃から営業の鑑と言われていた仙道和也と、長いものには率先して巻かれにいく葉山学だ。残るべくして残った二人だともいえる。

営業譲渡先でなにが起ころうと、彼らなら、それなりにサバイブしていけるだろう。

スプリッツを飲み干したとき、引き戸がノックされた。

「悪い。少し遅れたかな」

ウェイターに伴われて、岡田翔真（おかだしょうま）が個室に入ってきた。

「時間通りよ」

「お、『気狂いピエロ』」

翔真が目ざとく、雑誌のページのポスターに気づく。

「綺麗だなぁ、アンナ・カリーナ」

麗羅が雑誌を渡すと、翔真はうっとりとページを眺めた。

「そう言えば、ゴダールの映画に、黒髪のショートボブのアンナ・カリーナが出てくる作品があったよね。タイトル、なんだっけ？」

「『女と男のいる舗道』」

「それだ！」

翔真が麗羅を指さす。

「その髪型、あのときのアンナ・カリーナに似てるよ」

雑誌を棚に戻しながら、翔真が片目をつぶってみせた。麗羅はただ「どうも（サンクス）」と肩をすくめる。

父の親友の息子である翔真は、幼馴染みであり、大事な仕事仲間でもあった。

麗羅の父と翔真の父は、互いに北欧の血が混じっていたこともあり、若い頃から助け合って商売をしてきた。翔真の父はまだ健在だが、今では一人息子の翔真が中心となって、主に加工食品を取り扱う専門商社を経営している。最近では、翔真の会社が仕入れた加工食品や輸入食材を、麗羅が買いつけてきた調理器具で料理し、それをネットにアップするといった共同プロモーションも多くなった。

数年前に二人で立ち上げた、北欧の雑貨と食材を扱うブランド「ヒュッゲ」も、ネット販売を中心に業績を伸ばしている。

「ここも随分と客層が変わったな。一瞬、ファミレスかと思ったよ」

ウェイターが退出すると、翔真は声を潜めて囁いた。

「夏休みだからね」

「だからって、服装のコードくらい、ちゃんと守らせるべきだよ。入ってすぐの席に、短パンのロシア系オッサンがいたぜ」

「なんでロシア系だって分かるのよ。そういう発言って、ポリティカルコレクトネス的に問題になるよ」

「よく言うよ。俺たちが子どもの頃、どれだけ知らない連中から〝チンク〟呼ばわりされたか、忘れたわけじゃないだろ」

日本では〝外人〟呼ばわりされた麗羅たちミックスは、西洋では〝オリエンタル〟として認識される。人の違和感が、自身の属していない側に増幅されることを、麗羅も翔真も子どもの頃から身に沁みて知っていた。

「それに、あれだけ大声で喋られたら、何語かくらいは見当がつくって」

翔真が端整な顔をしかめてみせる。

「なにがオモテナシだか知らないけど、一体いつから東京は、金満外国人のお手軽な遊園地になったのかね」

露骨な物言いに、麗羅は思わず噴き出した。

「安全性や衛生面が観光資源になる時代がきたってことなんじゃないの」

「おやおや、レイも物分かりがよくなったもんだね」

「休暇中だから、優しいのよ」

仕立ての良いシャツを着た長身の翔真は、モデル並みに美しい。普段は紳士然と振る舞っているが、二人きりになると、翔真は生来の辛辣(しんらつ)さを隠そうとしなかった。

幼い頃から、レイ、ショーンと呼び合ってきた自分たちは、学年も同じで、ほとんど双子のように育った。ネイティブの耳には少々いかつい男性名に聞こえる〝レイ〟という呼び名で呼ばれることを、麗羅は今も好んでいる。

麗羅には、四つ年上の姉の世羅(せら)がいるが、実の姉以上に、翔真とは気が置けない。都内のホテルにささやかな逃避行を試みている晩に、一緒に食事をしてもいいと思える相手は翔真くらいだ。

あまりに近しすぎて結婚に至らないのだと周囲からは思われているようだが、麗羅と翔真が互いに独身を貫いているのには、それなりにわけがあった。

「世羅は来週ちゃんと帰国するって？」

冷えた白ワインに合わせた小皿料理(チケッティ)を食べながら、翔真が声をかけてくる。

「ママの八十歳の誕生日だから、さすがにね」

夏に美味しくなるホタテの貝柱のカルパッチョを口に運び、麗羅は頷いた。

長年続いていた両親と姉の不和が、実は自分に起因していたことを知ったのは、麗羅が二十代の頃だった。

〝パパとママは、レイさえいればいいのよ〟

アフリカの小国のNGOコミュニティで働く姉をようやくつかまえた国際電話で、麗羅は初めて姉の本音を聞いた。

〝持ってる人はね、最初からなにも気づかないの。奪うばかりで、奪われる人の気持ちを知ろうともしないんだよ〟

通話状態の悪い受話器の奥から途切れ途切れに響いてきた姉の声は、今でも麗羅の胸の奥に深く刻み込まれている。

病床に就いた父が、姉とようやく和解したのは、世羅がNGOの職員と結婚し、子どもを産んでからだった。自分の家族を持って以降、世羅の両親に対する態度も少しは和らいだ。

父の死後、会社は麗羅が受け継いだが、父は姉の世羅にも多くの財産を遺した。

世羅は父の遺産を元手に大手のNGOから独立し、アフリカの小国で現地のコミュニティと一層深く結びついたNGOを立ち上げた。

ところが、その運営が、どうやらうまくいっていないようなのだ。

世羅は詳しいことを話そうとしないが、教育支援のためにつぎ込んだ資金が、現地コミュニティの管理の杜撰さで、数年にわたって闇に流されていたらしい。それが単に現地特有の管理の緩さから起きたものなのか、故意に行われたものなのかは、世羅のように長年ＮＧＯ活動に携わる者でも判断が難しいという。

でも——。それは世羅の甘さなのではないだろうか。

麗羅は頭の片隅で考えてしまう。

ロンドンで生活していた頃、家にはいつも、浅黒い肌をしたハウスメイドたちがいた。クリスマスのパーティーなどで、彼らの子どもたちが家に招かれると、世羅はなぜだかいつも酷く気を使った。家族や翔真の両親からもらった豪華なプレゼントを、すべて彼らにあげてしまうこともあった。

そこまでしても、言葉の通じない浅黒い肌の子どもたちが自分たちに本当に心を開いてくれたことは、ただの一度もなかったと麗羅は記憶している。

不公平な世の中を作っているのは、自分たちのような人間だ。

そんなふうに己を罰したがってばかりいる世羅が立ち上げたＮＧＯが、うまく機能するはずがないと考える自分は、やはり傲慢で冷血なのだろうか。

五つ星ホテルのレストランの個室で、ワインを飲みながら食事をしている私たちを見たら、きっと世羅は眉を顰めるに違いない。

自分たちは堕落している。

父の猛反対を押し切って大学を中退して海外ボランティアに身を投じる前から、世羅は呪詛のようにそう繰り返していた。

だが麗羅は、自分たち家族の裕福な環境を、姉のように「堕落」と恥じたいとは思わなかった。祖父も父も並々ならぬ苦労を重ねて商売を続けてきたのだ。学生時代から父の仕事を手伝い、現在はＣＥＯを務める自分だからこそ、よく分かる。翔真も自分も、決して親が築いてくれた資産の上に胡坐をかいているわけではない。

むしろ、父が遺したものを無駄に費やしているのは……。

「レイ、どうかした？」

翔真に声をかけられ、麗羅は我に返った。

「口に合わない？」

よほど険しい表情を浮かべていたのだろう。重ねて尋ねられ、慌てて首を横に振る。

「そんなことないよ」

空になったグラスに白ワインを注いでもらい、麗羅は新たに運ばれてきた生ウニのリングイネを口に運んだ。重すぎないクリームソースが新鮮なウニの甘さを引き立てている。もっちりとしたリングイネも、噛み応えがあって美味だった。

しかし、母の誕生祝いをしないかと打診したメールに返信してきた姉の文面を思い出し、麗羅は再び眉間にしわを寄せそうになる。

はっきりと書かれていたわけではないが、世羅は暗にＮＧＯへの支援を要請してきていた。

それが当然の義務だとでも言わんばかりに。

やめよう――。

せっかくの食事がまずくなる。

麗羅は胸の奥から湧き上がってきそうになる黒い雲を振り払う。

リングイネを食べ終えると、メインのロブスターのバターソテーと和牛のブラックペッパーステーキをシェアすることにした。食の好みが合い、テーブルマナーの綺麗な翔真とディナーを共にするのは楽しい。互いの仕事や、共同事業の「ヒュッゲ」の展望について話していると、時間が経つのを忘れてしまう。

「ヒュッゲ」は基本的にネット販売が主流のブランドだが、昨年のゴールデンウイークに渋谷のセレクトショップに期間限定で出店したときには、思いがけないほどの反響を呼んだ。

「また、どこか面白いところがあったら、出店してみてもいいと思うんだ」

翔真の提案に麗羅は頷く。

「今度は、オリジナルティーと焼き菓子のセットとかも販売してみようか」

「いいね、ヒュッゲの持ち帰りセット」

〝ヒュッゲ〟とは、元々、デンマーク語で「楽しい時間」を意味する言葉だ。夜の長い北欧では、夕食後にキャンドルを灯してお茶を飲んだりすることを「ヒュッゲ」と言う。

家でお茶を飲む時間を少しだけ贅沢に、というテーマをもとに立ち上げた「ヒュッゲ」は、財布の紐の固い若い世代にも受けが良かった。外食よりも在宅というコンセプトが、現代のニーズに見合ったようだ。

ドルチェに麗羅はアマレットのジェラートを、翔真はリコッタチーズのクリームをパイ生地で包んだカンノーロを選び、食後も心ゆくまで語り合う。

「俺も、部屋を取ろうかな」

だが、コーヒーを飲み終えた翔真が呟いたとき、麗羅は思わず遮った。

「やめて」

声が強く響きすぎたことに、自分でもハッとする。

「なんでさ。ここ、コネクトできるスイートがあっただろ?」

翔真が不思議そうな顔になった。

「今日は駄目。私、コーナーに泊まってるから。それに、夏休みシーズンだし、コネクトルームなんてあいてないでしょう」

だんだん語尾が言い訳めいてくる。

「分かった、今度にする」

麗羅の気持ちを汲んだのか、翔真はあっさりと納得してくれた。

部屋につけると言ったのに、結局、ウェイターを呼んでクレジットカードを切った翔真は、明るい笑顔で去っていった。そのわだかまりのない態度に、麗羅は却って後ろめたい気分になる。それでも、今夜はやっぱり一人で寝たかった。

誰かと一緒にいるほうが、寂しくなる夜もある。

コーナースイートに戻ると、部屋はターンダウンされ、カバーが外されたベッドの枕元に、小さなチョコレートが置かれていた。麗羅はピンヒールを脱ぎ捨てて、ベッドの上に腰を下ろす。翔真とは、一度だけ関係を持ったことがあった。二十代の終わり頃だ。

当時、翔真は正式に結婚しようと、ことあるごとに麗羅に迫っていた。

〝レイとなら、偽装じゃない――〟

けれど、関係を持って以降、翔真はそれを口にしなくなった。どれだけ好意を持っている相手でも、やはり自分にとって性愛の対象は女性ではないのだと、彼自身が悟ったせいに違いなかった。

その後も変わらない関係を維持してこられたのは、互いが孤独の中から培ってきた強さのおかげだと麗羅は考えている。

生まれてこの方、麗羅は誰とも結婚したいと思ったことがない。そういう自分を、たまには寂しく感じるが、異常だとは思わない。

結婚したい人間がいるなら、したくない人間がいるのもまた自然なことだろう。

「周囲の皆が望んでいるから」と、結婚を迫ってくる翔真と対峙することは苦しかった。肉体関係を持ったことによって彼があきらめてくれたなら、よかったとだけ考えている。

夫婦でいるより、恋人でいるより、親友でいることのほうが、麗羅にとってはずっと大切なことだった。それはきっと、翔真にとっても同じはずだと思うのだ。

クローゼットの鏡に映る自分を、麗羅はじっと見つめた。

〝その髪型、あのときのアンナ・カリーナに似てるよ〟

先刻の翔真の言葉が甦り、わずかに不機嫌になる。髪形の変化に気づいているとアピールを寄こす翔真が、少々うっとうしかった。

アンナ・カリーナは、長くゴダール映画のミューズだったが、『気狂いピエロ』にせよ、『女と男のいる舗道』にせよ、ゴダール映画のヒロインは、男を振り回すか、男に振り回されるかした挙句、大抵最後には殺されてしまう。恐らくそれこそが、フランス映画特有の宿命の女（ファムファタル）というものなのだろう。

私なら、殺される前に、殺すけどな――。

この世の中が、人に加害者か被害者かに分かれることを強（し）いるなら、自分は絶対被害者にはならない。

どこへ行っても異物扱いされた幼い頃から、麗羅は心にそう決めていた。

私は、殺されてしまうファムファタルになんかならない。

なのに、どうして翔真は折に触れて、自分を女扱いしようとするのだろう。本当は、女性を愛さないくせに。

性別（セックス）は、ときに邪魔だ。

ルームシューズを履き、麗羅はワーキングデスクに向かった。休暇中であっても、ノートパソコンを開き、一通りメールをチェックする。これを一日でも怠（おこた）ると、メールが大量に溜まってしまう。

急ぎの案件とそうでないものをファイルに分別していると、珍しい相手からメールが届いていることに気がついた。

砂原江見。銀都活劇時代の後輩だ。

同期のことばかり考えていたが、思えば銀活には、こうした後輩たちも残っている。営業譲渡が決まり、彼女や彼たちも、きっと不安に思っているに違いない。

しかし、ずっと音沙汰のなかった江見が、今頃、自分になんの用だろう。

〝ご無沙汰しております〟から始まる、あいさつメールをざっと読んでから、麗羅は添付ファイルを開いてみた。

「デジタルリマスター、ブルーレイ&DVD販促企画　さよなら銀活、九〇年代トリビュート」

メールに添付された企画書の冒頭に、奮ったキャッチコピーが躍っている。

九〇年代トリビュート?

麗羅の口元に、自分でも気づかぬうちに笑みが浮かんだ。

忘れもしない。入社六年目の一九九四年に、麗羅は国際部の課長になった。当時、国際部を牛耳っていた年嵩の女性課長を文字通り追い落としたのだ。

それまで密室で行われていた買いつけ会議を、営業や宣伝に携わる現場スタッフに開放し、出張時のビジネスクラスの使用を撤廃し、フィルムマーケットに若手社員たちを同行させることに成功した。

あれはまさに、自分にとっての五月革命のようなものだった。

咲子はもちろん、江見とも一緒にカンヌやヴェネチアのフィルムマーケットに出向いた。ヒールがすり減るまで歩き回ったカンヌの街並みが、再び麗羅の脳裏をよぎる。今度はそこに、エビアンのペットボトルとバケットのサンドイッチを手に小走りしている咲子の姿が浮かび上がった。昼食を食べる暇も惜しみ、麗羅はブースを、咲子は試写会場を駆け巡った。あのときに合作や買いつけを進めたミニシアター隆盛期の二十年以上も前の作品を、銀活の営業譲渡が決まったこの時期に、特集上映するつもりなのか。

江見の淡々とした表情を思い返し、麗羅はやはり笑ってしまう。

不安がるどころか、普段なら絶対に通らないであろう、こんなニッチな企画を立ち上げてくるなんて。

当時の契約状況や、監督の連絡先などで、いくつか確認したいことがあるのだと、江見は告げてきていた。できれば近いうちに、一度打ち合わせをさせてほしいという。

麗羅は快諾のメッセージと共に、「ヒュッゲ」のオフィスのアドレスを送信した。都合のいいときに、いつでも訪ねてくるようにと。

『女と男のいる舗道』に、アンナ・カリーナがジュークボックスの音楽に合わせて幸せそうにダンスをする有名なシーンがあるが、麗羅もなんだか踊り出したい気分になる。

九〇年代から二〇〇〇年代の頭にかけて、麗羅や咲子が作品を買いつけたり、合作相手に選んだりしたヨーロッパや香港のニューウェーブの監督たちは、ある意味、ヌーヴェルヴァーグを起こしたゴダールたちの申し子のようなものだった。そのゴダールが、銀活も所有している日本映画黄金時代の巨匠、溝口健二（みぞぐちけんじ）の薫陶（くんとう）を受けているというのは、言語や国境を越える映画という総合芸術の不思議な巡り合わせを感じさせる。

ときを経て、今の若い世代にミニシアターブーム隆盛期のアート系作品がどう受けとめられるのか、麗羅も個人的に興味があった。

そう言えば、『女と男のいる鋪道』の冒頭には、とても印象的な台詞があったはずだ。心に響いたはずなのに、それがなんだったのかを具体的に思い出すことができない。近いうちに、ゴダールの映画を見直してみよう。

配信をチェックしていると、微かな電子音をたてて新しいメールが着信した。

意外な送信者の名前に、麗羅はマウスを操作していた指をとめた。

翌週、八十歳になる母の誕生日に、麗羅はベジタリアンふうのフルコースを作った。

ホテルのレストランを予約しようと思ったのだが、母から手料理をリクエストされ、野菜中心の低糖質メニューを考えた。

麗羅は料理をするのが得意だ。小学校時代から、家で食べるスコーンやソーダブレッドやタルトレットは、ほとんど麗羅が手作りしていた。

レイは不得意なことを探すほうが難しいのね――。母はよくそう言って笑った。

しかし、それは母の思い違いというものだ。

麗羅はロンドンでも日本でも、学科や体育の成績は常にトップクラスだったが、実のところ、それ以外のことは大抵不得手だった。特に、遠足や修学旅行での集団行動や、目的のよく分からないホームルームは大の苦手だ。

〝誰某君は、何某ちゃんが先に好きになった男子なんだから、後からきた小笠原さんは馴れ馴れしく話しかけたりしないで〟

帰国後、転入したばかりの中学で眼を三角にした女子たちから迫られたときは、彼女たちがなにを話しているのかすら理解できなかった。

別段理解する必要もないのだと開き直るまでに、たいして時間はかからなかったが、年齢を重ねてもこれに類する愚にもつかないことがしばしば起きるのには閉口する。

麗羅が一番不得手なのは、自分の納得のいかないことと、辛抱強く向き合うことかもしれなかった。

緑米とカリフラワーを使ったドリアをオーブンに入れてから、野菜のテリーヌを載せた皿を手に、リビングに戻る。

リビングでは、アフリカから一時帰国している姉の世羅と、世羅の娘の沙羅が、母を中心にしてオードブルをつまんでいた。

「うわー、綺麗！」

京人参、ヤングコーン、アスパラガス、白ネギ等の断面が色鮮やかに並ぶテリーヌに、十七歳になる沙羅が歓声をあげる。

「このクレープも、とっても美味しい」

沙羅が称賛したのは、カマンベールチーズとスモークサーモンを載せた一口大のクレープだ。

「それ、ひよこ豆の粉で作ったクレープで、ソッカっていうの。小麦のクレープよりも、食べ応えがあるでしょう」

テリーヌをテーブルに載せながら、麗羅は説明した。ソッカは南フランスの名物だ。

「ソッカ、懐かしいわね。お父さんと一緒にニースに出かけたとき、市場でよく食べたの」

母が幸せそうにピンチョスに刺したソッカを口に運ぶ。

いつもは英国料理を作ることが多いので、今日はあえて南フランス風の料理を加えてみたのだが、どうやらお気に召してくれたようだ。

「レイさんって、本当になんでもできるんですね」

「レイはね、子どもの頃から、できないことのほうが少なかったのよ」

「すごーい、尊敬しちゃう」

母の得意げな言葉に、沙羅が大げさな声をあげた。楽しそうな二人の傍らで、世羅は無言で炭酸水を飲んでいる。

テリーヌの美しい断面が崩れないように切り分けながら、麗羅はちらりと姉の様子に視線を走らせた。久しぶりに見る姉は、また一段と老けたようだ。

生活環境の過酷なアフリカの小国で暮らしているせいか、会うたびに表情が険しくなっていく。瑞々(みずみず)しかった肌には深いしわが刻まれ、しなやかだった長い黒髪も、見る影もなくぱさぱさに乾燥していた。優しかった姉の面影は、もうほとんど残っていない。

「うちはいっつも古臭い田舎料理だから、こんなおしゃれなテリーヌとか食べたことない」

沙羅が昔の姉によく似た大きな瞳をくるくるさせて、テリーヌを頬張る。

「野菜が甘くてすごく美味しい！　高級レストランの料理みたい」

沙羅は小学生までケニアのインターナショナルスクールに通っていたが、五年前に帰国して、現在は石川県にある姉の夫の実家から公立高校に通っている。帰国が、世羅たち夫婦の意向だったのか、それとも沙羅本人の意向だったのかは聞いていない。

世羅と沙羅も久々に顔を合わせたはずなのに、二人はそれほど会話をしていなかった。

「おばあちゃんって本当に八十？　信じられない。髪だって黒いし、腰も全然曲がってないし。石川のおばあちゃんなんて、まだ七十だけど、もっとおばあちゃんだよ」

沙羅が、今度は母を誉め始める。

麗羅たちの母は未だに髪が黒く、背筋も伸びていて、小柄なせいか、高齢になってもどこか少女のような雰囲気があった。

「当たり前よ」

それまでずっと黙っていた世羅が、突如口を開く。

「ママは、若い頃からずっとパパに守られて生きてきたんだもの。畑仕事なんて、一度もしたことがないし。石川のおばあちゃんみたいに、苦労してきた人とは違うのよ」

リビングがしんとした。

母の口元から笑みが消える。麗羅は思わず非難の眼差しを向けたが、それを無視するように、世羅は沙羅に向き直った。

「その石川のおばあちゃんに散々世話になってるくせに、よく古臭い田舎料理とか言えるよね」

世羅に詰め寄られ、沙羅の細い肩が心なしか震える。

「べ、別にそんなつもりじゃ……」

「じゃあ、どういうつもり？　あなた、もう、十七だよね。十七って言ったら、いい大人だよね。アフリカで十七歳って言ったら――」

「やめてくれないかな」

どんどん声を荒らげようとする世羅を、麗羅は強い調子で遮った。

「今日はママの誕生会で、沙羅ちゃんはホストの私が呼んだゲストだから」

途端に世羅が立ち上がろうとする。

「世羅、いかないで！」

母が悲痛な声で呼びとめた。さすがの世羅も、八十になる実母を振り切ろうとはしなかった。深い溜め息をついて、ソファに座り直す。

「悪かったわね……」

低い声で謝罪すると、世羅は目蓋を閉じた。その横顔が、どこまでも疲れ切って見える。

「もちろん、世羅も大事なゲストだよ」

姉にそう告げて、麗羅はメインのドリアを取りにキッチンへ戻った。

それからは、もっぱら全員が黙々と食事をした。緑米のドリアは上出来だったが、もう沙羅ははしゃぎ声をあげようとはしなかった。

「レイ、手伝うよ」

食後のデザートとお茶を用意していると、世羅がキッチンに入ってきた。

「私がいないほうが、いいみたいだし」

自嘲気味に呟きながら、世羅はカップを熱湯で一つ一つ温めていく。リビングからは、母と沙羅が囁くように話し始めている気配がした。世羅の言葉を裏づけするかの如く、やがてそこに小さな笑い声が混じる。

お茶の準備を姉に任せ、麗羅は冷蔵庫で冷やしていた巨峰のコンポートを取り出した。アイスクリームとピーナッツムースを敷いたカップにコンポートを並べ、パフェ仕立てにする。

「相変わらず、なにをさせても上手だよね」

生クリームとセルフィーユで飾りつけをしていると、世羅が背後から声をかけてきた。

「単に好きなだけだから」

麗羅は正直に答えた。これまでも家族や友人のためにたくさんの料理やお菓子をこしらえてきたが、義務に駆られて作ったことは一度もない。

「これだけできるんだから、ちゃんとショーンと結婚すればいいのに」

「料理と結婚は、関係ないと思うけど」

「そうかもしれないけど」

これまでにも、せっかく美人なのに、そんなに料理がうまいのに、なぜ独り身なのかと尋ねてくる人はたくさんいたが、麗羅は彼らの分別顔こそが心底理解できない。

姉からまで同様のことを言われるとは思わなかった。

「……ねえ、レイ」

世羅は暫し煮え切らない様子で視線を漂わせていたが、やがて、きまり悪そうに切り出してきた。

「例の件だけど、考えてもらえた？」

ついにきたか。

麗羅は胸の中で一つ息をついてから、姉に向き直る。

世羅が母の誕生日のためだけに帰国したわけではないことは、薄々感じ取っていた。

「結論から言うけど、あのメールだけじゃ、うちの会社から、世羅のＮＧＯへの支援はできない」

世羅のやつれた顔が、ぴくりと引きつった。

「世羅が困ってるのは分かってる。でも、あのメールを読むだけだと、世羅のＮＧＯは現地政府ともうまくいってないみたいだし、会計も不透明すぎる」

「現地政府が頼りにならないから、もっと機動性のある人権派のコミュニティと組んでいるんじゃない」

「だったら、そのコミュニティにしかるべき会計監査を入れて。いくら彼らが人権派のリーダーだとしても、資金が本当に地元住民のために使われたのか、それとも一部のコミュニティの運動や、誰かの懐に流れたのかは、あれだけでは判断ができない」

理路整然と言い切ると、世羅の表情にははっきりと怒りの色が浮かんだ。

「なにも知らないくせに、よくそんなことが言えるね。一度も現場を見たことがないくせに。私と夫がどれだけ時間をかけて、現地コミュニティと関係を築いてきたか、想像したことがある？　必要なのは、ただ学校を建てるだけじゃなくて、そこで実のある授業ができる先生たちを育成できる教育環境を作ることなの。そうでないと、彼らはいつまでたっても貧しさから抜け出せない」

「だったら、余計に、会計をきちんとさせないと。大手のＮＧＯはそこを見落としている」

確かに姉は、ほかの人たちではできないことをやろうとしているのだろう。だが、たとえＣＳＲ――企業の社会的責任――活動とはいえ、会社にとってはビジネスの一環だ。そこに妙な遠慮や不透明さがあるのでは、正常な支援は成り立たない。

会計管理の改善がない限り援助はできない。

「それと、もし不正が発見されたら、ちゃんとその国の法律で訴訟を起こせるように処置を取ってほしいの」

そこまで言うと、世羅は一瞬絶句した。

「……レイって、本当に、パパそっくり」

沈黙の後、絞り出すような声が響く。

「そんなにビジネスが大事？」

「大事だよ。それのどこがいけないの」

「あなたがショーンと遊び歩いて一晩に使うお金で、どれだけの飢えた子どもたちを救えるか考えたことがある？」

「それとこれとは関係ない」

麗羅はぴしゃりとはねつけた。

善意とは非常に厄介な代物だ。善意で差し出したものが、善意のうちに処理されるとは限らない。それでも誰かを悪者にしたくないからと曖昧にしているようでは、本当の善意はどこにも届かない。

「お姉ちゃんは、甘いよ」

経験はあっても、決断力がない。優しすぎるし、弱すぎる。

だから、自分を追い詰めるばかりで、疲弊する。実の娘とも、本気で向き合っているとは思えない。一人で日本に帰ってきた沙羅の本音に、世羅はきちんと耳を傾けているのだろうか。

ホテルのコーナースイートに泊まった晩、麗羅は沙羅からのメールを受信した。そこで初めて、沙羅が高校を卒業したら、東京の大学に進学したいと考えていることを知った。

もし、受験に合格したら、麗羅と母が暮らす家に下宿させてもらえないかと、沙羅は打診してきていた。

〝お父さんはともかく、お母さんは、私よりもアフリカの子どもたちが大切なんです……〟

最後の一文を、沙羅がどんな気持ちで書いたのかが麗羅には分からない。それは、母親である世羅にしか探れないものであるはずだ。

麗羅と世羅は、しばらく無言でにらみ合った。

「なんでもできるのに、あなたはなんにもしようとしない」

やがて、世羅が吐き捨てるように呟く。

「結婚もしないし、子どもも産まない……。レイって、結局、ビジネスと自分のこと以外には関心がないんだね。もう、いいよ。あなたに頼ろうとした私がバカだった」

くるりと背を向けると、世羅は紅茶を淹れ始めた。キッチンに、アールグレイの爽やかな香りが漂う。

「安心して。ママの誕生日だけは、最後までつき合うから。……でも、一つだけ、聞かせて」

トレイにポットとティーカップを並べながら、世羅が振り返った。

「そうやって、自分のためだけに生きるのって虚しくない？」

巨峰のパフェの飾りつけの手をとめて、麗羅は世羅を見返す。軽蔑を隠そうともしない世羅の顔に、幼い日の優しい姉の面影はどこにもない。

どうして、自分たち姉妹の心は、こんなにも遠く離れてしまったのだろう。

姉の長年の孤独に気づかず、両親の愛情を独り占めにしてしまった報いだろうか。

〝パパとママは、レイさえいればいいのよ〟

なぜ大好きな姉が、アフリカの片田舎までいかなければいけないのか、ずっと分からずにいたけれど、幼い頃から世羅の居場所を奪い続けていたのは、自分なのかもしれなかった。

「答えられないのね」

冷たい一瞥を残し、世羅はトレイを手にキッチンを出ていく。

遠ざかっていく姉の後ろ姿を、麗羅はじっと見つめた。


八月の最終週、自宅近くに構えている「ヒュッゲ」のオフィスを、砂原江見が訪ねてきた。

「ご無沙汰しております」

玄関先で、江見は丁寧に頭を下げた。

同期とはそれなりに連絡を取っているが、江見とまともに顔を合わせるのは、十年前の自分の送別会以来だった。人は環境が変わると、あっという間に疎遠になってしまう。同期会という名目がなければ、咲子たちとだって滅多に会う機会はないのだ。

自分たちと違い、中途入社で銀活にやってきた江見に同期はいない。バブル景気が残っている時期に社会に出た世代は、やはり恵まれていたのだと改めて思う。

「これ、よろしければ」

江見は、かつて新橋で洋食屋を営んでいた老舗洋菓子店の紙袋を差し出した。新橋土産と言えば、定番の紙袋だ。銀活の自社ビルは住所は一応銀座だが、限りなく新橋に近い。

「気を使わなくてよかったのに。ここは、基本、私一人だし」

麗羅は江見を応接室に招き入れ、キッチンに向かった。オフィスと言っても、「ヒュッゲ」は翔真と二人だけで立ち上げたブランドなので、ほかにスタッフがいるわけでもなく、実際には麗羅の別宅のようなものだった。

紙袋の中の化粧箱をあけると、定番の焼き菓子ではなく、マロンスフレが入っていた。このスフレケーキも、老舗洋菓子店創業当時からの名物だ。きっと、麗羅が趣味で焼き菓子を作ることを覚えていて、こちらのケーキにしたのだろう。

淡々としているようでいて、実は抜かりがない。江見は昔からそうだった。

麗羅はケーキを切り分けて皿に載せ、炭酸入りのアイスティーと一緒に応接室へ運んだ。

応接室では、ソファに座った江見が、そこかしこに設(しつら)えられている北欧の家具や調度品を興味深そうに眺めている。応接室はショールームにもなっていて、「ヒュッゲ」の商品があちこちにディスプレイされていた。

この部屋で、実際に北欧風〝ヒュッゲ〟のティータイムを実践したり、キッチンで簡単なオードブルやデザートを作ったりする工程を動画撮影してSNSで流すと、それが拡散され、何万人もの視聴(インプレッション)がつき、ネット注文につながる。

SNSやアプリを使用する商法は、父の時代には考えられなかったビジネスモデルだろう。

無論、絶え間なく流れていくタイムラインで注目を集めるには、それだけ印象的な動画を作らなくてはならない。このビジネスモデルでは、調理やディスプレイを担当する麗羅の手際のよさと、翔真の映像制作の技術がおおいにものを言った。

「このお皿とかも、全部『ヒュッゲ』ですか」

マロンスフレの載った皿を、江見がしげしげと見つめる。デザインの聖地とも呼ばれるコペンハーゲンの女性作家が作った、藍色の手書きの文様が美しい。

「ここにあるものは、壁紙からカーテンまで、全部そうだよ」

麗羅が直接工房を訪ね、買いつけてきた作家ものばかりだ。値の張るものもあるが、若い作家が作った比較的リーズナブルなものもある。

バイヤーの仕事は、基本、銀活時代に担当してきた外国映画の買いつけと同じだ。足で稼ぎ、眼を見て口説く。映画に関しては、一本一本買いつけるより、大枚をはたいて何本もの作品をパッケージ買いする向きが主流になりつつあるが。

「レイさんは、変わらないですね」

アイスティーを飲みながら、江見がぼそりと呟いた。そういう江見も、それほど変わっていない。こうして向き合うと、一緒に仕事をしていた時期に、タイムスリップしたみたいだ。二人の間に十年もの隔たりがあったことが、霧散していくように感じられる。

「銀活、大変みたいじゃない」

たとえ人は変わらなくても、会社の環境は否応なく変わってしまう。

現在の銀活が麗羅の知っている会社とは別物であることは、同期たちからも散々聞かされていた。

「ええ、まあ……」

ところが渦中にいるはずの江見は、相変わらず表情が読めない。

「自社ビルも、売却されるみたいです」

なんでもないように打ち明けられて、麗羅のほうが戸惑う。

「じゃ、拠点が多摩市になるっていう噂も……」

「どうやら、本当らしいんですよね」

「なんだか他人事ね」

「いえ、結構参ってます」

表情が読めないだけに、どこまで本気か分からない。

砂原なだけに、ドライ――。同期の葉山学が、よくつまらないダジャレを言っていたが。

「で、江見ちゃんの本題は？」

一緒に働いていた当時の呼び方で促すと、江見はトートバッグからいくつかのファイルを取り出し、手短に説明を始めた。

「今回の特集上映は『サザンクロス』を中心に、ほかにも何本か銀活に権利が残っている九〇年代から、二〇〇〇年代初期の作品を上映したいんですが……」

興行を販促上映として処理するための手続きについて、当時の契約書を一緒に確認してほしいと言う。販促上映に関しては、ロイヤリティーを発生させたくないというのが江見の意向だ。

「要するに、販促上映の収入はＤＶＤの販促費と相殺したいということね」

「お手数をおかけして申し訳ありません。今の国際部、あんまり頼りにならないんで、レイさんから助言をいただければ、後は私が手続きしようと思っていて」

江見は英語もかなりできるのだったと麗羅は思い出す。英語圏の監督や役者の来日プロモーションの際は、江見の語学力が相当役に立った。

「今の銀活って、そういう〝飛び越し〟はまずいんじゃないの？」

新体制以降の銀活は、縦割りが厳しいと聞いている。

「いえ、今なら平気です」

江見はきっぱりと首を横に振った。

やはり、そういうことか……。

営業譲渡が決まった今なら、今後どうなるか分からない自分のテリトリーに固執している場合ではないだろう。

突如出現した空白地帯のような過渡期にしかできないことを、江見はやろうとしている。その発想自体は痛快だ。

しかし、彼女の現在の上司である葉山学が、よくこの企画を通したものだ。

「あの葉山が、よく判をついたね」

思わず呟くと、江見が薄く笑う。

「令和元年の珍事だそうです」

「令和元年の珍事？」

「葉山グループ長が、ご自分でそう仰ってました」

なんだか訳が分からない。

マナバヌの気紛れはとりあえず置いておくとして、麗羅は江見にいくつかのアドバイスをした。合作した映画の製作プロダクションは基本的に銀活なので、ロイヤリティーが発生するのは招聘した監督と脚本家だ。但し、二十年以上も前のコンテンツがブルーレイや廉価版DVDとして発売されるのは、相手にとっても悪い話ではないので、販促上映ありきの再発売であることを強調すれば、特に問題は起きないだろう。

「必ず契約書（コントラクト）は残してね。覚書（メモランダム）でも構わないから」

「はい」

頷きながらメモを取る江見を見ていると、麗羅は本当に自分が今でも映画の海外渉外の仕事をしているような気分になった。十年も離れていたのに、その実、意外なほど身に沁みついている。『サザンクロス』の監督とは、現在もSNSでつながっているので、その連絡先も伝えた。

「今晩中に、私からも監督に打診しておくので、明日以降、正式にメッセージを送ってみて」

「本当にありがとうございます」

江見が深々と頭を下げる。

「あの、ご迷惑ついでではあるのですが、レイさん、この企画に『ヒュッゲ』としてタイアップしていただけないでしょうか」

顔を上げた江見がすかさず新しいファイルを差し出してきたので、麗羅は一瞬虚を衝かれた。

「映画事業グループの仙道グループ長のご尽力もあって、十一月に渋谷の駅前のイベントホールを、一週間押さえることができたんです。もし可能でしたら、『ヒュッゲ』ブランドの小物とか、紅茶とかのサンプルを、来場者へのプレゼント用に提供していただけると、すごく嬉しいんですが」

プランＡ、プランＢ、プランＣと三種類のタイアップの企画書を、江見が次々とテーブルに並べる。

「今回の目玉作品は『サザンクロス』、イベント全体のプロモーション用イメージソングを、カジノヒデキさんにお願いしています。イメージも客層も、『ヒュッゲ』とぴったりです。商品のサンプル提供をいただければ、ポスター、チラシ、予告編（トレーラー）、出稿媒体すべてに『ヒュッゲ』のロゴと広告を入れさせていただきます。アプリがあるようでしたらＱＲコードも。本編の上映前に、『ヒュッゲ』がＳＮＳで流している動画を上映することも可能です。もちろん、物販のスペースも用意します」

そうきたか。

麗羅はテーブルに並べられた企画書を眺めた。どうやら本題は、こちらのほうだったようだ。

「レイさん、昨年のゴールデンウイーク、渋谷のセレクトショップに期間限定で『ヒュッゲ』を出店していましたよね」

そこまで調べているのかと、麗羅は内心感嘆する。今度また面白いところがあれば出店してもよいと、翔真と話したことまで聞かれていたみたいだ。

やはり、ちっとも変わっていない。

淡々としているようでいて、砂原江見は本当に抜かりがない。

「お返事は今すぐでなくて構いません。ゆっくりご検討いただければ幸いです」

もう一度頭を下げる江見の前で、麗羅は企画書を手に取った。

「江見ちゃん」

麗羅は正面から江見を見据える。

「このイベント、やるからには成功させるんだよね」

軽く恫喝(どうかつ)してみたが、江見は動じなかった。

「はい」

臆することなく頷く江見に、麗羅は密かに満足する。取引をするなら、これくらいの手応えが欲しい。

「ところで、咲ちゃんには、もう連絡したの？」

何気なく問いかけて、麗羅は少々驚いた。それまで恬然としていた江見が、突然煮え切らない表情を浮かべたのだ。

「……連絡して、いいんですかね」

「だって、トークショーとかやるんでしょう?」

なにを躊躇しているのかと、不思議になる。北野咲子は『サザンクロス』のプロデューサーだ。当時の話をさせるなら、彼女が一番適任のはずだ。

「息子さんの受験準備って、今、すごく忙しい時期ですよね。私なんかが、お邪魔していいんでしょうか」

江見の白い頬に、ほんのわずかだが苦いものが浮かぶのを、麗羅は見逃さなかった。

「ちょっと待ってよ。咲ちゃんの登壇がないって、少しおかしいじゃない。当時はトークショーの司会も、全部彼女が務めてたんだよ」

何事においても抜かりのない江見が、そのことに気づいていないはずがない。つまり、江見は敢えてそれを避けたということになる。

「なに変な遠慮をしてるの?」

麗羅は腕を組んだ。

「宣伝コンセプトにもかかわることだし、タイアップを持ちかけられたからには、説明を聞いておきたいんだけど」

黙ってアイスティーを飲んでいた江見が深い溜め息をつく。

「自分でも、真っ先に声をかけるべきだってことは、分かってるんですけど……」

再び口をつぐみ、江見はしばらく考え込んでしまった。

外から蝉の声が聞こえてくる。八月も終わりになると、アブラゼミやミンミンゼミに替わり、秋の季語でもあるツクツクボウシが優勢だ。

外はうだるような残暑が続いているが、つくづく惜しい、と、ツクツクボウシが去ってゆく夏を惜しんでいた。

「……実は私、銀活に入る前に、北野さんとカジノヒデキさんのトークショーを見てるんです」

麗羅が二杯目のアイスティーを入れて戻ってくると、ようやく江見が重い口を開いた。

「『サザンクロス』の？」

意外に思って聞き返せば、江見が頷く。

「私、それまで、映画に初日舞台あいさつ以外でトークショーがあるって、知らなかったんです」

テーブルに新しいグラスを置いて、麗羅はソファに腰を下ろした。

「江見ちゃんは、銀活の前はテレビ番組の制作プロダクションにいたんだよね」

「最悪でしたけど」

江見が苦笑する。

「当時、私、公私共に色々あってぼろぼろだったんです。でも、たまたま、通りかかった映画館の前に、楽しそうな若い人たちがたくさん並んでいて……」

偶然入った映画館で、トークショーの司会を務める咲子の姿を見たのだと江見は語った。

「映画界には、あんなに若い女性のプロデューサーがいるのかって、びっくりしました。カジノさんのトークも面白くて、映画も素晴らしかったし。おかげで最低の晩を、なんとか乗り切ることができました」

「そうだったんだ」

江見のこんな話を聞くのは初めてだった。

「照れくさくて、言い出せなかったんですけど」

微かに頬を染めて、江見が麗羅を見つめた。

「私、その晩がきっかけで、銀活の面接を受けようって決めたんです」

「もしかして、それで、この企画を？」

「はい。経営陣がソフトを売り払うつもりでいるなら、銀活でいられる最後に、現場から企画を立ち上げてもいいかなって」

それは、麗羅にとっても嬉しい挑戦だった。自分が若い頃に海外渉外を務めた作品を、ただの「売却ソフト」ではなく、大切な思い出と共に扱ってくれる後輩がいることは幸運だ。

「でも、だから……」

ふいに、江見の声が暗くよどむ。

「去年、北野さんがお子さんの中学受験のために退社されたとき、正直言って、がっかりしました。あれだけの仕事をしてきた人でも、結局そうなるのかって」

江見の言葉に、麗羅はハッと胸を衝かれる。

〝ここなのかって思うのよ〟

昨年の春、同期会で再会した夜に、桜の木の下で涙を流していた咲子の姿が浮かんだ。

〝あれだけ頑張って、前に進んできて、でも、結局最後はここなのかって〟

息子のために会社を辞めようかと口にしたとき、夫や両親をはじめ、彼女が積み重ねてきたキャリアを惜しんでくれた人は誰もいなかったと、咲子は悔しげに告げた。

女なら、母なら、そうするのが当然だと、誰もが簡単に納得したと。

それでも、最終的に休職ではなく、退職を選んだのは、咲子自身の意向だった。

江見は、咲子のこの葛藤を知らない。

「だって、つまんないじゃないですか。子どものために、それまでのキャリアを投げ出すなんて」

絞り出すように言ってから、「いや、違うな」と、江見は大きく首を横に振る。

「自分との違いを思い知らされたから、ショックだったんだと思います」

江見の口元が苦しげにゆがんだ。

「……私、子どもが欲しくなかったんです。それで、好きだった人と離婚しました」

視線を伏せる江見を、麗羅は無言で見つめる。

十年近く一緒に働いていたけれど、プライベートについて深く話したことは一度もなかった。

「じゃあ、なんで結婚したんだって、言われるときつくて……」

普段冷静な江見がつらそうに言いよどむ様子に、麗羅も微かな動悸を覚える。

結婚もしないし、子どもも産まない、お前はなにもしようとしない――。

自分を詰る姉の声が、耳の奥に響いた気がした。

子どもを産むことより離婚を選んだ江見は、子どものためにキャリアを手放した咲子と向かい合うことに、気後れを覚えているのだろう。

「北野さんみたいな人でも、最後は子どもを選ぶのに、私は、やっぱり普通ではないのかもしれません。そう思ったら、なんとなく、声をかける気分になれなくて……」

かすれる語尾に、明らかな自己嫌悪の色が滲む。

ドライじゃない。彼女もまた、割り切れない思いを人知れず胸に抱えている。

江見が今でも秘かに己を罰し続けていることに気づき、麗羅は胸の奥が疼いた。

産めるのに、産まないのは、それほどに傲慢なのか。罪なのか。なぜ、役目をはたしていないと、暗に責められ続けなければならないのか。

〝ここなのかって思うのよ〟

その自問に、桜の木の下で涙をこぼした咲子の姿が重なる。

一刹那、麗羅の心に火のような怒りが湧いた。

たった一度の人生。自分が決めたように生きてなにが悪い。そんな義務や自己犠牲を負わされてたまるものか。

自分は子どもどころか、性別も欲しくない。

国の未来のため、社会の安定のためと、もっともらしく説く人間は多いが、望まぬ女性に無理やり子どもを産ませなければ滅びるような脆弱な国なら、いっそ滅びてしまえばいい。

「江見ちゃん」

麗羅は江見を真っ直ぐに見て告げた。

「遠慮していないで、ちゃんと声をかけるべきだよ」

それぞれの立場は違っても、恐らく、私たちの気持ちはそれほど遠くないはずだ。

「咲ちゃんは、きっとこの企画をすごく喜ぶと思う」

麗羅の言葉を、江見は黙って聞いていた。

満々と水をたたえたプールが眼下に広がる。

飛び込み台を蹴って、麗羅は鏡のようなプールの水面に切り込んだ。ほとんどしぶきを上げず、吸い込まれるように入水する。

リストの『ラ・カンパネラ』が響く青い水の中を、麗羅はクロールで悠々と泳いだ。ストロークによって起きる小さな泡が、水面に上っていく。

九月に入り、ホテルのスパエリアは静寂を取り戻していた。朝六時のプールには、麗羅以外、誰もいない。

バタフライ、バック、ブレスト、クロール。

個人メドレーを存分に楽しんでから、麗羅はプールサイドに上がった。

バスローブをまとい、皇居を見下ろすデッキチェアに身を横たえる。

スタッフが用意してくれたミネラルウォーターを飲みながら、麗羅は早朝の都会の街並みを眺めた。

昨夜、コーナースイートのワーキングデスクで、麗羅は江見から渡された企画書をもう一度じっくり読んでみた。かつて自分がかかわった仕事を、後輩が大切に引き継いでくれているという感傷を抜きにしても、悪くないタイアップ案だった。

江見は、サンプル提供だけでいいと言っていたけれど——。

サンプリングができると思えば、こちらにもメリットはある。サンプリングを入り口に、アプリのダウンロード数を稼ぐことも可能だ。もちろん江見は、「ヒュッゲ」のブランドイメージを大いに利用するつもりだろう。「ヒュッゲ」は、二十代の若者にも人気のあるブランドだ。「ヒュッゲ」プレゼンツという冠がつけば、九〇年代に馴染みが薄い彼らを取り込むことができると目論んでいるに違いない。

それに、会場となるイベントホール。

仙道和也が上映に選んだ場所は、以前は文化会館と呼ばれていた。そこには七十ミリフィルムをかけることのできる、千人以上の観客を収容可能な巨大な映画館が存在していた。

九〇年代は、定員が五百名を超える映画館が、まだそこかしこに残っていた。

シネコンがなかった時代、和也たち営業は、そうした巨大映画館からミニシアターまでをひっくるめて、すべての映画館を〝劇場〟と呼んでいた。

かつてのミニシアターの賑わいが、今は無き劇場の跡地にできたイベントホールで甦るなんて、和也もしゃれたことを考えたものだ。

「ヒュッゲ」としても、この企画用に広告出稿費を用意してもいいかもしれない。

昨夜、麗羅はそう思った。

形だけ、世羅に渡そうと思っていた支援金。

その金額があれば、江見なら広告代理店のプランナー以上に、面白い広告を作ってみせるだろう。

こんな判断を知ったら、姉はまた自分を謗るだろうか。

〝レイって、結局、ビジネスと自分のこと以外には関心がないんだね〟

姉の冷たい声が耳朶を打ち、麗羅はそっと目蓋を閉じる。

本当は傷つけたくないし、できることなら仲のいい姉妹でいたい。

だけど、元来、納得のいかないことと向き合うのは不得手なのだ。それに、心が伴わないまま支援金を差し出したところで、自分たちの距離が縮まるとは思えない。

沙羅の上京に関しても、姪自身が本気でそれを望み、志望大学に合格したなら、受け入れようと麗羅は考えている。

またしても一番大事なものを奪ったと、今度こそ姉に絶縁されることになったとしても。

だって、お姉ちゃん――。

それが私だから。

〝そうやって、自分のためだけに生きるのって虚しくない？〟

あのとき答えられなかった問いに、今なら答えることができる。

自分の人生が虚しいか虚しくないか。

そんなことは、現在進行形で生きている私たちには、そもそも分かるはずがない。まして
や、他の誰かに断じられるものではない。

お姉ちゃんだってそうやって、自分のために生きてるんだよ……。

目蓋をあけ、麗羅は青々と茂る皇居の森を眺める。

先日、ゴダールの映画を改めて見直してみた。『女と男のいる舗道』で、麗羅が心惹かれた冒頭の台詞は、フランスの哲学者、モンテーニュの言葉の引用だった。

〝他人に自分を貸す必要はあっても、自分自身以外に自分を与えてはならない〟

『女と男のいる舗道』の原題は、Vivre sa vie——直訳すれば「自分の人生を生きる」だ。

ルネサンスの時代から、私たちは本当はとうに気づいている。

周囲になにを言われようと、なにを鑑(かんが)みようと、考え抜いた末に己が己に下した決断を、卑下する必要などどこにもないのだ。

麗羅は立ち上がり、明るさを増していく街並みを静かに見下ろした。

良くも悪くも。誰にとっても。

我が眼に映るこの世界は、等しく自分のためにある。

第五幕　あおさぎ、たちずさんで

昆布と切り干し大根で取った澄んだ出汁に、青梗菜、ナメコ、木綿豆腐を入れる。

鍋を中火にかけてから、咲子は冷蔵庫をあけて、麦味噌を取り出した。

味噌汁に、葉物、きのこ、大豆製品の三種を使うのは、十代で一人暮らしを始めたときからの知恵だ。この三つを入れれば、栄養バランスも味もよくなる。

別段料理が好きなわけではないので、凝ったものは作らないが、若い頃から自炊をしてきた咲子の調理は効率的で手早い。その手際のよさは、家庭を持ってからも大いに役立った。

今から十数年前、四十歳を過ぎてから結婚した咲子は、間もなくして一人息子の拓を授かった。遅い結婚は甘やかなものとは程遠く、一層慌ただしい生活の始まりだった。三歳年下の夫、光弘も、子どもを育てるための共同パートナーと言ったほうがいい。入籍後も咲子は旧姓の北野で仕事を続けていたため、未だに夫の姓の吉岡には馴染みが薄い。

考えれば、結婚当時は仕事があまりに忙しくて、新婚旅行にもいっていないのだ。

あの頃は、年に一度は長期の海外出張があったしな……。

咲子にとって、海外は、遊びにいくよりも仕事にいく場所だった。

鍋が沸騰してきたら、軽くアクをすくい、火を弱める。あまり煮つめてしまうと、青梗菜がくったりしすぎて美味しくない。ある程度の歯ごたえが残り、同時に、甘みが出るのが理想的だ。火をとめてから、麦味噌を溶き入れると温かな湯気が鼻腔をくすぐった。

本当は食べる直前に味噌を入れたほうがいいのだろうが、毎日のことなので、その辺は勘弁してもらうしかない。鍋に蓋をし、咲子は次に炒め物の準備に取りかかった。

エリンギ、鶏肉、セロリのニンニク醤油炒め。今日は旬の銀杏（ぎんなん）も入れるつもりだ。秋に出始める銀杏は、オリーブ色の実が美しい。仕上げにオイスターソースを加えると、あっという間に中華風になる。

きちんと出汁を取ったり、ニンニク醤油や甘酢ショウガ等の調味料を自分で作り置きしたりするようになったのは、昨年会社を辞めてからだ。それまでは、もっぱら顆粒（かりゅう）出汁やレトルトの合わせ調味料に頼っていた。

乾物の戻し汁や作り置きの調味料を使うと、レトルトを使っていたときに比べ、料理の後味がすっきりする。舌にしつこく残る塩気がなくなった。繊細な味の違いに、夫と息子がどこまで気づいているかは疑問だが、間違いなく身体のためにはよいはずだ。

炒め物の下ごしらえを終え、咲子は一息ついた。

掛け時計に眼をやれば、午後八時を少し過ぎたところだ。あと小一時間で、夫は会社から、息子は進学塾から帰ってくるだろう。炊飯器のスイッチを入れ、手ぬぐいで手をふく。

エプロンを外し、咲子は一旦キッチンを出た。

リビングのソファに腰かけ、スマートフォンを手に取る。メールソフトを開くと、たくさんのメールを受信していた。どこで登録したのかすら記憶にない企業からのPR情報ばかりだ。

昨年、会社を辞めるまでは、打ち合わせや会議を終えてようやく社内に戻ってくる午後八時過ぎからが、デスクワークの本番だった。すべてのメールを検め返信をしているだけで、数時間が過ぎてしまうこともあった。

〝ママさんプロデューサー〟

そんなキャッチフレーズをつけられながら、当時は〝ママさん〟らしいことなど、ほとんどできなかった。

〝業界初の女セールス〟〝銀活初の女プロデューサー〟

老舗映画会社銀都活劇に新卒入社して以来、咲子には常に女であることのキャッチフレーズがついて回った。

〝お母さん、拓の受験に備えて仕事辞めようかな――〟

昨年、自ら中学受験をしたいと言い出した息子にぽろりと告げてしまったのは、キャッチフレーズにいささか倦んでいたせいかもしれない。

〝ねえ、お母さん、本当？　それ、本当？〟

ところが、あまりに真剣な表情で問い返されて、咲子はたじろいだ。

ただの軽口のつもりだったのに、一人息子にあんな眼差しで見つめられてしまったら、とても太刀打ちできない。そこまで寂しい思いをさせていたのかと、我が子の興奮した面持ちに、咲子は胸を衝かれた。ずっと拓のことを、感情の薄い子どもだと思い込んでいたのだ。

だから、これでよかったんだ。

自らに言い聞かせるように、咲子は考える。

なにも残せてこなかったわけではないのだし。

ふと、昨年「同期会」で、群馬を訪ねたときのことが心に浮かぶ。

〝あの作品は、今までもこれから先も、私の生涯ベストワンです〟

若き日の自分が心血注いで制作した映画を、そんなふうに言ってくれる人がいた。

もう、それだけで充分だ。

それに――。

拓のことがなくても、遅かれ早かれこうなっていたのかもしれない。

メールソフトを閉じ、咲子はインターネットにアクセスしてみる。

『老舗映画会社銀都活劇、マーベラスＴＶの傘下へ』

ブックマークしたニュースはほんの数行で終わっていた。

営業譲渡先の映像配信会社で、自分が制作してきた低予算の作品が今後どんな扱いを受けるのかを想像すると、少しだけ胸が痛む。

しかし、作品以上に酷い扱いを受けるのは、恐らく人のほうだろう。

あのまま自分が会社に残っていても、あまりいいことにはなっていなかったと思う。

それとも、〝ママさんプロデューサー〟というキャッチフレーズを甘受していれば、与党が形式的に推し進めている女性管理職登用に与する企業としてのアピールにはなっただろうか。

微かに苦笑し、咲子はブラウザを閉じた。

スマートフォンをテーブルに置いて、伸びをする。

テーブルには、学校から帰ってきた拓が、塾にいく前におやつ代わりに食べていった焼きおにぎりの皿がまだ載っていた。

たった十一歳の子どもが、学校が終わるとすぐに進学塾に向かい、夜の九時近くまで受験準備に励むのだ。大変な時代になったものだと思う。咲子自身は高校まで公立に通い、本気で受験勉強をしたのは大学受験のときくらいだ。それが当たり前だった。

しかし、中学受験が主流となった昨今には、「十歳の選択」という言葉があるらしい。

〝お姉ちゃん、なに呑気なこと言ってんの？〟

早くに結婚し、娘の中学受験を先にすませていた妹の雪子に拓の件を相談したとき、開口一番、そうあきれられた。中学受験の進学塾には、中学年向きの準備コースと、高学年向きの対策コースがあり、普通は三年生から、遅くても四年生には入塾する必要があるのだそうだ。

早生まれの拓がクラブ活動で夢中になっているバドミントンの強豪校を受験したいと言い出したのは、既に五年生にならんとしている時期だった。

〝小学校の中学年から高学年の勉強量は、ただでさえ一気に増えるんだよ。そこへ、準備期間もなく、受験対策コースに入るのなんて、ものすごい勉強量になるんだからね〟

だが、まだあどけない中学年の子どもに、自ら中学受験をしたいという意志は生まれるだろうか。

〝子どもの意向なんてのんびり待ってたら、普通は手遅れなんだって。最初は親が決めなきゃいけないんだよ。たとえ文句を言われたとしても、後々苦労するのは子ども本人なんだし〟

雪子はさも当たり前のように鼻を鳴らした。

〝お姉ちゃんて、自分の仕事以外のことは、なんにも分かってないよね〟

仕事にかまけて、これまで〝ママ友〟ともＰＴＡとも無縁だった咲子は、なにも返すことができなかった。

急遽（きゅうきょ）、対策コースからスタートするようになった拓は、入塾当初は授業についていけず、相当戸惑っていた。それでも、クラブ活動でダブルスを組んでいるクラスメイトに助けられながら、懸命に課題に取り組んだ。

拓が突然バドミントン強豪校の受験をしたいと言い出したのは、そのクラスメイトと今後もダブルスを組むと約束したからのようだった。

〝五年生から中学受験を成功させるためには、夏に遅れを取り戻せるかが鍵になります〟

塾の講師に告げられて、咲子は昨年の六月に退職願を出すことを決めた。

子どもの中学受験準備のため、という退職理由は、誰をも簡単に納得させた。

〝そうだよなぁ。家庭が一番大事だもんなぁ――〟

一年ともたずにころころと入れ替わる制作事業グループの上司に至っては、感激しているようにすら見えた。

〝落ち着いたら、連絡してよ。また違った形の仕事もあると思うからさ〟

恩着せがましい口調で肩をたたこうとする年下の上司の手をさりげなく避けながら、生え抜き(プロパー)は邪魔だけれど、下請けプロデューサーとしてなら歓迎ということかと、咲子は内心、皮肉な気分になった。メインバンクからの出向組であるこの男が、息子の受験が終わるときまで制作事業グループの長を務めているとも思えなかった。

今頃、あの男はさっさと元居た職場への帰り支度をしているに違いない。

上っ面(うわつら)だけの言葉の残骸を、咲子は心の外に掃き捨てる。一つも当てにしていなかったとはいえ、まだそんなものが記憶のどこかに引っかかっていたことに、わずかな屈辱を覚えてしまう。

咲子の退職は、夫からも両親からも義父母からも、驚くほど肯定的に迎えられた。

今まで散々好き勝手なことをやってきたのだから、これからは自分の家庭をしっかり見るようにと、実母からも言い含められた。

好き勝手なこと、か――。

咲子の口元から小さな溜め息が漏れる。

自分もまた、夫の光弘と相応に家計を支えてきたのだけれど、〝映画〟なんていう娯楽的な仕事は肉親にもなかなか認めてもらえないらしい。

実家の母の助けがなければ、在職中の子育ては到底回らなかった。だから、「今度はあなたがしっかりしなさい」と言われてしまえば、反論はできない。

ラジオ放送局の事業グループでイベントの企画運営をしている夫も、かつての咲子と同じくエンタテインメント業に従事する人間なのだが、不思議なことに、母は光弘が〝好き勝手なこと〟をしているとは思っていない。

子どものため。夫のため。家庭のため。

どれだけ時代が変わっても、人が心の奥底で女に望むのは、〝母性〟という名で美化された自己犠牲だ。それがあって初めて、「ここにいてよし」とされるのは、「女のほうが男より優秀」という言葉に責め立てられながら、〝業界初の女セールス〟を務めなければならなかった三十年前と少しも変わらない。

「男より優秀」でなくても、「何児の母」というプロフィールで暗に家庭に尽くしていることを示さなくても、普通に働いて、税金を払い、社会生活を送っていれば、充分なはずなのに。

もっとも、子どもの受験のために、三十年近いキャリアを手放すことを決めたのは、ほかならぬ自分自身だ。

いい、いい。

ここなのか。

昨年の同期会で小笠原麗羅と二人きりになったとき、思わずこぼしてしまった。

あのとき麗羅は、咲子が自分で決めたことなら、それを支持すると言ってくれた。

でも。

ここから先に、まだ、続きはあるのだろうか。

昨年の夏、一年遅れで受験勉強に取り組まなければならなくなった拓を、咲子は毎晩夜食を作って支えた。正直、映画の制作現場の進行より、よほど神経を使った。

夏期集中講座を乗り切った拓は、ようやくほかの塾生に追いつき、六年生になった現在は比較的自分のペースで勉強できるようになった。

今は、拓と並走することが咲子の道だ。そして、来年、拓が志望校に合格することが、咲子自身の目標にもなっている。

そこから先は……。一度、息子の選択に進路を合わせた道は、この先も背中を見守っていく方向に伸びていくのだろうか。

じっと考え込みそうになったとき、チャイムが鳴った。

リビングを出て玄関に向かうと、光弘と拓が並んで立っていた。偶然駅で鉢合わせして、一緒に帰ってきたのだという。

「お腹減ったでしょう。すぐご飯にするからね」

「晩飯、なに?」

「きのこと鶏肉のニンニク醤油炒め」

「やった、肉!」

拓が声を弾ませる。

「ビール、ある?」

「あるよ」

咲子が答えると、光弘も満面の笑みを浮かべた。

会社に入った当初は、地方営業（ローカルセールス）という職種上、仕方なく酒を飲んでいたが、元々咲子はアルコールが得意ではない。それでも、夫の光弘が大のビール党のため、家ではできるだけ切らさないように心がけている。

「拓、テーブルのお皿ちゃんと下げといてね」

自分の部屋へ向かおうとする拓に声をかけて、咲子はキッチンに戻った。ニンニク醬油に漬けておいた鶏肉をフライパンで炒めると、香ばしい匂いが周囲に立ち込める。

拓が進学塾に通うようになってから、残業の絶えない光弘と帰り時間が重なることが多くなり、期せずして全員で食卓を囲むことができるようになった。

といっても、団欒（だんらん）らしい団欒があったのは、咲子が会社を辞めてから一か月くらいのわずかな時間だけだ。拓は最初こそ、「お母さん」「お母さん」とまとわりついていたが、咲子がずっと家にいることが分かると、すぐに素っ気なくなった。

今では二人とも、食卓に着くなり、真っ先にテレビのスイッチを入れる。

一年と少しの間に、光弘も拓も、咲子が毎日家にいて、作り立ての夕食を用意することに、すっかり慣れ切っている様子だった。

この日も「いただきます」も言わずに鶏肉にかじりついている夫と息子の様子を、咲子は黙って眺めた。勉強でも仕事でも、昔からなんでも一生懸命やってしまう質(たち)なので、たいして好きでもない料理や家事も手を抜かずにやってきたが、それをあまりに当たり前のように受けとめられると、複雑な気分になる。

「拓、お前、受験勉強どうなんだよ」

咲子が注いだビールを飲みながら、光弘が拓を見やった。

「んー、普通」

バラエティー番組に視線を向けたまま、拓が上の空で答える。

猛烈な勢いでなくなっていく料理を前に、「美味しい?」と口にしかけて、咲子はそれをやめた。毎回、尋ねなければ返ってこない答えを待つのは、つまらない気がした。

「ねえ」

代わりに、別の話題を持ち出してみる。

「銀活、来年にはなくなっちゃうみたいね」

「あー、そんなこと、業界紙に出てたっけな」

コップをあおり、光弘はどうでもよさそうに頷いた。

「ギンカツって、お母さんが前にいた会社?」

拓が珍しく話に入ってくる。

「そう。お母さんが働いていた会社」

約三十年。これまでの人生の半分以上を過ごした場所だ。

「ギンカツ、なくなるの？」

「会社の名前はね」

「どうして？」

「ほかの会社に吸収されるから」

「ふーん……」

納得したのか否かは分からないが、拓は急に興味を失ったように、視線をテレビに戻した。

「まあ、拓の受験のこともあったけどさ、去年辞めといて正解だったたんじゃないの？　潮時だったんだよ、きっと」

ビールを飲み干し、光弘がもっともらしく結論づける。

自分自身思っていたことだが、こうも簡単に片づけられると、咲子は胸の奥がざわつくのを感じた。

「おかわり」

拓が茶碗を突き出してくる。

「俺もそろそろ、飯もらうわ」

光弘も空になったコップをテーブルに置いた。

二人の茶碗にご飯をよそうため、咲子は炊飯器の蓋をあける。夫と息子の給仕をするのがいつしか当たり前になっていることを、心のどこかで少しだけ寂しく感じた。

十月に入ったというのに、相変わらず蒸し暑い毎日が続いていた。

アイスコーヒーを入れた水筒と、パン屋で買ったサンドイッチをトートバッグに入れて、咲子は公園へ向かった。たまに、買い物がてら、公園のベンチでランチを食べるのが、最近の咲子のささやかな楽しみだ。

それに、この日は少し、静かな場所で考えたいこともあった。

昨夜、たくさんの企業のPRメールに紛れて、一通のファイル付きメールが届いた。添付ファイルを開いた瞬間、咲子は複雑な思いにとらわれた。

どう返信すべきなのか、とっさには判断がつきかねた。

このことを考えるには、家事に追われる家の中ではないほうがいい気がした。

〝潮時だったんだよ、きっと〟

夕食時の夫の気楽そうな声を思い出し、それを振り払うように足を速める。

咲子の住む地域は比較的都心に近い下町で、住宅街の中に、古い神社や公園が残されていた。よくいく公園は、元々財閥系企業の社長の邸宅があった場所らしく、古くからこの地域に住んでいる人たちからは、公園の名前ではなく、「○○さん」と、企業名で呼ばれている。

公園の周辺には、マンションのほかに、オフィスの入った雑居ビルも多く、首からIDカードを提げた人たちと、幾度もすれ違った。彼らは駅前の商店街に昼食をとりにいくのだろう。

皆、働いているんだな……。

事務員の制服を着た女性や、暑い中背広を着込んだ男性たちの姿を見るたび、咲子はなんとなく申し訳ない気分になる。もちろん、洗濯をしたり、掃除をしたり、食材の買い出しにいったりするのも仕事だろうが、経済活動から離れている身は、どことなく後ろめたい。その居心地の悪さは、白日に普段着で街を歩いていると、一層はっきりしてくる。

財布やポーチを手に「暑い」「だるい」と言い合っているOL風の女性たちを後目に、咲子は公園に足を踏み入れた。一周一キロほどの公園だが、桜やミズキやクスノキなどの緑が茂り、赤い太鼓橋のかかる池もある。

公園内に入ると、緑陰のせいか、急に暑さが和らいだ。平日の日中、公園にいるのは、高齢者ばかりだ。犬を散歩させたり、ベンチに座ってお喋りに花を咲かせたりしている。養生中の芝生の上を、土鳩やムクドリたちが、よちよちと歩き回っていた。

池の傍のベンチへ向かう最中、咲子はふと、見慣れぬ影に眼を奪われた。

アオサギだ。

池の真ん中に据えられた蓮の鉢のふちに、灰色の翼のアオサギが、長い首をS字形にたゆませて立っている。この公園で、こんなに大きな鳥を見るのは初めてだ。

「あれね、この間の台風のときにどっかから飛んできたの」

足をとめてアオサギを見つめていると、近くのベンチに座っている老婦人が声をかけてきた。

「先月、大きな台風があったでしょ」

「はい」

九月上旬、関東観測史上最大の台風が襲来した。一晩中、家がきしむほどの強風が吹き荒れ、窓ガラスが割れるのではないかと、咲子もはらはらした。直撃を受けた千葉には大きな被害が出て、大規模な停電や断水が発生した。

「そんときに迷って、たどり着いたんだろうね。それからは、ずっとここにいるの」

老婦人の言葉が終わらぬうちに、アオサギが首を伸ばし、黄色のくちばしで素早く水をさらった。次の瞬間、くちばしの先に小魚がとらえられていることに、咲子は驚く。

眼にもとまらぬ早業とは、このことだ。あっという間に小魚を飲み込むと、アオサギは再び長い首をS字形に曲げた。すっかりこの場所に、慣れ親しんでいる様子だった。

「ここの主(ぬし)になる気なのかもしれないよ」

「本当ですね」

老婦人に笑みを返し、咲子は小さな丘を登る。藤棚の下のベンチがあいていることに気づき、そこへ向かった。

大きなえんどう豆のような莢(さや)がいくつもぶら下がっている藤棚の下のベンチに腰を下ろし、一つ息をつく。小高い場所からは、公園の全体像が見渡せた。池の真ん中に、新しいシンボルのように立ち尽くすアオサギの様子もよく見えた。

アオサギって、コウノトリの仲間なんだっけ、ペリカンの仲間なんだっけ――。

何年か前、ネットでそんな論争を読んだ気がする。

「こうのとりたち、杜撰で」

大昔、同期の葉山学が口にした言葉が思い浮かび、咲子は人知れず噴き出しそうになった。

それを言うなら、『こうのとり、たちずさんで』だ。

今は亡きギリシャの名匠、テオ・アンゲロプロスの傑作も、なに一つ学ぶつもりのない「マナバヌ」にかかれば形無しだ。そもそも学は、アンゲロプロスのことを、聞いた当初は恐竜の名前だと思っていたらしい。

マルチェロ・マストロヤンニや、ジャンヌ・モローが出演した『こうのとり、たちずさんで』は、ギリシャの国境で行き場をなくした難民たちの姿を描いた物語だった。アルバニアから亡命してきた若い女性が、国境の川を挟み、向こう岸の祖国に残された婚約者と結婚式を挙げるシーンがなんとも物悲しく美しい。

タイトルの「こうのとり」は、〝待合室〟と呼ばれる国境の辺鄙な村で、入国許可を待ちながらどこへもいけず、〝たちずさんで〟いる人々だ。

あの映画が公開された九〇年代は、咲子が一番懸命に働いた時代かもしれない。

今のようにインターネットが発達していなかった時代だ。

国際部の麗羅に要約してもらった英字新聞や海外雑誌の情報を頼りに、フィルムマーケットの試写会場を片っ端から駆け巡った。予算が少ないため、まだ名前のない若手監督や、あまり馴染みのない国の作品を買いつけることが多かった。

日本でほとんど知られていない監督や国の映画の配給は、まっさらな新人のプロデュースに似ている。どんな芸名（タイトル）をつけ、どんな洋服（ポスター）を着せるかによって、印象はまったく異なる。そのコンセプトを一から考えるのは、大変だけれど、遣り甲斐のある作業だった。当時は、年間公開数も少なかったため、制作も宣伝も営業も一つになって機能していた。

特に監督たちが来日する映画祭シーズンは、連日連夜、働きに働いた。監督が夜に強いタイプだと、繁華街へのアテンドも一苦労だった。

そうやって身を削って築いてきた監督との信頼関係が、三十歳になってから異動した制作事業で発揮されることになった。九〇年代後半から二〇〇〇年代の頭にかけて、咲子は何本かの合作作品を手がけている。最初のヒット作となった『サザンクロス』も、営業時代からずっと目をつけていたイギリスの若手監督を招聘（しょうへい）した作品だった。

でも――。

長い首をすっと伸ばして池の真ん中に立つアオサギの姿を、咲子はじっと見つめる。

銀活の営業譲渡が決まり、社名も消滅するというこの時期に、その『サザンクロス』を中心とした特集上映が組まれることになるなんて、思ってもみなかった。

「デジタルリマスター、ブルーレイ&DVD販促企画　さよなら銀活、九〇年代トリビュート」

銀活の営業譲渡のニュースを知ったとき、自分が制作した低予算の作品が、今後どんな扱いを受けることになるのかと、小さな不安を覚えた。

しかし、その憂慮を覆すような企画書を目の当たりにして、今度は呆気に取られてしまった。

メールを送信してきたのは、途中入社後、すぐに宣伝プロデューサーとなった砂原江見だ。

江見ちゃん――。

長い黒髪を翻し、パンツスーツで颯爽と歩く姿が目蓋に浮かぶ。

一見、淡々としていて表情の読めないタイプだったが、その実、仕事熱心で、呑み込みの早いスタッフだった。

なにより、江見には文章を書くセンスがあった。

咲子の制作した映画の解説や粗筋やキャッチコピーは、ほとんど江見が執筆している。一読しただけですっと頭に入ってくる、気取ったところのない端正な文章だった。

〝このチラシのストーリー、書いてくれたの誰？〟

監督や脚本家からそう聞かれるのは、大抵江見が執筆したものだ。

〝こういうふうに書いてほしかったんだよね〟

監督や制作現場のクリエイターたちから気に入ってもらえる宣材が上がってくるのは、咲子としても鼻が高かった。

だが、二代目社長が逝去し、会社が新体制になってからは、個人のそうした能力は評価の対象にならなくなった。映画宣伝のチーム長となった江見は、肩書と引き換えるように、チラシの原稿を書くこともなくなった。

〝すみません、全部外注しろって言われてるんで〟

あまりに通俗的なキャッチコピーに眉を顰めていると、江見は溜め息交じりに肩をすくめた。相変わらず無表情だったが、本人が一番納得していないだろうことが伝わってきた。明らかな降格人事だった。

それからしばらくして、江見は新設されたDVD宣伝チームに異動になった。新たに映画宣伝のチーム長になったのは、まったく影の薄かった野毛由紀子だ。

その人事を見たとき、今の銀活は、仕事に個人の〝色〟がつくことを恐れるほどに嫌うのだと、改めて悟らされた。

そりゃ、そうだよね……。

新しい経営陣は、営業譲渡という形で、最終的には銀活そのものを売り払うつもりでいたのだから。そこに、個性や人材は必要なかったのだろう。

しかし、譲渡への過渡期を狙い、こんなマニアックな企画を立ち上げるとは、江見も随分と大胆だ。しかも、冠スポンサーに「ヒュッゲ」とは。

企画書に、現在麗羅がCEOを務める北欧の雑貨と食材を扱う人気ブランドのロゴを見つけ、咲子は眼を見張った。他にも今では小説家に転向している『サザンクロス』の監督の新刊の版元等、数社の協賛クレジットが入っていた。

企画の総責任者は、今や江見の上司でもあるビデオグラム事業グループの長、葉山学。

こちらは意外すぎて、悪いけれど笑ってしまった。

皆、自分の仕事に邁進しているんだな――。

水辺から吹いてくる風を受けながら、咲子は単純にそう思った。

現在の銀活の状況はともかく、なにかをしようと思う人間は、やっぱりそのように動くのだ。江見も、麗羅も。学がどうして企画を通したのかだけは、謎だけれど。

でも「マナバヌ」だって、己の意志でそれを通したことに変わりはないだろう。

かつての後輩や同期が、若い頃の自分が制作にかかわった作品を大切にしてくれていることは素直に嬉しい。その気持ちに嘘はない。

しかし、制作プロデューサーとして、トークショーに登壇してほしいという依頼には、即答ができなかった。トークショーの相手として名前が挙がっているのは、今回の特集上映のイメージソングも務めるカジノヒデキ。

カジノさん……。

さらさらのおかっぱヘアーの爽やかな容貌が浮かんだ。

音楽と映画とファッションが密接に融合していたミニシアターブームの時代、カジノヒデキには色々な作品で、コメントや、トークショーの協力を引き受けてもらっていた。

咲子の胸に、懐かしさが満ちる。

九〇年代トリビュート、カジノヒデキ、ヒュッゲ――。

当時を知っている江見が仕掛けているだけのことはある。『サザンクロス』を中心にした特集上映のコンセプトとしては、これ以上のものはない。

でも、江見ちゃん。

あなたは本当に、そこに私が必要だと思う？

何度考えても、最終的にはそこに戻ってしまう。

子どもの中学受験準備のため――。誰をも簡単に納得させた退職理由に、唯一、腑に落ちない表情を浮かべていたのが、当の砂原江見だ。

あれは、間違いなく失望だった。

その眼差しを見たとき、咲子は誤魔化しきれない己の心をそこに映し出した。江見同様、咲子も心の奥底で、自身の出した結論に失望していたからだ。

江見が周到に準備しつつある企画に、今の自分はふさわしくない。それはきっと、江見自身が一番強く感じていることだろう。

特集上映への感謝と成功への祈願だけを伝え、やはりここは断るべきだ。

そう心を決めた瞬間、眼下のアオサギが突如大きく翼を広げた。飛び立つわけでもなく、青みがかった灰色の翼を広げたまま、アオサギは周囲を睥睨している。

その姿は、ここを棲み処にしようと決めながらも、まだなにかを熟考しているようにも見えた。

手の中のスマートフォンが震え、びくりと肩を揺らす。

液晶画面に小笠原麗羅の名前を認め、咲子はスマートフォンを耳に当てた。

「咲ちゃん、久しぶり」

ティーコージーをかぶせたポットをテーブルに置きながら、麗羅が微笑む。

ショートボブの髪は艶やかで、白い肌は陶器のように滑らかだ。相変わらず、誰もが息を呑むほどに美しい。女性の華美な名前はときに呪縛にもなるが、麗羅に限って言えば、そのきらびやかな響きはどこまでも彼女にふさわしかった。

公園でアオサギを見た日から数日後。世田谷(せたがや)の「ヒュッゲ」のオフィスで、咲子はかつての同期の小笠原麗羅と向かい合っていた。

「なんだか、いつまでも暑いね」

紅茶を蒸らしながら、麗羅が窓の外を眺める。

「このままいくと、秋がこないまま、いきなり冬になりそう」

麗羅の言葉通り、今年はいつまでたっても、秋らしい天候にならない。温暖化のせいか、今週末に、再び巨大な台風が関東を直撃するという予報も出ていた。

「レイ、この部屋、すごくすてきだね」

麗羅が紅茶を淹れてくれるのを待つ間、咲子は改めて周囲を見回してみる。

「咲ちゃん、ここにくるのは初めてだったっけ」

「ヒュッゲ」は、麗羅がパートナーの岡田翔真(おかだしょうま)と二人だけで立ち上げたブランドで、自ら買いつけてきた北欧家具や調度品で設えられたオフィス兼ショールームは、実際には麗羅の別宅同然らしかった。

「これって、コペンハーゲンの？」

差し出されたソーサーとティーカップは、藍色の手描きの紋様が上品で美しい。

「御名答。ロイヤルじゃなくて、若い作家のだけれどね」

扱うものが映画から雑貨に変わっただけで、麗羅は銀活時代と変わらずに、国境を越えて新しい才能と対峙し続けているのだろう。

繊細なカップに注がれた紅茶は澄んだ明るい褐色をしていて、内側の淵には金色の輪ができている。上質な紅茶だけが作る、ゴールデンリングと呼ばれるものだ。

一口含むと、マスカットに似た芳香がすっと鼻に抜けた。

「美味しい……」

思わず呟けば、「よかった」と麗羅が微笑む。

「ダージリンに葡萄(ぶどう)の香油と矢車草をブレンドした、『ヒュッゲ』の新作なの。来年くらいから、本格的に売り出そうと思っていて」

華やかなのにすっきりとした香りと味わいは、仕事の気分転換にも、食後のデザートにも合いそうだ。

「『サザンクロス』の特集上映で、サンプル提供しつつ、予約注文を受けつけるつもり。咲ちゃんのところにも、企画書届いてるでしょう?」

さりげなく続けられ、咲子は一瞬言葉に詰まった。

「色よい返事をもらえなかったって、江見ちゃんがへこんでたけどね」

江見ちゃん――。咲子がそう呼ぶようになったのは、麗羅を真似てのことだ。いささか生真面目すぎる人となりのせいか、学生時代から姓で呼ばれることが多かった咲子のことも、麗羅は初めて会ったときからずっと「咲ちゃん」と呼んでいる。

ファーストネームで呼ぶのは、麗羅が帰国子女だからだと思っていたが、三十年のつき合いにもなると、どうやらそうではないらしいことが分かってきた。

麗羅が特に女性をファーストネームで呼ぶのは、相手の警戒を解くためだ。

〝私を怖がらないで〟

内に秘められた響きに気づいたとき、飛び抜けた容姿と境遇に生まれた人は、それ故の孤独を抱えているのだろうと、咲子は麗羅の来し方に思いを馳せた。

咲子自身は麗羅のことを怖いと感じたことは、これまでに一度もない。美貌も才能も裕福な環境も、嫉妬以上に、感嘆の対象だった。

なにより、麗羅はずっと、咲子の頼もしい味方だった。

「あの特集上映のトークショーに、制作担当の咲ちゃんが登壇しないなんて、私はありえないと思う。余計なお世話かもしれないけれど、私、今回、企画の冠スポンサーだから。やる以上は、納得できる形で実現させたいんだよね」

瞳を鋭く光らせて、麗羅がたたみかけてくる。

「なんで断ったりしたの？　もしかして、出演料が足りなかったとか」

「まさか」

「ご家族に反対された？」

「そうじゃないけど」

「じゃあ、なんで？　私、今日は江見ちゃんも呼んで、当日の打ち合わせをするつもりだったんだけど」

ここへ呼ばれたからには、ある程度覚悟していたが、麗羅は想像以上に単刀直入で強引だった。

「つまらない気後れを感じてるだけなら、バカバカしいから、今すぐやめて」

きっぱりと言い切られ、返す言葉を失う。

思えば麗羅は昔から、まだるっこしいことが嫌いな人だった。

「レイはちっとも変わらないね」

気づくと咲子は、嘆息交じりにそう口にしていた。変わらずにいられる強さを、羨ましくも、少しだけ疎ましくも感じた。業界を離れ、一年と少しの間にあっという間に所帯じみてしまった自分に比べ、麗羅はいつまでもほとばしるように鮮烈だ。

何気なく言ったつもりだったのに、途端に麗羅がぴくりと頬を強張らせる。

「どうしたの？」

「なんでもない」

麗羅はすぐさま首を横に振ったが、その仕草が、やや物憂げに感じられた。

「ただ、最近色々な人からそう言われるから」

形の良い唇に、自嘲めいた笑みが浮かぶ。

「江見ちゃんからも言われたし、それに……」

なにかを思い出すように、麗羅の眼差しが揺れた。

「私は変わらないんじゃなくて、変われないの。……要するに、成長がないんでしょうね」

絞り出された言葉に、咲子は驚く。

「そんなことあるわけないよ。レイはずっと進化してる」

「進化？」

「いつも新しいフィールドで、自分の道を切り拓いてる」

咲子が請け合うと、麗羅は珍しく、はっきりと表情を曇らせた。

「それは、どうかな……」

ソファに身を沈め、麗羅がふつりと口をつぐむ。華やかな紅茶の芳香が漂う中、しばしの沈黙が流れた。

「レイ、もしかして、なにかあった？」

麗羅の中に今まで見たことのない揺らぎを感じ、咲子は少し心配になる。

「本当に、なんでもないの」

努めて浮かべてみせる笑みに、微かに苦いものが交じっていた。

「ただね、先々月、せっかく帰ってきた姉と、ちょっとやりあっちゃってね」

「レイのお姉さんって、確か、アフリカのＮＧＯで働いてるんだよね」

「今は独立して自分のＮＧＯを立ち上げたんだけど、その運営があんまりうまくいってなくてね……」

「それで？」

咲子に促されるまま、麗羅は事の次第を話し始めた。

現地コミュニティの経理の杜撰さか、長年にわたり、教育支援のための資金が闇に流されていた形跡があるらしい。姉はその補塡を妹の麗羅に求め、麗羅は会計管理の改善がない限り援助はできないと、それを断ったという顚末だった。

「私は昔から少しも変わらない。大事なのは、ビジネスと自分だけ。結婚もしないし、子どもも産まない。なんにもしようとしないって、久々に会った姉から罵（ののし）られてしまったの」

麗羅の笑みが、ますます苦いものになる。

「自分のためだけに生きてるのって、虚しくないかって」

遠くに思えたはずの麗羅の姿が、また少し違った形に見える。鉄壁の鎧（よろい）の隙間から、無防備な柔肌がわずかにのぞいた気がした。

「レイ」

紅茶のカップを置き、咲子はテーブルの上に身を乗り出す。

「それって、普通」

「え？」

「だから、そんなの、姉妹なら、よくあることだよ」

常に自信にあふれる麗羅が子どものようにきょとんとしていることが急に可愛らしく思え

て、咲子はそっと微笑んだ。〝特別〟を生きるこの人は、案外〝普通〟の事象に弱い。

「私も妹がいるけど、同性のきょうだいって、そんなものだって」

　咲子は、幼少期は重度のアトピー持ちだった妹の雪子のことを思った。子どもの頃は、両親の関心を独り占めにしている病弱な妹を、可哀そうと思いつつも、心のどこかで妬んでいた。

　ところが、拓の受験のことで相談するうちに、その妹から、成績や容姿や体力で、いつも姉と比べられていたことが苦痛だったと告げられた。

「私もね、妹から、〝お姉ちゃんは、自分の仕事以外のこと、なんにも分かってない〟って、怒られたばかりだよ」

　散々腐しながらも、世知に疎い咲子に代わり、息子の志望校に合わせた進学塾選びに尽力してくれたのは、ほかならぬ妹の雪子だった。

　近くて遠い。生まれてすぐに向き合う、親以外の初めての相手。

　一番のライバルで、その実、一番の味方なのが、特に同性のきょうだいなのだろうと、そのとき咲子は得心した。

「遠慮がないから酷いことを口にすることもあるけど、それはお互いさま。お姉さんだって、レイの言うことは、ちゃんと分かってるんだよ」

　ただ、年長が故に、認められないだけなのに違いない。

「きっと、また、無理なく力を合わせられるときがくるはずだよ」

咲子が言い切ると、麗羅は心底意外そうな顔をする。

「本当に？」

力強く頷けば、麗羅は少し逡巡する様子を見せた。

「……もし私が、姪を実家に下宿させることになったとしても？」

姉の娘が母親に内緒で上京したいと言い出していることを打ち明けられ、咲子はぽんと掌（てのひら）を打つ。

「それこそ、お姉さんにとっては、レイのところが一番安心に決まってるよ」

「私は、また、大事なものを奪われたって、絶縁されるんじゃないかと思ってたけど」

「それは違う」

咲子はきっぱりと首を横に振った。

「レイは考えすぎてる。姪っ子さんに、上京したい旨を、ちゃんと自分の口からお姉さんに説明させれば済む話だよ。それは姪っ子さんとお姉さんの問題なんだから。そこまでレイが背負い込むことじゃない」

「でも、私と姉の間の溝は根深くて……」

「だから、それが普通なんだってば」

まだ疑わしげに眉を寄せている麗羅に、咲子は「大丈夫だよ」と告げる。

「だって、レイって、すごく優しいもの」

麗羅がぽかんと口をあけた。

「私にだって分かるのに、お姉さんが、それに気づいてないわけがないでしょう」

透けるほどに白い顔が、見る見るうちにこめかみまで真っ赤に染まる。

「な、なに言ってるの……！」

ひっくり返りそうになる麗羅の声を初めて聞いた。

「変な冗談はやめてちょうだい。私は一つも優しくなんてないから。誰かを傷つけるのも平気だし、それを後悔したことも一度もないし、私は、いつだって加害者で……」

言い募ろうとするほどに、狼狽が隠せなくなっている。

いつも冷静で、高みからなにもかもを見渡しているような麗羅がこんなに足元に弱いとは、思ってもみなかった。

だけど、どんなに悪ぶろうとしてみせても、ちゃんと分かっている。

「今日だって、煮え切らない私の背中を、押してくれようとしていたんでしょ？」

笑いを噛み殺しながら告げると、麗羅は忌々しげに口元を引き締めた。

「……ス、スコーンが焼けたと思うから、ちょっと見てくる」

乱暴に言い捨てて立ち去っていく後ろ姿に、咲子はついにこらえきれなくなって噴き出した。

勇気と美しさと才能にあふれ、誰にも負けない完璧な麗羅でも、弱気になることがあるのだと、初めて悟らされた。

麗羅が戻ってくるのを待ちながら、咲子は自分もまた、余計な気を回しすぎているのではないかと省みた。かつて一緒に働いていた後輩が自分の力を必要としてくれるなら、素直に応じればいいのではないか。

ようやく、そう思える気がしてきた。


その晩、咲子は夕食をテーブルに並べながら、光弘と拓に、来月、何日か夜に出かけることを話してみた。

「んー、なんで」

たいして興味もなさそうに、テレビのニュース番組に見入ったまま光弘が尋ねてくる。

「銀活の後輩が、昔私が制作した映画の特集上映を組んでくれることになったの。それをちょっと手伝おうと思って」

「ヒュッゲ」からの帰り道、咲子はさっそく江見にメッセージを送ってみた。江見からはすぐさま返信がきた。翻意の理由を問うこともなく、ただひたすらに喜んでくれていた。

そのメッセージを見たとき、やっぱり妙な気を回さなくて正解だったのだと、咲子は安堵した。

「ねえ、お母さん。ギンカツって、なくなったんじゃないの」

耳ざとく、拓が反応する。

「なくなる前に、お母さんのかかわった映画を上映してくれるんだって」

「でも、なくなるんでしょう？」

「そうだけど」

「じゃあ、意味ないじゃん」

面白くなさそうに、拓が鼻を鳴らした。

「うわっ、すげえ！　週末、超でっかい台風がくるってさ」

光弘がテレビを指さした。画面の天気図に、恐ろしいような大きさの台風の勢力図が表示されている。

「えー、やだな、俺、今週の日曜、模試あるのに」

「お父さんだって、金曜、会社いくの嫌だよ。この間の台風では、地下鉄までとまったからな」

「なんでこんなに、台風ばっかかくんの？」

「温暖化だ、温暖化」

二人はもう、テレビの画面に夢中になっていた。咲子の話など、耳に入っているのかも怪しい。

天気図を見ながら騒いでいる二人に、咲子は小さく肩をすくめた。

週末は金曜日から大雨になった。

強い風と雨が吹きつける中、咲子は三軒のスーパーを回った。先月の台風の被害が大きかったせいか、天気予報で盛んに警報が出たためか、駅前の二軒のスーパーでは野菜や肉などの生鮮食品が、見事なほどに品切れになっていた。コンビニエンスストアでも、ミネラルウォーターが軒並み売り切れていた。

びしょ濡れになりながら商店街の奥のスーパーまで足を延ばし、ようやくいくばくかの野菜と肉を手に入れることができた。

翌日の土曜日には、「ハギビス」と名付けられた超大型台風が、ついに首都圏の真上にやってきた。一日中、激しい雨が降りしきり、強風で家中の窓ががたがたと鳴った。朝から晩まで、テレビでも台風の映像ばかり流れている。

受験勉強の唯一の息抜きでもある週末のアニメーションの画面に、常に台風情報が表示されていることに、拓はすこぶる不満のようだった。

夕飯の食卓では、光弘も機嫌が悪かった。ビールの買い置きが、切れていたせいだ。

「せっかく、週末なのにさ……」

ぶつぶつ呟いている夫に、だったら自分で買ってくればいいじゃないかと、咲子は内心独り言ちる。大雨の中、生鮮食品を確保するのに精一杯で、ビールのことまで気が回らなかった。

二日連続で似たようなおかずを作ったので、二人は箸の進みも鈍かった。

残ったおかずをプラスチック容器に移し替えながら、流通は滞(とどこお)っているだろうから、明日もまた同じものを食べさせるしかないと、咲子は半ば開き直った気分になる。

そう言えば、明日は午後から拓は模擬試験があったんだっけ……。

塾から中止の知らせは入っていなかったはずだと、咲子はノートパソコンが置いてある書斎代わりの部屋に向かった。

扉をあければ、風呂上がりの光弘がパジャマ姿でパソコンの画面を見ていた。

「仕事？　私もちょっとパソコン使いたいんだけど」

拓が通う進学塾からメールが入っているか否かを確かめたいと伝えると、光弘はすぐに席をあけてくれた。

「使っていいよ。俺、スマホで足りるから」

礼を言って、咲子はパソコンに向かう。ついでに、江見や麗羅にメールの返信をしておきたかった。長文のテキストを打つとなると、やはりスマートフォンよりもパソコンのほうが使い勝手がいい。

メールソフトを立ち上げ、まずは進学塾の確認をする。明日の早朝には台風は首都圏を抜ける予定なので、午後からの模擬試験には別段変更がないようだ。

「なあ」

明日に備え、そろそろ拓を寝かさなければいけないと考えていると、ふいに後ろから声をかけられた。

「これ、もしかしてお母さんもいくの？」

光弘がデスクの上に置いてあったチラシを手にしている。

〝さよなら銀活、九〇年代トリビュート〟

『サザンクロス』を中心にした特集上映のチラシのアートワークは、かなり作り込んだデザインだった。九〇年代の雰囲気を残しつつ、現代っぽい繊細さもある。タイトルの入れ方も、作品の並べ方も、分かりやすく、かつ、洗練されていた。

聞けば、DVD宣伝チームの前村譲（まえむらゆずる）が、初めて本格的に宣材づくりを担当したそうだ。あまり話す機会のなかった若手に意外なセンスがあったことに、咲子は少々驚いた。

「いくよ。この間、話したでしょう?」

江見からのメールに返信のメッセージを打ちながら、咲子はなにげなく答える。

「週末の夜のトークショーに、私も登壇することになったの。悪いけど、そのときは、拓のことお願いね」

その途端、「えぇーっ」と、不満げな声が響いた。

「十一月って言ったら、カルチャー月間じゃん。俺の局も、イベントとかあって、いろいろと忙しいんだけど。週末は、俺もなにか入ってたんじゃなかったかな。夜遅いのは、遠慮させてもらえないの?」

キーボードをたたく、咲子の指が強張る。

「もう、会社も辞めて一年以上経つんだし、残ってる人たちに、任せとけばいいじゃない」

「上映するの、『サザンクロス』なんだよ」

声が震えないように努めながら、咲子は告げた。

光弘の勧める放送局に、初めて協賛してもらった作品だ。窓口になってくれたのがまだ若手だった光弘で、それがきっかけで自分たちはつき合うことになったのだ。

〝北野さんの持ってくる作品は、いつも外れがないですね〟

当時は誰とも結婚する気などなかったけれど、人懐こくそんなことを言う三歳年下の光弘に、だんだんとほだされていった。

「分かってるよ、いい作品だったよね」

光弘がなんでもないように言う。

「お母さんはもう、いい仕事、一杯したんだからさ……」

「〝お母さん〟じゃないから」

光弘の言葉を強く遮り、咲子は振り返った。

「私、あなたの〝お母さん〟じゃないから」

虚を衝かれたように、「あ、ああ」と、光弘が頷く。

「なんだよ、いつもの癖で呼んだだけだよ。咲子だって、俺のこと、〝お父さん〟て呼ぶじゃないか」

「それは、拓の前でだけでしょ」

「そりゃ、そうだけど……」

光弘が気まずそうに口を閉じた。重たい沈黙が流れる中、強い風に煽られて、部屋の窓ががたがたと鳴り響いた。

「なに、そんなに怒ってんだよ」

やがて、光弘が不服そうに呟く。

「私の話を聞いてないからだよ。来月出かけることは、ちゃんと事前に伝えたはずだよ」

「俺、そのとき、納得した?」

まるで落ち度があったかのように言い返されて、胸の中がざらりとした。

「なんで、納得してもらわなくちゃいけないの? 私が納得しなくたって、光弘は毎日仕事にいってるじゃない」

「そんなの当たり前じゃないか」

光弘の声が少し大きくなる。

「誰のために、台風がこようと、電車がとまろうと、無理して会社にいってると思ってるんだ」

「まさか、私のためとか言うつもり?」

「っていうか、家族のためだよ。家のローンもあるし、拓にだって、これからますますお金がかかるんだし……」

「家族のために無理してるって言いたいなら、してもらう必要なんてないから。この家の頭金の半分は私が出したんだし、拓の教育費だって、私の退職金でなんとかなる」

「いやいや、そういう話じゃなくてさ」

咲子の勢いに、光弘が慌て始めた。

「なんだよ、そんなに怒ることないじゃないか。いきたいなら、トークショーでもなんでもいけばいいだろ」

「だから、どうして光弘の許可がいるわけ？」

口論しているうちに、咲子はだんだん悔しくなってくる。

〝北野さんの作品は、外れがない〟

そう言ってくれていた以前の光弘は、どこへいってしまったのか。共働きの頃、光弘はもう少し自分を尊重してきたはずだ。

それが、主婦になった途端、完全に〝お母さん〟扱いか。

「言っておくけど、私、料理とか好きじゃないから。掃除も洗濯も、全然好きじゃない」

喜んでやっていると思うなら、大間違いだ。

「私だって、家族のために、我慢してやってるの」

「そりゃ、しょうがないだろ。俺たち、家族なんだから。互いに力を合わせてやってくしかないだろう？　咲子だって、受験が終わるまでは全力で拓に寄り添うって言ってたじゃないか」

そう言われると、今度は咲子が黙るしかなくなる。

「咲子は恵まれてると思うよ」

沈黙を譲歩と思ったのか、光弘がもっともらしい顔をしてみせた。

「これまでいい仕事もしてきたし、拓みたいな頑張り屋の子どもだって育てたんだ。ほら、咲子の同期でものすごい美人がいたよね。国際部にいた、ハリウッド女優みたいな人」

「は？」

なぜ、ここで麗羅の話が出るのだろう。そんなのって、どれだけ美人だろうと、どれだけ仕事ができようと、やっぱり惨めじゃないか」

「ちょっと、それ、本気で言ってるの？」

光弘のあまりの短絡さに、咲子は自分が蒼褪めていくのを感じた。

「本気だよ」

ところが光弘は、邪気もなく言い放つ。

「だって、俺は家族がいて嬉しいもの。咲子がいて、拓がいて、幸せだもの」

「それは、光弘がその幸せのために、なに一つ手放してないからでしょう！」

ついに咲子は声を荒らげた。

「私は、光弘が言う幸せのために、名前を変えて、免許から、保険証から、パスポートから、なにもかも全部変更して、ついでに、キャリアも手放さなければならなかったの」

もちろん、それらはすべて、自分が納得済みで行ってきたことだ。

でも——。

「それを全部、当たり前だと思わないで」

気づくと咲子は大声で叫んでいた。

「幸せなんて人によって違うし、そんな単純なものじゃない。つまんない言葉で私の大事な友人を、侮辱しないでよ！」

そのとき、いきなり扉があいた。

部屋の入口に拓の姿を認め、咲子も光弘も互いに言葉を呑み込む。

「拓……」

先月の台風のとき、あまりの強風に怖くなったのか、深夜に拓が自分たちの寝室にやってきたことを、咲子は思い出した。

「ごめんね、台風、怖かった？」

言いかけると、即座に「違うよ」と反論される。六年生になってから、拓は自分の子どもっぽい振る舞いに触れられると、必要以上にムキになるところがあった。

「俺、まだ勉強してるのに、なに、騒いでるの？」

拓が咲子だけに向けて言い放つ。

「お母さん、うるさいよ！」

瞬間、咲子の中で、なにかがぷつりと音をたてて切れた。

「そう、分かった」

椅子から立ち上がり、咲子は光弘の身体を拓のほうへ追いやる。

「お母さんはここで寝るから、二人とも出ていって」

ぎゅうぎゅうと押しやると、拓が急に不安そうな顔になった。本当は、今夜も自分の近くで眠りたかったのかもしれないと察したが、咲子はやめなかった。

「怖いなら、今夜はお父さんと一緒に寝なさい。お母さんは、一人になりたいの」

二人を廊下に押し出してから、咲子は部屋に鍵をかけた。

「お母さん！」

扉の向こうで、拓の悲鳴のような声が響く。

咲子はデスクに戻り、ノートパソコンを閉じて、その上に身を伏せた。

ひときわ強い風が、窓をがたがたと揺すっていた。


ふと気がつくと、窓の外が薄明るくなっていた。

一晩中吹き荒れていた風がやみ、外からは雀（すずめ）のさえずりが響く。咲子はかぶっていた毛布から抜け出し、カーテンをあけてみた。二日間降り続いていた大雨が嘘のように上がり、東の空が白く輝いている。

数時間は寝たのだろうか。久しぶりに椅子の上で眠ったので、身体の節々が痛い。

昔はよく、会社でこうやって寝たっけ――。

残業の後に同期と飲みに出かけ、たまに終電を逃すと会社に泊まることがあった。セキュリティーなどなかったし、先輩たちも皆、そうやっていた。

〝なんだ、お前ら。昨夜、帰らなかったのか〟

昨日と同じ服を着ている咲子たちに、上司もそう言って笑うだけだった。

ある意味、無茶苦茶な時代だった。

決して戻らない二十代のときを思い、咲子は少し寂しくなる。あれから三十年。駆け抜けてきた平成が終わり、令和になった今、自分がここにいるのがなんだか信じられない。

年下の夫に〝結婚できて、子どもも産めたお前は恵まれている〟としたり顔で言われ、息子に〝うるさい〟と言われるここに――。

窓の外を眺めているうちに、咲子の頭をふいに大きな鳥の姿がよぎる。

そうだ、アオサギ。

突然思いついて、咲子はハッとした。

前回の大型台風で近くの公園に迷い込んできたアオサギは、今どうしているだろう。考え始めた途端、なぜだか、どうしてもそれを知りたくなって、咲子は上着を羽織った。

部屋の鍵をあけて外に出ると、暗い廊下はしんとしていた。できるだけ音をたてないように、寝室の前を通る。

玄関で靴を履いていると、背後に人の立つ気配がした。

「お母さん、どこいくの」

弱々しい声がする。

「公園に散歩にいくだけだよ」

咲子は振り向かずに答えた。

「まだ早いから、拓は寝てなさい」

「俺もいく！」

突如声をあげ、拓が自分の部屋に向かう。

「いいから、寝てなさい。今日、模試でしょ」

奥に声をかけてから、咲子は靴を履いて表へ出た。妙な暑さを連れてきていた台風が去ったせいか、早朝の空気は、少しひんやりとしている。それでも、いつもの時期に比べれば、随分気温は高いのかもしれない。

ゆっくりと歩いていると、案の定、後ろから拓があたふたと駆けてくる気配がした。咲子は小さく息を吐き、しばし足をとめる。

やがて、パジャマの上にジャージを羽織っただけの拓が追いついてきた。それでも咲子は振り返ることなく、互いに黙ったままで公園に向かった。

早朝の街は、まるで洗濯機で洗われたようだった。アスファルトの舗道も、電柱も、ガードレールも、なにもかもが濡れて、まだ薄い朝日の中で光っている。幹線道路を走る車も少なく、人の姿もない。商店街では、店の看板や、自転車があちこちで倒れている。

公園に近づくと、折れた枝が道に飛んできていた。

「拓、転ばないように気をつけて」

背後に声をかけながら、咲子は公園に入る。

公園内には、もっとたくさんの枝が落ちていた。昨夜の強風のせいだ。

これでは、アオサギも、またどこかに吹き飛ばされたのではないだろうか。

逸(はや)る気持ちを抑えながら、咲子は池を目指して足を進めた。

やがて赤い太鼓橋が見えてくる。

「あ!」

最初に声をあげたのは、拓だ。

拓は咲子を追い越して、池に向かって走っていった。

「お母さん、あれ」

指を差し、拓が咲子を振り返る。

池の真ん中の蓮の鉢の上に、大きなアオサギが立っていた。まるで何事もなかったかのように悠然と、二日間に亙った台風に耐えて、そこにいる。

「すげえ。俺、こんなでかい鳥、初めて見た」

拓の興奮した声が響く。

学校が終わるとすぐに塾に出かけ、休みのたびに模擬試験を受けている拓とは、ゆっくり公園にくることもなかった。

「アオサギだよ。少し前からここにいるの」

咲子はこの日初めて、まともに拓の顔を見る。

「すごいね、あんなに風が吹いたのに」

咲子の言葉に、拓は神妙な表情で頷いた。

それから二人で並んで、微動だにしないアオサギを見守った。眼の上から後頭部にかけて、長い眉毛のような黒い羽毛をはやしているアオサギは、老人のようにも、仙人のようにも見えた。

「あのさ……」

アオサギに視線を向けたまま、拓がもごもごと話し出す。

「お母さん、ごめんね」

早口に告げた後、言い訳めいた口調で続けた。

「お父さんが、俺たち、調子に乗りすぎてたかもって言ってた」

咲子は黙って拓の言葉を聞いていた。

「あとね、ギンカツはなくなっても、お母さんが頑張っていい仕事をしたことに変わりはないんだって」

拓が咲子を見上げる。

「だから、ちゃんと意味はあるんだって」

光弘の言葉を拓がどこまで理解しているかは怪しかったが、父と交わしたやりとりを懸命に伝えてくれようとしている様子に、鼻の奥がつんとした。

残業から疲れて帰ってくる光弘に好きなビールに合うつまみを用意してやりたいし、お腹を空かせて深夜まで受験勉強に励む拓には、美味しい夜食を食べさせたい。

それだって、咲子の正直な気持ちなのだ。

咲子は無言で、拓の肩に手を載せる。照れて振り払われるかと思ったが、拓はじっとしていた。

「俺、一人で大丈夫だよ。だから、お母さん、仕事してきなよ」

早生まれで、いつまでも小さいと思っていたのに、随分背が伸びている。もう、ほとんど横並びと言ってもいいくらいだ。

子どもの成長は早い。特に男の子は、ある日突然大人びてしまうと聞く。

きっと、あっという間に、追い越される。身長も、なにもかも。

そのときは、見守ることなどかなわぬほどの速度で、遠ざかっていくのだろう。

だから、それまでの短い間だけ、息子の道を支えよう。

「拓、一緒に頑張ろうね」

迷うことなく、ここにい続けたアオサギを、咲子は遠く見つめる。

そのとき、アオサギがおもむろに身じろぎし、大きな翼をゆっくりと広げた。

朝の日差しの中、雨に濡れた翼が青白く輝く。

そうだよね……。

堂々としたその姿に、咲子は心の中でそっと呟く。

飛び立てる翼は、いつだってここにある。

第六幕　第三の女

まずい……。

久々に、嫌な雰囲気だ。

お昼休憩から戻ってきた野毛由紀子は、傘をたたみながらエントランスホールに貼られたポスターから顔をそむける。

せっかく巨大台風が去ったと思ったのに、今年の十月は雨ばかりだ。天候だけでなく、社内でも異常事態が起きている。

なかなかやってこないエレベーターを待っていると、嫌でも正面のポスターが視界に入った。

〝さよなら銀活、九〇年代トリビュート〟

大きなコピーの下、いくつもの映画のメインビジュアルが並んでいる。ポスターの中央に据えられているのは、二十年も前に制作された『サザンクロス』。

夕景から夜へとグラデーションで変わっていく星空を背景に、物憂げな表情の金髪の少女が浜昼顔の花を手に海辺にたたずんでいる。いかにもアート系なビジュアルだ。

この映画のことは、それなりに覚えている。由紀子が銀都活劇に途中入社した当初、こういう妙に洒落た雰囲気の映画のポスターが、まだ社内のあちこちに貼ってあった。

もともとたいして映画に詳しくない由紀子は、ミニシアター向けの作品には一層興味がなかったが、当時は別段、気にもならなかった。あの頃の自分は、目立たない事務職だったから。

でも、今は違う。

今や由紀子は、映画会社の第一ウインドウと呼ばれる映画宣伝のチーム長。いわば、会社の中核だ。一度上がった梯子からは、そう簡単に下りるわけにいかない。自分がコミットしていない映画のポスターが、エントランスホールに貼られているのは目障りだ。

ようやくやってきたエレベーターに乗り込み、由紀子は忌々しげに唇を引き締める。

本当に、まずい。

DVD宣伝チームの砂原江見が立案した愚にもつかない企画が、成立し始めている。

正直、うまくいくはずがないと思っていたのに……。

パブリシストたちを統率して動かすことは得手とは言えなかったが、自らが稼働するとなると、宣伝歴の長い江見には変な力がある。出版社、FM局、アーティストとの楽曲タイアップと、次々に協賛や後援が決まった。

おまけに冠協賛が、「ヒュッゲ」とは——。

北欧雑貨と食材を扱うブランド「ヒュッゲ」は、かつて銀活国際部の課長だった小笠原麗羅が現在CEOを務めているというからくりだが、若者に人気のブランドが冠スポンサーにつき、新聞広告の出稿費まで負担しているというのは侮れない。

由紀子が中途採用で銀活に入社したとき、麗羅は既に退職が決まっていたので、業務上はほとんど重なっていないが、現在映画事業部門のグループ長になっている仙道和也が主催した盛大な送別会に、顔だけ出したことがある。和也をはじめとする男性社員たちから次々と花束やプレゼントを贈られていた小笠原麗羅は並外れた美人だったけれど、酷薄で傲慢そうな女だった。

そんな女でも、昔自分が関わった作品になら、気前よく協賛するらしい。バブル世代の感傷を協賛金に変えるなんて、砂原江見も随分と抜け目ないことを考えついたものだ。

由紀子は無意識のうちに小さく舌打ちする。

所詮、こんなのは単館の企画だ。

映画宣伝鉄板の、ワイドショーで取り上げられるわけでもない。

現在、映画会社の根幹である制作と興行は、完全にストップしている。全社員を手持ち無沙汰にさせて、早期退職を迫るというのが役員会の出した方針らしい。

至極、真っ当な方法だと、由紀子は思う。

会社都合退職にするよりも、早期退職に手をあげさせるほうが、会社として絶対的に正しい方法に決まっている。自分はそれを「分かって」いるし、労働組合のような、きれいごとを言うつもりもない。

この間、由紀子は今後の情勢の詮索と根回しに奔走してきた。人件費削減のため、大勢の契約パブリシストを抱えていた映画宣伝チームは解体され、今後は劇場宣伝を外部のパブリシティ会社に丸投げすることが決まったものの、おかげで由紀子自身は映画宣伝の窓口として、現在のチーム長待遇を維持できそうだった。

早期退職の意向を表明する期限は、十月末。つまりは今月一杯だ。映画事業担当の役員に探りを入れたところ、十月半ばの現在、早期退職に手をあげている人は一人もいないらしい。

たとえ経営陣ががらりと変わろうが、労働条件が改悪されようが、拠点が郊外の多摩市に移転になろうが、皆、会社に残りたいと考えている。それもまた、当然のことだろう。

契約社員はともかく、今や貴重な正社員待遇を、そう安々と手放せるお気楽な人間は滅多にいない。

ただ想定外だったのは、追って沙汰を待つ雰囲気だった社内が、面談以外にろくに仕事がない状況にうんざりし始めたのか、それなりに形になってきた江見の企画に急に色目を使い始めたことだ。

この際、乗っておいたほうが、今後有利に働くかもしれない。

そんな流れができ始めている。

ああ、嫌だ。この感じ――。

一旦、流れができてしまうと、とめるのは厄介だ。

やっと、安泰だと思っていたのに。

元々映画宣伝を担当していた砂原江見がＤＶＤ宣伝チームに異動になり、副チーム長だった自分がチーム長になったとき、ついに己の時代がきたと思った。

トップダウンに忠実で、報告連絡相談(ホウレンソウ)を欠かさない。会社にとって必要不可欠な人材。それこそが、正しい社員の在り方じゃないか。

自分はどんなにか、重宝だったはずだ。

これからだって、その価値は絶対に変わらない。なぜなら自分は組織における〝正義〟だから。

由紀子の脳裏に、なにを考えているのかよく分からない江見の飄々(ひょうひょう)とした風情が浮かんだ。

このまま、あの女の好きにさせるわけにはいかない。

なんとしてでも、流れをこちらに取り戻さなければ。

由紀子は表情を引き締めたまま、六階でエレベーターを降りた。

フロアに足を踏み入れると、きららかなサウンドが耳に入った。ＤＶＤ宣伝チームがラジオをつけている。

〝さよなら銀活、九〇年代トリビュート！〟

男性ミュージシャンの歌声をバックに、協賛ＦＭ局のラジオスポットがちょうど流れているところだった。

〝『サザンクロス』をはじめ、銀都活劇九〇年代から二〇〇〇年代始めにかけての名作が、令和元年、渋谷で期間限定にて甦ります。ハロー、ナインティーズ！　カジノヒデキ、宮野(みやの)

摩子をはじめ、トークショーゲストも続々登場……〟

アナウンサーの軽快な喋りが社内に響く。

なんなの、これ見よがしに……。

ＤＶＤ宣伝チームの小島を見やれば、砂原江見は席にいなかった。猫背で眼つきの悪い前村譲、かつては由紀子の部下だった契約パブリシストの若林令奈、美濃部成平の三人が、それぞれのデスクでパソコンに向かっている。

会社でラジオを聞くって、いかがなものだろうね――。

少し前なら、もっともらしくそう呟いただけで、動いてくれる手駒がいた。入れ替わりの激しい契約パブリシストの中でもキャリアの長かった三木美子が、意気揚々と社内警察を買って出てくれた。

その美子も、契約解除になってしまったけれど。

〝結局、誰のことも守ってくれないんですね〟

そう吐き捨て、後足で砂をかけるような態度で去っていった美子の様子を思い返し、由紀子の胸が少しだけ重くなる。

仕方ないじゃない。すべては会社が決めたことなのだから。

会社員である以上、経営陣の決定に従うのは当たり前。たかだかチーム長に、誰かを守る権限なんてあるわけない。私は、自分で自分を守るのが精一杯。

あなただって、私を後ろ盾に契約パブリシストのボスのように振る舞って、〝天然〟な令奈を気持ちよさそうにつまはじきにしていたじゃないの――。最後だけ、被害者ぶってみせるなんて厚かましい。所詮、美子も会社勤めの覚悟が足りなかったにすぎない。

由紀子は美子の幻を振り払い、フロアの奥に眼を向けた。

ビデオグラム事業グループの本体であるDVD営業チームの島で、所謂「お誕生日席」に座ったノーネクタイの男が、暇そうに週刊誌を読んでいる。

ビデオグラム事業グループのG長、葉山学（はやままなぶ）。「平成元年組」と呼ばれていたバブル世代の生き残りだ。

由紀子は猫のように足音をひそめて、学の席に近づいた。

「葉山G長」

そっと声をかければ、学が週刊誌に落としていた視線を上げる。こちらを認めた途端、わずかに頬をゆがめられた気がした。

「どうしたの？　野毛ちゃん」

だが、学はすぐに愛想のいい笑みを浮かべた。

「少しお時間を頂戴してもよろしいでしょうか」

「いいよ、いいよ。野毛ちゃんのためなら、少しどころか、何時間でも」

週刊誌をデスクに伏せて、学が気軽に立ち上がる。

「あっち、いこうか」

学は率先して、打ち合わせスペースに足を向けた。真っ直ぐに伸びた背筋は、結構鍛えられている。同世代の仙道和也はそれなりにオジサンだが、茶色い前髪をふわりと額に垂らした葉山学は五十代とは思えないほど若々しい。その分、軽いと言い換えられなくもないが。

先刻、学の表情に鬱陶しそうな色が浮かんだ気がしたが、きっと見間違いだろうと由紀子は考え直す。

「さて、一体、なんの御用でしょうか」

他に誰もいない打ち合わせスペースで向き合って座るなり、学が身を乗り出してきた。

「販促上映企画のことなんですけど……」

「ああ、あれね」

学はだらしなく椅子にもたれる。

「なんか、いつの間にか、大ごとになってきたよねぇ。砂原ちゃんがあっちこっちでしゃらくさいタイアップ決めてきちゃってさ」

「いつの間にか、DVDの販促企画っていうより、銀活の最後のイベントみたいな見せ方になってますよね」

相手の様子をうかがいながら、由紀子は慎重に言葉を選んだ。調子だけはいいけれど、葉山学は信用できない。絶対に判を押さないと断言していたくせに、結局江見の企画を通したのはこの男なのだ。

「〝さよなら銀活〟が、九〇年代で総括されるってのもおかしな話だけど、ここまできたらしょうがないね。まあ、もとはと言えば、俺が適当に判子押して承認しちゃったのが問題なんだけど」

学は完全に他人事の口ぶりで続ける。

「砂原ちゃん、ああ見えて策士なんだよ。ゴールデンウイーク前の一番忙しい時期に、ついでみたいに企画書出すんだもの。ほら、今年は改元騒ぎで十連休だったしさ。書類てんこ盛りで、俺もいちいち精査する余裕がなかったんだよねー」

両腕を大きく広げ、学は肩をすくめた。

「でも、なんか、マスコミも妙に乗ってきてるし、オンライン前売券の動きも悪くないらしいから、結果オーライってことで」

呵々（かか）と笑い始めた学を前に、由紀子は内心あきれ果てる。

なんという軽佻浮薄。

しかし組織に於いては、自分の意見をまったく持とうとしない、この手の調子がいいだけの男が案外重宝がられることも、また「分かる」。

「ここまでくると、もう会社案件で、DVDの販促企画ではないですよね」

由紀子は執念深く繰り返した。

「上映もあることですし、映画宣伝としても、なにもしないわけにはいかないかと」

なんとかして、学からこちらに協力を求めるように仕向けたい。

会社案件であれば、映画宣伝のチーム長である自分に声がかからないのはおかしいではないか。

「上映って言ったって、イベントスペースでしょう？　劇場使うわけじゃないんだから、DVD販促と興行の棲み分けはできてるじゃん。部署的にはなんの問題もないんじゃないの？」

へらへらと振る舞いながらも、学は意外にこちらの思い通りになろうとしない。

「問題とかではないんですけど……」

由紀子が言いよどむと、「ああ、そうか！」といきなり大声を出された。

「要するに、野毛ちゃんもこのあたりで〝いっちょ嚙み〟しときたいってことね？」

あけすけに指摘され、絶句する。

こんなふうに言われると、さすがにきまりが悪くなる。

この男――。

由紀子は思わず学をにらみつけた。軽薄に見せて、実は相当陰険だ。

「葉山Ｇ長、私が申し上げているのは、会社としての問題です」

「ふーん、会社としての問題ねぇ……」

学が腕を組んで天井を見上げた。

通常で考えてみれば、こんな企画は、ＤＶＤ宣伝チームの暴走と言ってもいい。

でも、そこに会社の〝中核〟である映画宣伝チームの自分が加われば、正式に会社案件になるではないか。これは私なりの譲歩だ。

よく考えてみればいい。今後、どんな体制になったとしても、組織内で重宝がられるのはこの私。断じて砂原江見ではない。

「まあ、俺は構わないよ。野毛ちゃんが手伝ってくれるなら、百人力だろうし」

ようやく思い至ったのか、学がにっこり笑ってみせた。

「では、この旨を葉山G長から……」

「あ、手伝いたいなら、俺じゃなくて、砂原ちゃんに直接言ったほうがいいね。そのほうが早いし」

完全に言葉を遮られ、由紀子は一瞬呆気にとられる。

「いえ、こういうことは、きちんとG長から現場に下ろしていただかないと」

気を取り直し、由紀子は声を低めた。

「会社案件ですし、有志主導のサークル活動じゃないんですから」

自分の意見は至極正論だ。それなのに、「いやいや」と、学も負けずに首を横に振る。

「だから、俺は構わないって言ってるじゃない。後は現場で相談してよ」

顔は笑みをたたえているが、有無を言わせぬ口調だった。

その眼の奥に、面白そうな色が潜んでいることに気づき、由紀子は内心歯嚙みする。

こいつ……。本当に悪趣味だ。

由紀子が江見を嫌っていることを重々承知しているくせに、わざわざその二人の額を突き合せようとしている。

「第一、俺、宣伝のこと全然分かんねえし」

ふっと学が真顔になった。

その表情に微かな不満がよぎるのを、由紀子は見逃さなかった。

密かに思う。まだやれる、と。

どんな上司でも、懐柔する方法はある。それは、この食えない男にも効きそうだ。

「分かりました。後は砂原さんと相談します。お時間いただき、ありがとうございました」

「いいって、いいって。どうせ今、なんにもやることないんだし」

鼻歌まじりに立ち上がる学の背後から、由紀子はおもむろに囁いた。

「ところで、会社でラジオ聞くのって、葉山G長がお認めになってるんですか」

「え、誰が聞いてんの」

とぼける学に、由紀子はたたみかける。

「DVD宣伝チームですよ」

打ち合わせスペースから出ると、やはりDVD宣伝チームの島からラジオ放送が流れてきていた。

ほらね?

由紀子の目配せに、学が口元を引き締める。

「いくら役員が不在でも、こういう状態を野放しにしていると、後々葉山G長が……」

「おい、前村っ！　ラジオうるせえんだよ！」

由紀子の囁きをかき消すように、学がフロア中に響き渡る大声をあげた。フロアの全員がぎょっとしたように学を見る中、怒鳴りつけられた当の前村譲だけが振り向きもせずに無言でラジオアプリを切った。

「……あの」

譲の向かいのデスクの令奈が、硬い表情で立ち上がる。

「この後、カジノヒデキさんの番組で、砂原チーム長が九〇年代トリビュートについて話すので、聞いていただけなんですけど」

令奈は怒鳴り声をあげた学ではなく、後ろに立っている由紀子だけを見てそう言った。

「あ、そう。それで、砂原ちゃんは朝からいないのね」

学はどうでもよさそうに肩をすくめると、すたすたと席へ戻っていく。

一人残された自分に視線が集まっていることに気づき、由紀子は薄笑いを浮かべた。

「そういうことなら、聞いててもいいんじゃない？」

譲がやはりこちらを一顧だにせずアプリを入れる。再び番組の爽やかなイントロが社内に流れ始めた。

「でも、そういうの、今後はちゃんと葉山G長に報告してね」

できるだけ、物分かりよく告げたつもりだ。

けれど、令奈はもちろん、隣のデスクの成平までもが白けた顔つきでこちらを見ていることに気づき、由紀子はそそくさとその場を後にした。

その晩、定時に会社を出て帰宅した由紀子は、高校一年生になる娘と姑との夕食を終えると、キッチンの隣の部屋に酎ハイの缶とスマートフォンを持って閉じこもった。

不動産会社勤めの夫は、まだ帰ってこない。どうせまた、接待という名の飲み会だろう。

姑は奥の自室に戻り、娘はリビングでテレビを見ている。

娘を身ごもった年にそれまで勤めていた派遣会社を辞め、由紀子は夫と共に、この都内近郊の二世帯住宅に引っ越した。家の頭金を出してくれたのは、五年前に病気で他界した舅だ。

引っ越してきて以来、由紀子はとにかく舅に気に入られるように努めた。夫のことには手を抜いても、舅の晩酌の肴などはまめまめしく手作りした。この家の中核が舅であることを、いち早く見抜いていたからだ。大人しい性格の姑とは、娘の存在も緩衝材になってか、元々それほど波風が立つことはなかった。

舅姑との関係を賢くこなしながら会社勤めも果たしていたが、舅がいなくなると、由紀子は一気に気楽になった。

名実ともに、現在は自分がこの家の主婦――家庭の中心――なのだと感じる。

社会的な地位も持つ、主婦。最高ではないか。

夫、子ども、家、仕事。自分には全部、そろっている。

由紀子は缶酎ハイのプルタブを起こし、飲み口に唇を当てた。

冷えた酎ハイが喉を駆け下りる。アルコールと炭酸の刺激に、由紀子は「ぷはー」と息を吐いた。この部屋は、元々舅の来客用のスペースだったのだが、今では由紀子の〝秘密の部屋〟と化している。由紀子はここに、自分専用の高級お取り寄せ食材を隠していた。

この部屋で、由紀子は毎晩のように、贅沢な一人飲みを楽しんでいる。

だって、飲まずにはいられないから。

開放的だった気分に、むくむくと黒い雲が湧いた。

むかつく。

テーブルの下から、由紀子は銀色の缶を取り出した。中には真空パックのビーフジャーキーが入っている。ただのジャーキーではない。高級和牛のもも肉を使った、特製品だ。夫には、半額以下のオージービーフのジャーキーを出しているが、一度和牛のものを味わうと、もう元には戻れない。

誰にもあげない。私だけのとっておき――。

密かな贅沢品を味わいながら、由紀子は昼間の顚末を思い返した。

砂原江見が社内に戻ってくるのを待ち、由紀子は再びDVD宣伝チームの小島に顔を出した。二人きりになるのが嫌だったので、わざと、令奈や成平の前で、協力を申し出た。

否。申し出てやったのだ。

観客がいれば、由紀子はそれなりに演じることができる。分別のある笑みを浮かべ、会社のイベントである以上、自分もしかるべき責務を果たしたいと、理路整然と語りかけた。

正直、かなり力の要る演技だった。

〝分かりました。よろしくお願いします〟

それなのに、こちらの名演をあっさり棒に振るようなあの態度。まったく感情の読めない表情でそう言うと、江見はさっさと自分の席に着いてしまった。

あまりに素っ気ない口ぶりに、令奈と成平が忍び笑いを漏らしたほどだ。

今後、由紀子も打ち合わせに出席することが決まったが、ここまできてしまえば、今更それほどやることもない。イベント当日の受付でも担当するくらいだ。本音を言えば、由紀子自身、それ以上のことをするつもりもなかった。

なにが九〇年代賛辞（トリビュート）だ。九〇年代なんて、暗黒の時代じゃないか。

平成元年に、葉山学たちが浮かれながら世の中に出てから十年後。由紀子は一つの内定も手にすることなく四年制大学を卒業した。

前年からその年にかけて、一昔前なら学生たちの憧れだった大手金融企業が相次いで倒産し、金融志望だった由紀子は、当然のように就職浪人することになった。

これ以上、悪くなるはずがない。

バブル景気崩壊直後に皆が口にしていた言葉を信じていたのに。平成不況がこれほど長引き、深刻化するとは、当初は誰も思っていなかったのだ。もう、なにもかもが信じられなかった。

一般的に見て、九〇年代は〝失敗の時代〟だ。

失意のうちに、由紀子は親戚の紹介で百貨店に出店している雑貨店でアルバイトをすることになった。たった一年間だったが、まさしく悪夢のような経験だった。

百貨店のルールだったのか、雑貨店のルールだったのか、あるいは独断だったのかは今となっては定かでないが、唯一の社員である中年女性が、売り場のすべてを牛耳っている職場だった。アルバイトは、たとえ風邪をひいて熱を出しても、一旦必ず売り場までこなくてはならない。そこでその女性が病状を検分し、本当に重篤と認められれば、初めて休むことを許されるのだ。

〝え、熱？　何度？　そう、三十八度。とりあえず、売り場まできてくれるかな〟

電話口で、女性が猫なで声で強要しているのに出くわし、由紀子は震え上がった。マスクをして真っ赤な顔で脂汗をかきながら現れたアルバイトを前に、優雅な口調で〝本当だね。じゃあ、帰っていいよ〟と言い渡しているのも、この眼で見た。

今だったら、即パワハラで訴えられるレベルだ。

しかしあの時代は、その女性が職場の〝正義〟だった。それに、本当に熱を出しているのは少数で、実際には仮病を使っているアルバイトが多かったのも事実だ。

力技で規律を通そうとする女性は最悪で恐ろしかったけれど、同時に由紀子はそこで権力を知った。

〝言いにくいことを言うのが、私の仕事だから〟

もったいぶってそう口にする女性には、権勢をふるう女王の貫禄があった。

権力は蜜の味。味を占めたら、もう後戻りはできない。秘密の高級品と一緒。

缶酎ハイを傾けながら、由紀子は贅沢なビーフジャーキーをじっくりとしゃぶる。

アルバイトを始めて数か月で、由紀子は女性に取り入ることに成功した。簡単なことだ。手先になって動けばいい。アルバイトから電車が遅れているという連絡が入るたび、本当に遅延が出ているのかを確かめる。ネットがまだ普及していなかった時代だ。

〝ふーん、そう。○○線が遅れてるんだぁ〟

電話を受けている女性から目配せを受けるなり、由紀子はすかさず、交通機関に電話をして裏を取る。

〝今、○○線に電話して聞いてもらってるけど、遅延なんて、どこにも出てないってよ〟

女性が電話口で凄んでいるのを聞くと、ぞくぞくした。

踏みつけられるのが嫌なら、踏みつける側につけばいい。

思えば、自分は学校でもそうやって難を逃れてきた。

ふと由紀子は、缶酎ハイを握っている自分の短い指を見る。運動不足の上、毎晩のように酒を飲んでいるせいか、手首もむっちりとむくんでいた。

悲しいかな、自分はあまり容姿に恵まれていない。子どもの頃から小太りで、下手をすれば学校でいじめのターゲットになりかねないタイプだった。

でも、私は賢いから。

由紀子はぐいと酎ハイをあおる。

その分、嗅覚が発達した。

どのグループがクラスの中核になるか。そして、彼女たちが、クラスの誰を内心鬱陶しく感じているのか。注意深く嗅ぎ分けた。

あれもまた権力の匂いだったのだろう。

中核グループの中心人物を見極めると、彼女のいるグループにさりげなく近づき、そっと生贄（いけにえ）の名前を囁（ささや）くのだ。

〝〇〇、最近、調子に乗ってるよね……〟

純粋すぎたり、マイペースすぎたり、周囲の空気を読まなかったり。

クラスの流儀からなんとなくはみ出している女子。そういう子が、必ず、クラスに一人か二人はいた。加えて、一芸に秀でていたり、独特な雰囲気を纏（まと）っていたりする、少々生意気なタイプなら、もう間違いない。

〝やっぱり、そう思う⁉〟

クラスの中核の彼女たちの顔がぱっと輝くのを見ると、正解した自分への暗い満足感が胸に湧いた。

だが、まだ安心はできない。

あの子の気ままぶりに、皆が迷惑している。もしかして、自分にだけ特別な未来が待っているとか思っていたりして。そういうところが、一番痛い……。

彼女たちが内心思っていそうなことを敢えて言葉にしていく。できるだけ冷静に、落ち着いた口調で分析してみせるのが味噌だ。

〝由紀子、きっつーい！〟〝すごい毒舌〟〝でも、当たってる！〟

手をたたいて喜んでいる彼女たちを見て、ようやくホッとする。きっと彼女たちはこれからも、自分の毒舌を聞きたがるだろう。

もっともらしい口調で、目障りな女子をけなして笑いを取る。

ワイドショーで、皆がアクの強いコメンテーターの〝ご意見〟を聞きたがるのと同じこと。

〝役割〟ができれば、自分がターゲットにされる危険はない。これで、やっと安泰だ。

コツさえつかめば、世渡りは難しくない。

百貨店の女王の手下となって、それなりに持ちこたえた翌年、派遣法が改正され、派遣の対象業務が原則自由化された。

現在に続く、人材派遣隆盛時代の始まりだ。多くの会社が手間のかかる新卒採用を取りやめ、簡単に人員を補充できる派遣会社に頼るようになった。

由紀子も派遣会社に登録した途端、新卒時代はけんもほろろに門前払いを食らった大手銀行の事務職に、すんなり就くことができた。お茶くみや電話番等秘書的な業務が主だったが、大手銀行で働いているという事実は悪くなかった。

女王の下で鍛えられた分、銀行のオジサンたちに「気が利（き）くお嬢さん」という印象を与えるなど、いとも簡単なことだった。

結婚と出産で一旦は派遣会社との契約を解消したが、娘が小学校に上がるとき、派遣時代に秘書を務めていた上司から、再び声をかけられた。

その元上司の出向先が、二代目社長を失ったばかりの老舗映画会社、銀都活劇だったのだ。今度は派遣ではなく、正社員採用を見込んだ契約と聞き、断る手はないと思った。映画のことなどなにも知らないけれど、銀都活劇は老舗で名前も知られているし、一応一部上場企業だ。再就職先として不足はなかった。

入った当初こそ、少々委縮したけどね……。

缶酎ハイを飲み干し、由紀子はうっすらと苦笑する。

まだアート系映画のポスターがべたべたと貼られていた銀活は、これまで自分が立ちまわってきた学校のクラスとも、百貨店の店舗とも、銀行のオフィスとも随分勝手が違った。

権力の匂いがしなかった。

いつも忙しそうに風を切って社内を歩いている宣伝の砂原江見や、産休から復帰したばかりの制作の北野咲子など、女性のプロデューサーがいる。しかも彼女たちは、学校時代、由紀子が〝生贄〟に選んできたような、我が道をいくタイプだった。

どうやって、彼女たちに取り入ればいいのかが分からない。

事務職枠の採用だったことに、正直、ホッとした。制作や宣伝で、あんな奇怪な女たちと肩を並べるのは御免だった。

空になった酎ハイの缶をテーブルに置き、由紀子は一つ息をつく。

つき合いのよさをアピールするつもりで顔を出した小笠原麗羅の送別会でも、身の置き所がなかった。

あの送別会で唯一、話が合ったのは……。

由紀子は腕を伸ばし、テーブルのスマートフォンを手に取った。指紋の生体認証でロックを外し、画像共有SNS、インスタグラムのアイコンをタップする。

すぐに、花びらやハートマークでデコレートされたスイーツの画像がブラウザを埋め尽くした。

「相変わらず、盛ってるわ」

由紀子の口元に、意地の悪い笑みが浮かぶ。

さすがはバブル。五十歳をすぎても、〝女子〟気取りだ。

どこにでもあるコーヒーショップで買ってきた甘ったるいドリンクや、ドーナツや、スコーンやらを並べているだけなのにね。

けれどそのお手軽さは、却って由紀子を安心させた。

きらきら輝くスイーツやアクセサリーを投稿しているユーザーは、額田(ぬかだ)留美(るみ)。

由紀子がインスタグラムに登録したのは、彼女のアカウントをフォローするためだった。

留美は三日とあけずに、スイーツや、ネイルや、アクセサリーの画像をアップしていた。

時折そこに、不自然なほど修正を加えた自撮り画像が登場することもある。

その一つ一つに、由紀子は毎回、心にもない賛辞コメントを送っていた。

〝すごいすてきですね！〟〝美味しそうです！　羨ましいです～〟

留美は「平成元年組」のうちの一人だ。

総合職採用だった麗羅や咲子とは違い、短大卒の留美は事務職採用で、当時は職場の〝アイドル〟だったらしい。

由紀子が銀活に中途採用されたとき、留美はとうに結婚退職していたが、同期ということで、件の送別会に出席していた。

もし留美があの場にいてくれなかったら、由紀子は一層身が持たなかったと思う。

会の主役の小笠原麗羅なんて、由紀子からすれば、奇怪を通り越して化け物だった。

あんなに飛び抜けて綺麗で、あんなに高慢そうで、あんなに強そうな女には、これまで出会ったことがない。攻略不能の恐ろしさが、麗羅にはあった。

なぜなら、あの場にいながら、留美は麗羅を嫌っていた。

気づくと留美の隣の席に移動していたのは、この人のことなら「分かる」と感じたからだ。

その雰囲気が、びしびしと伝わってきた。ホスト役の和也が深紅の薔薇の大きな花束を麗羅に渡し、会がおおいに盛り上がったとき、留美だけは明らかに不快そうにそっぽを向いていた。

麗羅はもちろん、咲子とも江見とも相容れない。でも、この人なら、大丈夫。

由紀子はそう直感した。

〝ルミさん、こんばんは！　そのネイル、ドリンクとおそろいのピンクですね！　すっごく似合ってます〜〟

メッセージを送れば、ものの数分とたたずに絵文字だらけの返信がやってくる。

〝由紀子ちゃん、ありがと〜！　気づいてもらえて、嬉しい〜〟

留美も自分と同じだ。夕食を終えたこの時間に、家族ではなく、スマートフォンを相手にしている。確か、留美には子どもがいない。パート勤めをしているようなことは言っていたが、だから、毎日毎日、コーヒーショップでドリンクやスイーツを買ったり、ネイルアートを楽しんだりする暇や余裕があるのだろう。

もしかしたら、彼女も一人で飲んでいたりして……。

留美が結構いける口であることを思い出し、由紀子はほくそ笑んだ。和牛ビーフジャーキーを嚙みながら、キーボード画面をタップする。

〝ルミさん、今度お茶でもしませんか？　積もる話もありますし〟

続けてそんなメッセージを送ってみた。久しぶりに、留美に会いたい気持ちがあった。

〝もちろん、いいよ。由紀子ちゃんのいいときに、いつでも声かけてね〟

返信には、ハートマークがついていた。

相変わらず、留美は気安くて、それだけはありがたい。

積もる話――。自分が打った文字を、由紀子はじっと見つめる。

江見にあっさりとあしらわれた屈辱は、思った以上に自分の中に沈殿しているようだ。

これは、今に始まった話ではない。

由紀子の胸に、江見にはっきりと嫌悪感を抱いた日の記憶がよぎる。

事務職から突如、映画宣伝チームへ異動するようにという内示が出たとき、由紀子は大いに戸惑った。転職の声をかけてくれた例の上司は出向解除で銀行に戻ることになり、入れ替わりに新しい上司が映画事業グループへやってくるという時期だった。

見知った上司がいなくなる中、由紀子は映画宣伝チームのチーム長だった江見に、嫌々ながら近づいた。

まだ新参者の域を出ていなかった由紀子は、とりあえず、できる限り下手(したて)に出た。

〝私、砂原さんのために、精一杯働きます〟

百貨店の女王も、銀行の上司も相好を崩した殺し文句を、しかし、江見はきょとんとした表情で聞いていた。

〝私のためじゃなくて、自分のために働いてよ〟

そう言うなり、くるりと背を向けられた。

この瞬間、由紀子は江見が大嫌いになった。

自分のために働く?

それがなにを意味しているのか、由紀子は未だによく分からない。

人が働くのは経済活動のためだし、なにより、それが求められている社会人像だからだ。夫、子ども、仕事——。この三つがそろって初めて、今日日(きょうび)の女は世間に「優良」と認められる。

よくもそんな現実と乖離(かいり)した、気取ったことを口にできるものだ。

大体、バツイチの女なんて、所詮は「負け組」じゃないか。

夫なし、子なし女は、どれだけ美人でも、どれだけ仕事ができても「負け犬」。二十代の終わりに大ベストセラーになったエッセイを、由紀子はきちんと読んでいないが、言い得て妙のその言い回しが世間にかけた呪縛だけはしっかり心にとめている。

入社してから何年か経つと、由紀子は社内の風向きが変わってくるのを感じた。制作や宣伝といった映画会社の根幹を担う部署から生え抜き（プロパー）が退き、経営陣がいつしか銀行からの出向組や別資本の役員に取って代わられた。

すると、再び懐かしい匂いが漂ってきた。権力の香りだ。

権力こそが正義。

またしても、私の時代がやってきた。

〝天然〟の若林令奈を生贄に、上昇志向の強い三木美子を手駒にして宣伝チームの女所帯をまとめ上げ、〝空気を読まない〟砂原江見を追い落とせ――!

娘の中学受験が終了するのと同時に、映画宣伝のチーム長になったとき、自分の正義は立証されたと得心した。

今や私は会社の中核。

チームはなくなってしまったけれど、役職は残った。それがすべてだ。

〝分かりました。よろしくお願いします〟

江見の素っ気ない口調が耳の奥に甦り、またしても胸の奥がざわつく。

でも、これでイベントのシフトに食い込むことはできたのだ。

今に見ていればいい。

もしイベントが成功したら、その功績は全部自分のものにしてみせる。どうせ、江見は政治下手だ。最後に笑うのは、この私。

そう唱えると、ようやく気分が落ち着いてきた。

もう一本、飲むか――。

スマートフォンをテーブルに置き、由紀子は重たい身体を持て余しながら立ち上がる。

「よっこらせ」

無意識のうちに声が出た。

翌週は新天皇が皇位を継承したことを国の内外に示す儀式「即位の礼」で祝日が入ったため、併せて有休を取る人が多かったのか、社内の人影は一層まばらだった。

自分以外誰もいない映画宣伝チームの島で、由紀子はパソコンに向かい手持ち無沙汰にネットサーフィンをしていた。この日は、どこのサイトのトップニュースも昨日行われた「即位の礼」の話題で持ちきりだ。絢爛(けんらん)な十二単(ひとえ)に身を包む新皇后さまの写真が、大きく取り上げられていた。

本来なら昨日行われるはずだった祝賀御列の儀のパレードは、台風被害の影響のため、来月に延期されるのだそうだ。相変わらず、十月とは思えない梅雨時のようなぐずついた天候が続いていたが「即位の礼」の時間帯に、東京の上空に荘厳な虹が出現したことが話題になっていた。

いよいよ令和が本格始動し、年末には会社も新体制に移行する。

何事も最初が肝心だ。

由紀子はニュースサイトを閉じ、社内クラウドにアクセスした。現在ファイルが更新されているのは、DVD宣伝チームの九〇年代トリビュート企画のみ。進捗状況は誰でも閲覧できる状態になっている。

〝第一、俺、宣伝のこと全然分かんねえし〟

食わせ者の葉山学が、ほんの一瞬表情を曇らせたのを、由紀子は思い起こした。

クラウドにファイルを放り込んでおけばいいとばかりに、砂原江見はまたしても上司への報告を怠っているのだろう。

あの人は、昔からそうだ。

だから、上からも下からも〝なにをやっているのか分からない〟とたたかれていたのに、そういうところはちっとも変わっていないらしい。

由紀子はマウスから手を放し、フロアの様子を注意深く窺った。昼下がりのオフィスは電話の音もなく、けだるい空気に満ちている。

DVD宣伝チームに美濃部成平しかいないことを見計らい、由紀子は席を立った。

「美濃部君」

声をかければ、パソコンに向かっていた成平が振り返る。

「はい」

その視線も声も平らかなことに、由紀子は安堵した。同じかつての部下でも、懐柔に失敗して以来、若林令奈はあからさまにこちらを警戒するようになっていた。

言いにくいことを言うのが、私の仕事だから――。

映画宣伝チーム時代、百貨店の女王とまったく同じ口調で、令奈をつつき回した過去もある。〝天然〟に見えて、令奈はそのことを深く心に刻んでいるのかもしれない。

だが、「ヘーセー君」こと成平は、別段屈託のない表情でこちらを見ていた。

DVD宣伝チームが新設されたとき、令奈はともかく、成平までが異動願を出してきたのは少々ショックだった。我の強いパブリシストたちがひしめく女所帯で、容姿端麗な成平の存在は、一種の緩衝材だったからだ。

きめ細やかな肌の細面(ほそおもて)はつるんとしていて、ひげの剃り跡一つない。上品に整った顔立ちを前にすると、由紀子も密かに胸が躍った。

女性のほうがなにかと使い勝手がよいかと思ったけれど、今後、映画宣伝の窓口を務めるにあたり、成平のような見栄えのいい若い男性をアシスタントにするのは、ちょっと楽しいことのような気もする。どの道、一人で窓口を務めるのは心もとない。今のうちに、誰かしらを自分の〝陣地〟に引き込んでおきたい。

学生時代から、容姿のよい異性とは無縁だった。しかし、上長になった今なら、こうやって振り向かせることが可能なのだ。

「砂原さん、また、いないのね」

なにも書かれていないホワイトボードを見やり、由紀子は小さく溜め息をついてみせる。

「砂原さんなら、若林さんと一緒に、出版社にいってますよ。そろそろ帰ってくるんじゃないかな」

成平の隣の令奈のデスクに、今は小説家に転向している『サザンクロス』の監督の分厚い新刊が置いてあった。帯にはしっかり、「九〇年代トリビュート」の告知が入っている。

「そのタイアップ、若林さんが決めてきたんですよ」

「へえ……」

わざと難しい媒体ばかり押しつけられて、「パブがとれない」と美子たちから腐されても、一言も返すことができずにおろおろするばかりだった令奈が、そんなふうに積極的に動くようになったのか。

何気なく手に取り、由紀子はその価格に驚いた。税抜きで、二八〇〇円。

最近、翻訳物の単行本など買ったことがないが、こんなに高いのか。一体、どんな人が買うのだろう。

「その本、すごくいいですよ。装丁もかっこいいですよね」

「そ、そうだね」

一瞬、返答が上ずってしまった。

「今回のトリビュート企画のポスターとチラシ、前村さんが、その本の装丁のデザイナーさんに依頼したんですよ。おかげで、帯の告知も違和感なく入ってますよね」

楽しそうに話す成平に、ほんの少しだけムッとする。

ばらばらに見えて、随分と一丸となっていることだ。

「DVD宣伝チームって、離席してもホワイトボードになんにも書かないの？」

由紀子は敢えて話題を変えた。かろうじて令奈だけは、行き先の出版社と帰社時間を記しているが、今にも崩れ落ちそうなほど堆(うずたか)くファイルを積み上げている前村譲に至っては、出社しているのか否かさえ分からない。

「さあ、書き忘れてるだけじゃないですか」

どうでもよさそうに応える成平に、由紀子は微かに眉を顰(ひそ)める。

これまた、ご自由なことで……。

自分が映画宣伝のチーム長になってからは、帰社時間が十分でも遅れたら、携帯に電話をかけるように指導していた。かけていたのは美子で、かけられていたのは大抵令奈だ。

嬉々として電話をかける美子の幻が、百貨店の女王の下で、交通機関の遅延の裏取りをしていたかつての自分の姿に重なった。

「トリビュート企画、結構、いろんなとこで話題になってきてますね。先週のカジノさんのラジオ番組の反響も、かなりつぶやかれてる」

再びパソコンに向かい、成平がトリビュート企画公式ツイッターの更新を始める。

「ねえ、美濃部君」

成平が完全に自分の仕事に戻ってしまう前に、由紀子は声を潜めて先ほど思いついたことを切り出してみた。

「まだ、どうなるかは全然分からないんだけれど。もし、よければ、映画宣伝チームに戻る気はないかな。そのほうが、今後の正社員化も早いかもしれないし……」

「いやぁ、結構です」

殺し文句を言い終える前に、成平はあっさりと首を横に振った。呆気にとられた由紀子をちらりと振り返り、成平が申し訳なさそうに続ける。

「野毛さんの前でこんなこと言うのもなんですけど、映画宣伝って、矢面過ぎちゃって……。あっちこっちからやいのやいの言われるのって、結構ストレスだったんですよ。やいのやいの言うえらい人たちって、口ばっかりで自分ではなんにもしませんしね。二次使用のDVD宣伝のほうが気楽です」

「気楽？」

「ええ」

成平は堂々と頷いた。

「自分、メンタルあんまり強くないんで、出世とか正社員とかより、気楽に働けるところのほうがいいんです」

とても家庭のある男が言う台詞とは思えない。

「美濃部君って、奥さんと子どもがいるんだよね」

思わず口に出すと、「はい」と、これまたあっけらかんと首肯する。

「うち、妻は看護師ですから。僕よりよっぽど安定してるんです。頼もしいですよ、妻は。彼女はバリバリ働きたいタイプなんで、二人目ができたら、今度は僕が家に入って、子育てに専念しようかと思ってます」

成平がにっこりと微笑んだ。

「仕事より、大事なのはメンタルと家族ですよ」

つるりとした茹で卵のような顔が、だんだん宇宙人に見えてきた。

「それに、今後はどうなるか分からないですけど、製作委員会方式の宣伝ってテンプレばっかでつまんないじゃないですか。やたら会議は多いし。クラウド見てれば分かることを、なんでわざわざ報告する必要があるんですかね」

駄目だ、この男――。

組織のなんたるかが、まるで分かっていない。

由紀子があきれ返っているのにも気づかぬ様子で、トリビュート企画関連のツイートを検索しながら、成平は淡々と続ける。

「でも、営業譲渡後はガラッと変わるかもしれませんね。IT企業って、自分のデスクもないって話ですから。それこそ、クラウドやリモート化が進んで、会議なんてなくなるかもしれません」

まさか。

会議がなくなってたまるものか。報告連絡相談こそが会社の要なのだから。

これ以上、こんなのと話していても時間の無駄だ。

由紀子は早々に切り上げて、自分の島に戻った。

パソコンに向かうなり、社内クラウドからトリビュート企画のファイルをダウンロードして印刷ボタンを押す。プリントアウトが終わると、綺麗に端をそろえてファイルした。

オフィスの奥を見ると、葉山学は席を外していた。ホワイトボードにはなにも書かれていないが、あの男の行き先には心当たりがある。戻りを待てばいいと頭では分かっているのに、なぜかじっと座っていることができなかった。

急き立てられるように席を立ち、オフィスを出る。

喫煙室に向かいながら、先程の成平の言葉に、思った以上に動揺しているのを感じた。

由紀子は仕事の中で、会議が一番好きだ。上長たちに交じって席についていると、自分がこの会社の一員であることを公認されているようで、安心する。

あんな〝宇宙人〟の戯言に惑わされたくない。一刻も早く己の正しさを立証して、一刻も早く気持ちを落ち着かせたい。

喫煙室の前にいくと、ちょうど扉をあけて、学が出てくるところだった。

「葉山G長！」

思わず大声が出てしまい、学がぎょっとしたようにこちらを見る。

「なんだ、野毛ちゃん、また、待ち伏せ？」

また――？

そう言われれば、十連休前にもこの場所で、学を捕まえた。江見の企画を牽制した由紀子に、学は自信たっぷりに告げたのだ。

〝心配しなくていいよ。俺、あんな企画、承認するつもりないから〟

裏切り者め。

だが、今はそのことを、蒸し返している場合ではない。

困ったような笑みを浮かべている学に、由紀子はファイルを差し出した。

「一応、今までの進捗をご報告しようと思いまして」

学が一瞬で笑みをかき消す。その表情の変化を、由紀子は注意深く窺った。

「砂原さん、定例会も開いてないみたいなんで、もしかしたら葉山Ｇ長へのご報告も滞（とどこお）っているのではないかと思いまして。僭越（せんえつ）ですけれど……」

できるだけ健気に、かしこまってみせる。

成平が言うところの、〝自分ではなんにもしないえらい人たち〟を味方につけない限り、安泰はない。そういう人たちにとっての〝役割〟を見つけないと、安心できない。

「ありがとう」

学がファイルを受け取ったので、由紀子はほっとした。江見がやろうとしないことを、自分はできる。安泰のためには、それをアピールしていく必要があった。

「でも、俺、こういうの必要ないから」

しかし、穏やかな口調で告げられて、由紀子は次の言葉を呑み込んだ。

「野毛ちゃん。俺たち、大丈夫だよ」

「……はい?」

言われた意味が分からず、一瞬ぽかんとする。

学はこれまで一度も見たことのないほど真面目な面持ちをしていた。

「どこへいこうと、俺たちは平気だから。人は皆、自分にすり寄ってくる人間が好きだよ。それは、ＩＴ世代の若い社長だろうが、なんだろうが、関係ない。だから、そんなに怯(おび)えることないって」

怯える?

その言葉に、喉の奥で舌が縮んだようになる。

すっかり硬直してしまった由紀子の前で、学がくしゃりと顔をしかめて笑った。

「だけどね、俺はそれをやられて喜べるほど、自分に期待してないんだよ」

こんな醒めた笑い方をする人を、由紀子は知らない。

だ、だって――。

宣伝のことは全然分からないと、一瞬、不満そうな表情を浮かべたではないか。

だから、あのとき自分は、〝まだやれる〟と思ったのだ。懐柔の余地はそこだと、心を逸(はや)らせたのだ。

「砂原ちゃんは、必要最低限のことは、ちゃんと報告してくれてるよ。もう、野毛ちゃんも社内警察みたいなマネはやめなさいって。そんなことしなくたって、あなたはちゃんとやっていけるはずだよ」

一緒になって江見を腐してくれるはずだった〝なんにもしないえらい人〟は、今まで一度も会ったことのない男の顔をしていた。

茫然としている由紀子の手に、学はそっとファイルを返す。

「誰かを貶めて自分の有用性を示すのなんてのは、昭和の手口だ。今はもう、平成も終わっちゃって、令和なんだからさ」

由紀子は震える手でファイルを握りしめた。

「それと」

学が由紀子をじっと見つめる。

「新体制の会社に、砂原ちゃんはいないよ」

「え……」

喉元で、声がかすれた。

それって、どういう――。

「砂原ちゃん、早期退職に手をあげてる」

もう少しで、ファイルを取り落とすところだった。

砂原江見が早期退職する？

そんなこと、あるはずがない。

それではなぜ、わざわざ手のかかる企画を立ち上げたのか。新体制へのアピールではなかったのか。第一、四十半ばを超えたバツイチの独身女が、正社員待遇を手放すなんて、正気の沙汰とは思えない。

それとも、もっといい再就職先を見つけたのか。

頭の中をぐるぐると考えが巡ったが、少しも理解が追いつかない。

「まったく。俺、宣伝のこと、なんにも分かんないのにさ。あの人、平気でＤＶＤ宣伝チームを置いてくつもりだよ」

学が眉間にきつくしわを寄せて呟いた。

あのとき不満そうだったのは、そのためだったのか。

「あっ、いっけね！」

突如、学が大声をあげる。

「まだ口止めされてたんだったわ。頼むよ、野毛ちゃん、皆には内緒ね。俺たち二人だけの秘密ってことで」

へらへらと笑う学は、もうすっかりいつもの軽薄の仮面をかぶっていた。

「長話してたら、もう一本吸いたくなっちゃったよ」

誰もいない喫煙室へ戻っていく学の背中を、由紀子はぼんやりと見送ることしかできなかった。

ふらふらとオフィスに向かいかけ、ふいに視界に入った人影に足がすくんだようになる。

出版社から戻ってきたところなのか、エレベーターホールの前で、砂原江見と若林令奈が仲良く肩を並べて立っていた。二人ともエレベーターに背を向けて、窓の向こうを熱心に見つめている。

なにを見ているのかと視線をやり、由紀子は愕然とした。

ビルの向こうに、真っ赤な夕日が落ちていく。

頰を赤く照らされながら、江見と令奈は、その様子をそろってうっとりと眺めていた。

「綺麗だねえ」「はい、本当に」なんて言い合って、満足そうな笑みまでたたえて。

バカじゃないの――！

由紀子の心に、強い怒りが湧き起こる。

気がつくと手元のファイルをくしゃくしゃに丸め、江見に突進していた。

「砂原さん、お話があります！」

呆気にとられる令奈を押しのけ、由紀子は江見に近づいた。さすがに驚いた表情をする江見を、有無を言わさず一番近くの打ち合わせルームまで引っ張っていく。

「早期退職されるって、本当ですか？」

扉を後ろ手に閉めるなり、由紀子は江見に詰め寄った。どうしても、自分を抑えることができなかった。

だって、この女、ずるい！

「あー……、もしかして、葉山グループ長から聞いたの？」

江見が参ったといった感じに眉を寄せる。

「誰から聞いたのかとか、そんなこと関係ありません！」

ずるい、ずるい、ずるいじゃないか。

勝手なことばかりして、いきなりいなくなる気だなんて。

「次、決まってるんですか？　どこへいかれるんですか？　同じ業界ですよね？　どこですか？」

矢継ぎ早に問いかける由紀子を、江見は啞然と見返している。

自分でも常軌を逸しているのは分かっていたが、もう、取り繕うことなどできなかった。

「教えてくださいっ」

由紀子の必死さが伝わったのか、江見が少し真面目な表情になる。

「次のことは、まだなにも決まってないの」

「嘘でしょうっ」

「嘘じゃないよ」

「嘘っ！」

大声を張り上げると、江見は一つ息を吐いた。

「野毛さん、どうしちゃったの？」

「最後なんだから、本当のことを教えてください」

〝私のためじゃなくて、自分のために働いてよ〟

素っ気なくあしらわれたあの日から、この人を追い落とすために頑張ってきた。

やっと、勝てたと思っていたのに。

不覚にも、涙が滲みそうになる。

由紀子が口をつぐむと、打ち合わせルームがしんとした。自分の吐く荒い息だけが、部屋の中に響く。

やがて仕方がなさそうに肩をすくめ、江見が渋々と口を開いた。

「実はね……」

次に続いた言葉に、由紀子は我が耳を疑った。


日曜の夕方のワインバーは比較的すいていた。

由紀子はソファ席に腰を下ろし、グラスワインに口をつける。飲み放題プランのワインだけあって、ピンク色のロゼは甘ったるく安っぽい味だが、どんどん飲んでしまう。

「額田さん！」

薄暗い店内の入口に、ほっそりしたシルエットを見つけ、由紀子は手を上げた。

「野毛さん、久しぶり」

時間をかけてセットしたらしい巻き髪を揺らしながら、額田留美が近づいてくる。

SNSでは「ルミさん」「由紀子ちゃん」と呼び合っているが、顔を合わせると、やはり姓で呼ぶほうがしっくりときた。

「すみません、先に始めちゃってて」

「いいよ、いいよ。こっちこそ、遅れてごめんね」

十五分ほど遅刻してきた留美が向かいのソファに落ち着くのを待ち、由紀子は温かいおつまみを何品か注文した。

「なんか、急に寒くなってきたね」

「昨日なんて、また大雨ですし。今年は本当に秋晴れが少ないですよね」

最初は天気の話をしながら、互いの様子を窺い合う。レースをあしらった白いブラウスに、ピンクベージュのロングスカート。大昔、職場のアイドルだった留美は、相変わらず、コンサバ雑誌から抜け出してきたようなスタイルをしている。

駆けつけの一杯に、留美は由紀子と同じくロゼを選んだ。

「ロゼ飲むの、久しぶり。旦那とだと、あんまり飲まないよね」

ワインでロゼを選ぶ男性は、確かにあまりいないかもしれない。だが留美はそれ以上、夫の話をしようとしなかった。留美のインスタグラムには、ほとんど夫の影はない。ただ、ドリンクやスイーツを持つ左手の薬指に、必ず結婚指輪が光っている。留美にとっては、夫の存在以上に、結婚しているという事実が重要なようだった。

由紀子とて、似たようなものだ。自分が産んだ娘のことは心底家族だと感じているが、夫のことはそこまで親身に思っていない。夫と結婚したのは、互いがそこで手を打ったという、単純にして現実的な理由に過ぎない気がする。きっと、大抵の夫婦はそんなものだ。

天候や、先日の「即位の礼」の話題等、ひとしきり差しさわりのない話をしていると、電子レンジで温めただけのようなおつまみが次々とやってきた。

お取り寄せの和牛ビーフジャーキーのほうが何倍も美味しかったが、留美が指定した店だったので、文句を言うのはやめておいた。留美のペースは意外に速く、すぐに二人とも赤ワインに切り替える。

二杯目のグラスが空になると、由紀子は胸の中に溜まっていたものを吐き出したくなってきた。

「ねえ、額田さん。今、会社、最悪なんですよ」

アサリの酒蒸しをつつきながら、不貞腐れた声を出す。

「前、映画宣伝にいた砂原さんって覚えてます？」

元宣伝プロデューサーの、とは言わない。由紀子が銀活に中途入社してから数年後に、宣伝プロデューサーという呼称は公(おおやけ)には使用されなくなった。その理由が由紀子には「分かる」。プロデューサーなどという呼び方を乱発するのは、勘違いした人たちを増長させる。

「あのスカート穿かない人？　いっつもパンツスーツの」

留美は留美で、かなり特殊な覚え方をしていた。

「私は懇親会で会うくらいで、業務では重なってないけど、砂原さんがどうかしたの？」

「あの人、ちょっと頭がおかしいですよ」

新しい赤ワインのグラスを傾け、由紀子は大きく息を吐く。

「頭がおかしい？」

「そうです！」

小首を傾げた留美の前で、散々社内をかき回した挙句、自分は早期退職するという砂原江見の暴挙を、由紀子は口を極めて罵（のの）しった。

「あんまり無責任だと思いませんか？　九〇年代トリビュートなんて、本当なら、やる必要もない企画なんです。それを勝手に立ち上げておいて……」

酔いのせいか、どんどん声が大きくなっていくのを感じる。

けれど由紀子は、江見への糾弾をとめることができなかった。

とっくに会社を離れている留美になら、後腐れなく、思う存分、悪口を言うことができる。

「しかも、辞める理由をなんて言ったと思います？」

思い返しただけで、胸の中がむかむかする。

最後なんだから、本当のことを教えてください――！

縋（すが）りつくようにして問い詰めた自分に、江見は渋々ながらも、存外はっきりと告げたのだ。

〝……なにか、書いてみようかと思って〟

「なんなの、それ！」

由紀子はますます大声をあげた。

「いい歳して、バカみたい」

勢いよくアサリを嚙むと、口の中でじゃりっと砂の音がする。

「どこまで自分を特別だと思い込んでるんですかね。あんな現実離れしたこと言って、恥ずかしくないんでしょうかね」

文字通り砂を噛みながら、由紀子は憤懣やるかたなく首を横に振った。

だって、そうじゃないか。

誰もが、定められた檻の中で生きていかなければいけないのに。

あの女だけが、そこから簡単に逃げ出すなんて、あまりにずるい。

「分かる」

赤ワインをぐいと飲み干し、留美が眼を据わらせた。

「野毛さんの気持ち、すごくよく分かる。私も同期の二人に、同じこと思ってたから」

やっぱり。

由紀子はようやく溜飲が下がる思いがした。

「私、一緒に働いている間ずっと、小笠原さんのことも、北野さんのことも本当に理解できなかった」

「分かります」

請け合いながら、店員にピッチャーで持ってこさせた赤ワインを、留美と自分のグラスに注ぐ。

「ああいう人たちって、自分が場を乱してることに、無頓着すぎるんですよ」

由紀子はグラスをあおり、口の中に残る砂も一緒に喉の奥に流し込んだ。

「でも、どうせ失敗するに決まってます」

砂に懲りずにアサリの身を剝きながら決めつけた瞬間、既視感がよぎる。

江見の企画が失敗する――。そう言って、若林令奈に揺さぶりをかけたときも、自分はアサリの殻をいじっていた気がする。

急に食べる気が失せて、由紀子はフォークを皿に落とした。

だって、失敗してもらわないと、割に合わない。そうでないと檻の中にいる自分のほうが、バカみたいに思えてくる。

そんなの、耐えられない。

黙り込んでしまった由紀子を、留美がじっと見つめた。

「由紀子ちゃん」

突然、SNS上と同じように名前で呼びかけられる。

「ああいう人たち相手にするのって、きついよね」

ぎくりとして見返すと、留美は由紀子が注いだ赤ワインのグラスをすっと傾けた。由紀子以上にグラスを空にしているのに、留美の頰には赤味の一つも差していない。

この人、本当に強いんだ。

場にそぐわない由紀子の感慨をよそに、留美が続ける。

「『平成元年組』ってよく言われたけど、結局それって、小笠原さんや北野さんや、今も会社にいる男性陣のことでしょう？　そこで私を思い出す人なんて、誰もいない。仕事もただの事務職だったし、それを変えたいとも思ってなかったし」

難なくグラスの半分を飲み、留美は小さく苦笑した。

「……っていうか、できなかったの。私は、逆立ちしたって、あの二人みたいにはなれない」

留美の栗色の巻き髪が揺れる。

「だから、なんとかして見下そうと必死だった。小笠原さんはお茶くみもしない高飛車な帰国子女で、背も鼻も高すぎる。北野さんはガリガリ働きすぎで、男性社員から引かれてる。職場のアイドルの私のほうがずっとましって」

ふと、薔薇の花束を贈られていた小笠原麗羅から視線をそらしていた、留美の悔しげな横顔が浮かんだ。

「ああいう人たちと張り合うのって、本当にきつかった。だから、由紀子ちゃんの今の気持ち、すごくよく分かる」

「わ、私は……」

次の言葉が出てこない。

〝野毛ちゃん。俺たち、大丈夫だよ〟

こちらを見る留美に、なぜだか先日の葉山学の真顔が重なった。

「だけどね、色々あきらめたら、すごく楽になっちゃった」

ふいに留美が吹っ切れたような笑みをみせる。

色々、あきらめる？

その言葉がなにを意味しているのか、由紀子には分からない。

「多分、私も歳を取ったってことなんだと思う。歳を取るのって、正直嫌なことだけど、あがいていたことをあきらめるには、いいきっかけになるのよ」

それは、もしかして子どものことだろうか。

だったら、自分はあきらめる必要なんてない。夫、子ども、家、仕事――。

私には全部そろっているもの。

心の中で指折り数え始めた由紀子に、留美は告げた。

「私の盛り盛りのインスタを見て、北野さんは、〝写真がうまい〟って言ってくれたの」

「は?」

それが、一体なんだというのだ。

「由紀子ちゃんはいつも〝いいね〟をつけてくれてたけど、私が並べてるのなんて、全部他人が作ったものばっかりだよね」

唯一、北野咲子だけが、その向こうにいる自分自身を褒めてくれたのだと、留美は語った。

「あんな真似、私にはできない」

留美の眼差しが遠くなる。

「だから北野さんは、人と人の才能を結びつける、プロデューサーの仕事ができたんだろうね」

北野咲子だけではない。小笠原麗羅にも、砂原江見にも、彼女たちだけの着眼点があったと、留美は静かに言うのだった。

「私は、昔から皆がやってきたことが、いいことだと思ってたから」

世間の物差しでしか物事を推し量れない自分と、彼女たちは違うと。

「そんなの……」

由紀子の喉が詰まった。

独自の観点なんかがそうそう罷り通るほど、世の中は甘くない。

小笠原麗羅は所詮、資産家の父親の会社を継いだだけだし、北野咲子だって、結局は息子のためにキャリアを捨てた。あてずっぽうの砂原江見も、とても成功するとは思えない。

正論のはずなのに、どういうわけか声に出せない。

「でもね、私にもできることが一つだけあるの」

逡巡する由紀子の前で、留美がにっこりと笑みを浮かべた。

「観客になることよ」

彼女たちのように、コンテンツは作れない。だけど、それを見ることならできる。

観客――。

その言葉に、由紀子は複雑な気分になった。

曲がりなりにも長年宣伝にかかわってきたのに、由紀子はその人たちのことを心から本気で考えたことがあっただろうか。

それ以上に、社内の〝やいのやいの言うえらい人たち〟のお眼鏡にかなうことに必死だった。

「観客がいなければ、どんな企画だって、成り立たないでしょ。ある意味、観客が一番強いんだよ。だから、最終的には私の勝ちね」

いたずらっぽく目配せして、留美は何杯目か分からない赤ワインを一息に飲み干した。

「『サザンクロス』は、私が見ても、いい映画だと思うし。由紀子ちゃんも、なんだかんだで、イベントには参加するんでしょう?」

ぎこちなく頷く由紀子に、留美が微笑みかける。

「じゃあ、また、会場で会おうね。私、必ず見にいくから」

黙り込んでしまった由紀子の手を、留美は軽く握った。

「そろそろ、いこうか」

伝票を取り、留美が栗色の髪を揺らして立ち上がる。

ずるい。

皆、自分を置いていく。江見はもちろん、令奈や成平までも。どうせ、失敗するだけなのに。

ずるい。ずるい。ずるい。

自分の勝ちだと軽やかに言い放った留美の後ろ姿を見つめながら、呪詛(じゅそ)のように唱えずにいられない。

しかしなぜ、こんなふうに思い詰めてしまうのだろう。

それは、私が本当は、この檻を誰よりも窮屈に感じているから――。

自分でも気づかなかった真意が突如露(あらわ)になり、全身から力が抜ける。

まさか、そんな。

違う。私は正義。最後に笑うのは、誰よりも勝つのはこの私。

何度も心に繰り返しながら、由紀子はどうしても立ち上がることができなかった。

閉幕　時をかける我ら

かつての文化会館跡地に複合商業施設が開業してから随分経つが、イベントホールはロビーも控え室も化粧室も、まだ真新しい。

白く輝く床を太いヒールでガツガツと踏みながら、砂原江見は窓の外を眺めた。暗い夜空に、建設途中の高層ビルに取りつけられたクレーンが、赤や白の航空障害灯を点滅させている。

渋谷の駅前の景観も大分変わった。

この一帯は、都市再生特別措置法で緊急整備地域に指定されているんだっけ――。

深夜まで営業していたＣＤショップや、ライブハウスや、ミニシアターを拠点に、若者文化を発信し続けてきた街は、今後どうなっていくのだろう。

個人の嗜好は際限なく多様化し、ミニシアターブームのようなムーブメントは今後起きない気もする。そのくせ、ネットやＳＮＳを通じて顔も知らない他人とつながろうとする不器用な欲望だけは、どんどん膨らんでいく。どう整備してみても、どこかで収まりがつかなくなるのは、街も人の心も同じかもしれない。

江見は窓から視線を外した。

この日、四月から半年以上かけて準備を進めてきた「さよなら銀活、九〇年代トリビュート」企画が初日を迎えた。

やってやる――。

思えば、「令和」という新元号が発表された当日の夜に、突発的にそう思い立ったのだ。

新元号の発表に沸き立つ人たちを見たとき、心に浮かんだのは、〝和して命令を受ける〟という情景だった。その晩、持ち前の反発心がむくむくと湧いてきた。

改元も、会社の身売りも関係ない。現場からの企画を立ち上げてみせる。

会社が新体制に移行する過渡期の今なら、実現可能だと考えた。

「さよなら」と謳うその企画が、まさか本当に自分の最後の仕事になろうとは、あのときは思ってもみなかった。

裏動線を通り、江見はロビーに向かう。

昼の興行は、無事、盛況のうちに幕を閉じることができた。

「さよなら銀活」というキャッチフレーズに愛惜を感じ、集まってくれた観客が多かったようだ。終わりが見えているものに対し、人は往々にして寛大になる。

現在はネット予約が主流のため、事前にある程度の集客は読めているが、それでも興行初日はやはり緊張を覚えた。開場一時間前に会場に入り、観客たちを待つときのなんとも言えない心持ちは、興行に一度でも携わったことのある人間なら、誰もが等しく経験しているに違いない。

スーツのポケットからスマートフォンを取り出し、江見は時刻を確認した。

この後、二十一時からイベントの目玉であるカジノヒデキトークショーと『サザンクロス』の特別レイトショーが始まる。感傷に浸っている場合ではない。

本番はこれからだ。

会場の最終チェックを怠らないよう、江見は軽く深呼吸する。

ロビーに入ると、野毛由紀子が入口の一角にマスコミ受付のテーブルを用意していた。

「お疲れ様です」

声をかければ、こちらを一瞥された。

今回のイベントはあくまで観客メインで進めているため、特にマスコミは呼んでいない。それでも、ゲストのカジノヒデキ関連で、いくつか取材が入った。「さよなら銀活」に反応しているメディアもあるようだ。

「まだ時間がありますので、レイトの開場まで、野毛さんも控え室で休んでください」

一応、気を使ったつもりだったのだが、「いえ」とすげなく首を横に振られる。

「早めにくる媒体があるかもしれませんので、私はここにいます」

視線を合わせることなく答えると、由紀子はマスコミ受付の後ろのパイプ椅子にどさりと腰を下ろした。それが当然でしょ、という言外の声が響く。

もっと端的に言えば、〃お前の指示など聞けるか〃かもしれない。

「一人で大丈夫ですか」

「問題ありません」

つんとした険阻な横顔に、内心ひやりとする。本当は、もう一人スタッフを配置したほうがいいようにも思ったが、こうもピリピリされていたのでは、迂闊に誰かを向かわせるわけにもいかない。

今回は、やれラインはどうした、やれ照明はどうしたと、注文のうるさいワイドショー班を呼んでいないので、それほど面倒なことにはならないはずだ。この場は、由紀子に任せておいて問題ないだろう。

「では、お願いします」

「砂原さん」

ところが、いざ受付の前を通り過ぎようとすると、顔を背けていたはずの由紀子から、いきなり声をかけられた。

「なに？」

「お時間あるようでしたら、少しお話をお伺いしたいんですけど」

パイプ椅子から立ち上がり、由紀子が近づいてきた。

咄嗟に、嫌だな、と思ってしまう。

先日、早期退職に手をあげていることを知られたとき、次はどうするのかと矢継ぎ早に問い詰められて啞然とした。

いつも誰かと徒党を組んで、こちらの様子を陰からじっとりと窺っている。そんなイメージしかなかった由紀子が、突如、たった一人で切り込んできた。

次のことはまだなにも決まっていないと伝えても、嘘だ嘘だと食い下がられた。

本当のことを教えろと、鬼気迫るほど真剣な表情で詰め寄られて、つい、ぽろりと口からこぼれ落ちた。

なにか、書いてみようかと思って――。

実のところ、その言葉に一番驚いたのは、江見自身だ。

会社を辞めようと決めたとき、次のことは本当になにも考えていなかった。ただ、三人の後輩たちが自主的にどんどん宣材を作ったり、タイアップを決めたり、SNSを使って情報を発信したりしているのを見たとき、ふっと、もうここに自分がいる必要はないと感じた。

その途端、どこかへ飛び出したくて、たまらなくなった。

二十年間、自分はよくやった。

ミニシアターブームが終わり、本当に届けたいと思える作品がなくなってからも、ワイドショー向けのテンプレ宣伝をいくつもこなし、DVD宣伝チームに異動してからはアイドルイベントも随分やった。

だから、もう、卒業だ。

四十半ばを過ぎた自分は、既に人生の折り返し地点にいる。恐らくこれは、無鉄砲が許される最後のチャンスだ。

そう気づいた瞬間、銀活から卒業するために、自分は企画を立ち上げたのだと初めて悟った。

「砂原さんって、もともとなにか書かれてたんですか」

ああ、やっぱりその話か――。

俄然きまりが悪くなる。なぜ由紀子にあんなことを告げてしまったのか、江見自身が一番よく分からないのだ。

「……昔は書いてたよ。プレスシートとか、チラシとか。私が銀活に入った頃は、パンフレットの原稿も宣伝担当のスタッフが書くのが普通だったから」

「それじゃ、映画ライターになるんですか」

「どうかなぁ……」

「もう、出版社や編集プロダクションに、当たりをつけてるんですよね？」

「いや、そんなことはまったくないよ」

どう答えても、疑わしげな由紀子を納得させることはできないだろう。自分ですら、不可解なのだから。

「マーベラスTVにいくのが嫌なんですか」

嫌だ、ということはない。ただ、違う、とは思う。

それは、自分のいくべき道ではない。そこに、自分の届けたい物語があるとは思えない。

ただし、この感覚をうまく説明できる気がしなかった。

「なんで、野毛さんは、そんなことを気にするの？」

江見は思わず溜め息をついた。

損得勘定の高い由紀子が、どうしてこんなことにいつまでも固執するのだろう。自分の行く末を聞いたところで、彼女にとっては一文の得にもならないはずだ。

「理解できないからですよ」

苦虫をかみつぶしたような表情で、由紀子が吐き捨てる。

「なんで砂原さんって、いっつも淡々として、そんなに自信満々なんですか。成功する自信があるから、役職つきの正社員待遇を平気で投げ出せるんですよね？」

「そんな自信、どこにもないって」

「じゃあ、逃げるんですね」

「そう思いたいなら、思ってもらって構わないよ」

江見はうんざりして背を向けかけた。

「待ってください！」

背後から必死な声が追ってくる。

「野毛さんがなにを聞きたいのか、私には分からないよ」

「〝自分のために働く〟って、なんですか」

「え……？」

急に質問の方向が変わり、江見は一瞬絶句した。

「私が宣伝に異動したとき、砂原さん、すごく冷たい態度で言ったんです。〝自分のために働いてよ〟って。でも、私、それがどういうことなのか今でも理解できません。私はこれまでずっと、会社に求められるように働いてきました。それが、会社員の正しい姿だと思ったから」

それはそれで正解に違いない。だからこそ、由紀子は江見に代わって映画宣伝チームの長になったのだろう。

「私には、砂原さんみたいに、当てもなく動けるような自信がありません。外堀を埋めて、根回しをして、石橋も散々たたいたのに、これから先が、怖くて、怖くて仕方ありません」

由紀子が微かに震えていることに気づき、江見は驚く。

「ちょっと、待って。それじゃあ反対に聞くけれど、野毛さんは、どうしてそんなに自分に自信がないの？　野毛さん、ちゃんと優秀じゃない」

「嘘……」

「嘘じゃないってば。野毛さん、仕事できるじゃないの」

それは、江見の正直な気持ちだった。

由紀子はあらゆる面において几帳面(きちょうめん)だし、縄張り意識が強い分、請け負った仕事は最後まできちんとやり遂げる。

その意味では、江見は由紀子を信頼していた。うっかりミスの多い若林令奈(わかばやしれいな)より、余程安心感があった。

「野毛さんが副チーム長のときから、私は頼りに思ってたよ」

「やめてくださいっ」

途端に、ロビーに大声が響き渡る。

眼の前の由紀子が、見る見るうちに耳の先まで茹蛸のように真っ赤になった。

「そ、そんな話が聞きたかったんじゃありません。もう、結構です！」

一方的に吐き捨てるなり、由紀子はぷいと顔を背ける。

江見は内心嘆息した。

かねてより嫌われていることは自覚していたが、以前はもう少し、取り繕うようなところがあったと思うのだが。

「それじゃ、ここはお願いします」

江見は逃げるように上映会場のチェックに向かおうとした。

「ちょっと待ってください」

再び声をかけられ、さすがに辟易とする。

「もう、時間がないから……」

適当にあしらおうとすると、由紀子がおもむろに自分の鞄をあけ、中から紙包みを取り出してきた。

「これ、差し上げます」

まだ真っ赤な顔の由紀子が、紙包みを差し出す。

「本当は、私の夜食のつもりだったんですけど」

「だったら、自分で食べたほうがいいよ」

「いえ、差し上げます。最後ですから」

無理やり紙包みを押しつけると、由紀子はこれまでにないほど真っ直ぐに江見を見た。

「お餞別(せんべつ)の代わりです。この先、こうして二人きりでお話しすることもないと思いますので。どうかお元気で。さようなら」

そして吹っ切れたような表情で、マスコミ受付のテーブルに戻っていった。

「あ、ありがとう」

一応、礼を述べたが反応はない。もう、こちらを見るつもりもない様子だった。なんだかよく分からないが、とりあえず気が済んだということかもしれない。

一つ息を吐き、江見は紙包みを持ったまま、上映会場の重い扉を押し開いた。

試写会やイベント上映会などにもよく利用されている会場は、段差もあって常設館と比べても見劣りがしない。誰もいない客席を見渡し、ゴミなどが落ちていないことを確認した。

会場の収容人数は二百名ほどだが、アート系映画の上映にはちょうどいい。トークショーを行う舞台が少々手狭なものの、客席が近い分、アーティストのファンたちは間近に話が聞けるのでむしろ嬉しいだろう。

場内には、カジノヒデキが歌う今回のイベントのイメージソングが流れている。明るく爽やかで、きらきらと輝くようなサウンドだ。

大きな震災やカルト宗教のテロがあった九〇年代は、多くの人たちにとって、暗黒の時代に違いない。事実、著名な芸術総合誌が猟奇的なエログロを特集したり、自殺の方法を詳らかに解説した本がミリオンセラーを記録したりと、暗い一面もあった。

一方、洋の東西を問わず、多くの新人監督たちが活躍したミニシアターブームは、青臭い若さの肯定だったと今の江見には思われる。未熟さや、幼さや、そこから派生する刹那的な激情を、同世代の監督が制作した映画たちは「それでよし」と雄弁に語ってくれていた。

青春の明るい面だけを見る覚悟はあるか、と、カジノヒデキの軽やかな歌声が問うてくる。

パイプ椅子が置かれた舞台を、江見はじっと見つめた。二十年前の晩が、甦ってくるようだった。

我に返り、スマートフォンで時刻を確認する。由紀子と問答していたせいで、思いのほか時間が経っていた。江見は急いで上映会場の外に出た。

「STAFF ONLY」と書かれた鉄扉をあけ、控え室へ向かう。照明の暗い裏動線を歩いていると、由紀子から押しつけられた紙包みが気にかかった。

こんなところで、餞別をもらってもな……。

立ちどまって包みをあけた瞬間、真っ赤な生肉のようなものが出てきて、ぎょっとした。

江見は茫然と、包みの中身を眺める。

ビーフジャーキー？

自分の夜食用だと言っていたけれど、なぜ由紀子は突然、こんなものを自分にくれたのだろう。

理解に苦しむ。

由紀子が自分を「理解できない」と言ったように、江見もまた、由紀子を理解することができない。要するに相性の問題だ。たとえ相性が悪くても、一緒に仕事をしなければならないのが、会社という組織の厄介なところだ。

自分のために働け――。

以前、自分は由紀子にそんなことを告げていたらしい。正直に言うと、江見はそのこと自体を覚えていなかった。それに、いつも〝我こそは正義〟といった風情で社内パトロールに精を出していた由紀子が、あんなふうに心に不安を抱えていたとは、想像もしていなかった。

微かに震えていた由紀子の様子を思い返し、江見は瞑目する。

自分のために働く――。江見にとっては至極当たり前の言動が、ほかの誰かをあんなにも脅(おびや)かす可能性があることに、まったく思いが及ばなかった。

江見はずっと由紀子が苦手だったが、由紀子は由紀子で、こういう江見の鈍感さに苦しめられていたに違いない。お互い、ご苦労だったことだ。

今後二人で会うことはないだろうが、元気で。

それはきっと、由紀子が初めて自分に向けて発してくれた、含みや飾りのない言葉だろう。

あなたも、お元気で。

私たちはやっと、相容れない相手から解放されるのだ。

ビーフジャーキーを丁寧に包み直し、江見は再び歩き出した。

今夜のトークショーの段取りは、ＤＶＤ宣伝チームの三人の後輩たちが中心となって行う。場内整理とメディア対応は若林令奈、物販は美濃部成平、ゲストのアテンドと、トークショーの録画は前村譲がそれぞれ受け持つことになっていた。

ふと、早期退職をすると打ち明けたときの、チームの面々の様子を思い出す。

成平は「えーっ」と眼を見開き、単純に驚いていた。譲はぴくりと眉を動かしただけで、ほとんど無反応だった。

一番激しい反応を示したのは、令奈だ。

〝無理です。突然そんなこと言われても、受けとめられませんっ！〟

半分べそをかく令奈に、猛反発されてしまった。

〝やっとこうやって、うちのチームでも大きなイベントができるようになったんです。私はこれからも、砂原チーム長にいろいろ教わるつもりでいたんですよ〟

同僚の男性二人が引き気味になるほど、令奈は大声で抗議してきた。あそこまで反発されるとは思っていなかったが、突然の退職は、裏切り行為と受け取られても仕方がないのかもしれない。

以来、三人の後輩たちにはできるだけ淡々と接するように努めてきた。最初、令奈は拗ねたような態度をとっていたものの、ここへきて、また少し反応が変わってきた気がする。

それもまた、いささか奇妙ではあるのだけれど……。

江見は小さく首をひねりながら、廊下の角を曲がった。

控え室からは、にぎやかな笑い声が響いてくる。ストッパーで開放されたドアから顔をのぞかせれば、ヘルプできているDVD営業チームのスタッフたちに、令奈が焼き菓子を配っているところだった。

「あ、砂原チーム長」

令奈が振り向く。その明るい表情に屈託は微塵もなく、少々身構えていた江見のほうが拍子抜けしてしまう。

「小笠原さんから差し入れいただきました！」

嬉しそうに、令奈が焼き菓子を掲げる。

トリビュート企画の冠スポンサーとなってくれた「ヒュッゲ」の代表、小笠原麗羅が会場入りしたようだ。

「レイさん……小笠原さんは？」

「美濃部さんと一緒に、物販コーナーにいってます。出版社の方々も先ほど入られました」

「前村君は、もうカフェにいったの？」

「はい」

譲は階下のカフェで、今夜のゲストを迎えることになっている。

「あと、これ」

控え室の隅に積んである段ボールを、令奈は指さした。

「レイトショーの入場者に配るプレゼント用のサンプルです」

段ボールを開くと、甘く華やかな芳香が控え室に漂う。矢車草がプリントされたおしゃれなティーバッグと、美味しそうなフロランタンのセットが、綺麗にそろえられていた。

「葡萄の香油と矢車草をブレンドした、『ヒュッゲ』の新作紅茶だそうです。余ったら、私も欲しいなぁ。パッケージもとってもすてき」

ティーバッグのデザインを、令奈がうっとりと眺める。

「サンプル配布、よろしくお願いしますね」

江見はＤＶＤ営業チームの面々に向き直った。

「砂原さん、『ヒュッゲ』の社長って、どえらい美人じゃないすか」

ＤＶＤ営業チーム制作班の伊藤が、素っ頓狂な声をあげた。

「あんな綺麗な女性が銀活にいたなんて、信じられないっす。まじで神かと思いましたよ」

営業チーム最若手の伊藤は、とかく世の中を、神か屑かに二分したがる。

「『ヒュッゲ』の菓子、超美味いし。これもあの社長さんがレシピ考えてるんですよね。天が二物を与えないなんて大嘘だな。俺もあの社長さんと、物販やりたいっす」

「俺も、俺も」

伊藤に呼応し、他の営業たちがはしゃぎ始めた。

「差し入れ食べ終わったら、各自ちゃんと持ち場についてね」

江見は表情を引き締めて、その場を収めにかかる。

第一ウインドウと呼ばれる映画部門に比べ、二次使用のパッケージ部門であるビデオグラム事業グループのスタッフには、よく言えばおおらか、悪く言えば緊張感の足りないタイプが多い。かつての映画宣伝チームのようにぎすぎすされるのも困りものだが、和気藹々（あいあい）としすぎて初日からポカをされるわけにもいかない。

令奈と客席の予約状況の最終確認をしていると、江見のポケットのスマートフォンが震えた。譲からのメッセージが着信している。

階下のカフェに、今日のゲストのカジノヒデキと北野咲子（きたのさきこ）が到着したらしい。

今頃、譲がカフェで、二人にこれからの段取りの説明を始めているところだろう。

「そろそろお客さんも、並び始めてるかもしれないね。場内整理、お願いできる？　私はレイさんと版元さんにあいさつしてくるから」

「はいっ」

令奈が強く頷いた。

「砂原チーム長」

連れ立って控え室を出た途端、傍らから声をかけられる。令奈が神妙な表情でこちらを見ていた。

「先日は、すみませんでした。私、つい、取り乱してしまって」

令奈が深々と頭を下げる。

「現場に迷惑をかけるのは事実だから。令ちゃんが怒るのも当然だよ」

「いえ！」

　突然、令奈が江見の手を取った。

「私、ちっとも砂原さんのお考えに思いが及ばなくて」

　感極まったように見つめられ、少々まごつく。〝お考え〟とは——？

「ええと、それはどういう……」

「砂原さん！」

　令奈が両手で、江見の手を握り締めた。

「砂原チーム長が早期退職されるのって、私たち、ＤＶＤ宣伝チームの行く末を護るためなんですよねっ」

　は——？

　あまりのことに、江見はぽかんと口をあける。

「私、指摘されるまで、ちっとも気づきませんでした。そのために、最後に全員が実績を積めるこんな場まで設けていただいて……」

「ちょっと、令ちゃん！　ちょっと、ちょっと、待って」

　江見は慌てて令奈の手をほどいた。

「誰がそんなことを指摘したの？　ものすごい誤解なんだけど。私は勝手に辞めるだけだよ」

「砂原チーム長ならフリーになっても、どこでも仕事できますものね」

「そんなわけないって。とにかく、誰がなにを言ったのか知らないけれど、辞めるのは、あくまで私の都合でしかないから」

「分かっています。もうなにもおっしゃらないでください」

「いや、だからね……」

「大丈夫です。今回のイベントも、最後まできちんと務めて、砂原さんに安心していただこうと思っています」

令奈はきりりと表情を引き締める。

「場内整理と、トークショー後のマスコミ対応は私に任せてください」

「……うん、じゃあ、まあ、よろしくね……」

張り切ってロビーに向かっていく令奈の後ろ姿を、江見はぼんやりと見送ることしかできなかった。

由紀子の「これからどうする」攻撃のダメージもそこそこ大きかったが、令奈の純真すぎる勘違いも地味にきつい。

しかし、一番問題なのは――。

こんなバカげた話を、誰が令奈に吹き込んだのか、だ。

裏動線をたどって物販コーナーに着くと、成平が明らかに浮き浮きした様子で、麗羅と一緒に「ヒュッゲ」の商品をテーブルに並べていた。

「レイさん、お忙しい中、ありがとうございます。差し入れまでいただいてしまい、すみません。スタッフも皆、とても喜んでいます」

頭を下げた江見に、麗羅が艶やかな笑みを浮かべる。

「こちらこそ、いい感じにディスプレイしてもらって、助かってます。アプリのダウンロード数も伸びてるし、アンケートも初日からかなり集まってきてるし」

「ヒュッゲ」のロゴとアプリのQRコードを配したポスターや棚の飾りつけは、すべて成平が担当した。その旨を麗羅に告げれば、成平が色白の顔を耳の先まで赤くする。

これだけの美女に褒められると、普段は醒めているへーセー君でも嬉しいらしい。

仕立てのいいアイボリーのスーツをまとった長身の麗羅は、大ぶりの百合の花のようだ。女性ファッション誌にもたびたび登場する「ヒュッゲ」の代表自らが売り場に立つとあっては、物販の売り上げもおおいに期待できるだろう。

隣のテーブルの出版社の営業たちも、華麗なCEOにすっかり見惚れている。

「今日はよろしくお願いします」

江見のあいさつに、サイン入りの新刊を手にした彼らはようやく我に返ったような顔になった。

「砂原チーム長、監督のサイン本、昼の興行でも結構出ましたよ」

成平が得意そうに報告してくる。

「おかげさまで、初日に全部はけちゃいそうです。もう少し、強気に用意してくればよかったなぁ」

出版社の人たちが満足そうにしているので、江見は内心ほっと胸を撫で下ろした。

最後の仕事は、今のところ滞りなく進んでいる。

「開場まであと三十分です。皆さん、よろしくお願いします」

江見は全員に会釈してその場を離れた。

トークショーゲストが控え室に入るまでには、まだ少し間がある。広いロビーを歩いていると、暇そうに窓の外を眺めている男の姿が眼に入った。

皆がそれぞれの任務に邁進しているとき、こんなところで油を売っていられるのは、一人しかいない。

「葉山グループ長」

近づいて、一段声を低くした。

「私の早期退職について、若林さんにいい加減なこと吹き込むの、やめてくれませんか」

「あれ？　もう、ばれたの？」

思い切りにらんだのに、葉山学はいけしゃあしゃあと振り返った。ごまかすつもりもないのかと、江見はあきれた気分になる。

先刻の令奈とのやり取りを大まかに告げれば、学は腹を抱えて大笑いした。

「笑いごとじゃないんですけど」

「いやいや、俺はそこまで言ってないって」

息も絶え絶えに笑いながら、学は悪びれた様子もなく続ける。

「ただ、無駄に基本給の高い老兵が退けば、働き盛りの若手が契約解除されることもないのにねって、世間話をしただけだよ。そこから先は、若林ちゃんの勝手な妄想だ」

江見はぐっと言葉に詰まった。

それでは私は、〝無駄に基本給の高い老兵〟か――。

「しかし、いいねぇ、あの子のピュアハラ」

失礼な物言いにムッとしていたのだが、次に学が口にした台詞に、不覚にも噴き出しそうになる。

ピュアハラ。老兵も酷いが、こちらも随分酷い言い草だ。

「別にいいじゃない。砂原ちゃん、俺たちを置いて、勝手に出ていくんだから」

「だったら、そう責められたほうがましですよ」

「それじゃ面白くないもの」

学が片眉を吊り上げる。

「正攻法の攻めには、あなた、打たれ強いでしょ」

江見は啞然と見返した。

この男、やっぱり、相当の曲者(くせもの)だ。

「それに、結果オーライじゃない。〝置いていかれる〟って不安がってべそかいてた若林ちゃんが、〝砂原チーム長の意志は私が継ぎます〟って、前を向いて張り切ってるんだし」

「だから……」

自分には誰かに継いでもらわなければならないような意志などないし、あるとすればそれは、令奈自身のものであるはずだ。

「勘違いだろうとなんだろうと、俺はそれでいいと思うよ」

学が少し真面目な顔になる。

「ああいう純粋ないい子が、いい子のまま、張り切って働けるのが、新しい世の中ってもんでしょうよ。全員が全員、無理してずる賢い大人になる必要なんてないんだから」

その言葉に、江見は口を閉じた。

昼の興行で、上映会場の一番後ろに立って眺めたエンドロールを思い出す。

実際に現場で汗を流した咲子や自分の前には、必ず男性上司の名前がクレジットされていた。一度も現場にきたことのない上司がトップにクレジットされることを、なぜか当時は疑問に思うことがなかった。

女性の部下を自由に働かせてやっている――。

男性上司たちの間にも、そうした意識が明確にあったようだ。

それと同じく、頑張りなさい、自由にやりなさいと、最初は寛大に振る舞いながら、やがて若手の実績が伴ってくると、〝調子に乗っている〟〝勘違いしている〟と、古株が目くじらを立て始める文化も、男性社会には深く根づいている。

だが、長年同じ会社で働いていながら、この人が率先してそんなことをしたのを見たことがない。葉山学は確かになにもしないけれど、部下の頭をたたくのを仕事にすることもまたしようとはしなかった。

ビデオグラム事業グループのスタッフたちが概ねおおらかなのは、きっとそのせいだ。

「葉山グループ長、ありがとうございました」

気づくと江見は、素直に頭を下げていた。

最後にこのイベントを成立させられたおかげで、自分にとっての区切りに気づくことができた。

「やめてよ」

学が大きく首を横に振る。

「なにを思ってるか知らないけど、俺はこのイベントが失敗したら、全部砂原ちゃんのせいにするつもりでいたからね」

腕組みをして、学は身を乗り出した。

「あと、まあ、個人的な下心もあったかな」

「下心？」

「楽日(らくび)のトークショーのゲスト、宮野摩子(みやのまこ)さんに花束を渡す役は俺にして」

「もちろん、いいですけど……」

還暦を過ぎた宮野摩子は、相変わらずスタイル抜群でおしゃれで美しい。

「やりぃ」

ぱちんと指をはじいてから、学はわざとらしく渋面(じゅうめん)に戻る。

「それはともかく、ビデオグラム事業グループとしては、このあとが勝負なのよ。イベントはタイアップやらトークショーやらで、そこそこかっこがついたけど、これ、あくまでも販促上映だからね。廉価版ＤＶＤとブルーレイが売れてくれなきゃ、意味なんてないのよ。だからさ、この先、砂原ちゃんがいなくなったあとにも、ＤＶＤ宣伝チームの皆さんには、勘違いでもなんでもいいから、しっかり働いてもらわないと、この俺が困っちゃうわけ」

　まくし立てていた学の口調がふいによどんだ。

「げ」

　小さく呟き、くるりと窓に向き直る。

「なにが、げ、よ」

　耳ざとく聞き取りながら、麗羅がピンヒールの音を響かせて近づいてきた。

「冠スポンサーから逃げてんじゃないわよ、葉山」

「いやあ、この度は結構なタイアップをいただき、誠にありがとうございます。相変わらず、五十過ぎとは思えない化け物じみたお美しさですねぇ」

　嫌みな調子で持ち上げながら、「若い女の生き血でも啜ってるとしか思えないね」と、学は小声で吐き捨てる。

「黙って聞いてれば、相変わらず人任せだね、マナバヌ」

「嫌だなぁ、俺、このイベントの総責任者なのよ。それに、部下の前でマナバヌはやめて。俺、グループ長だから。悪いけど、えらいの。課長どまりだった誰かさんと違って」

「あんたみたいなのがグループ長やってるから、銀活、潰れるんでしょ」

「潰れませんよ、社名がなくなるだけで。営業譲渡ですから」

丁々発止（ちょうちょうはっし）と言い合う二人を前に、あれだけ特別扱いされていたように見える麗羅ですら、課長どまりだったのだと江見は改めて気づかされた。麗羅は途中で依願退職しているが、たとえ残っていたとしても、現在の体制の社内で部長職に当たるグループ長につけたとは思えない。

営業譲渡後、旧銀活勢から初の女性グループ長職が誕生するなら、それは恐らく、〝会社が求めるように働く〟野毛由紀子が第一号になるのかもしれない。

「せいぜい、譲渡先での肩たたきに気をつけることね」

「ご心配なく。定年まで、しっかり逃げ切ってみせますって」

二人はまだ言い合っている。

「なにせ、これからはビューティフルハーモニーの時代ですから。俺みたいに柔軟性のある人材がますます重宝がられるの。来年はオリンピックイヤーだし、社名なんかなくなったって、未来は薔薇色だよ。ねえ、砂原ちゃん」

学の呼びかけに、江見は無言で肩をすくめた。

「そんなわけで、総責任者の俺は忙しいから、煙草吸ってくる」

言うなり学はそそくさと去っていく。

「やっぱ駄目だわ、あいつ」

麗羅も肩をすくめた。

学がいなくなると急に辺りが静かになり、ロビーの奥からざわざわとした気配が漂ってきた。レイトショー待ちの観客が、エントランスに並び始めているらしい。

「江見ちゃん、早期退職するんだってね」

麗羅の言葉に、江見はハッと顔を上げる。

「すみません、イベントが終わったら、きちんとご報告するつもりだったんですが……」

成平の奴――。

浮かれついでに余計なことまで喋っているヘーセー君の様子を思い描き、江見は微かに眉を顰(ひそ)めた。

「次、決まってるの?」

「いえ、なにも」

正直に答えれば、「そう」と麗羅はショートボブの髪を揺らした。陶器のように滑らかな肌に、艶のある黒髪がぱらりとこぼれる。本当に綺麗な人だ。宿命の女(ファムファタル)を演じる、フランス映画の女優のように。

「実はね、咲ちゃんと一緒に、会社を立ち上げようかと思ってるの」

美貌に見惚れていた江見は、はたと我に返る。

「おかげさまで『ヒュッゲ』も本業も順調だから、法人税対策に、弊社も文化事業に手を出してみようかと思って……」

麗羅が長い両腕を組んだ。

「こんなふうに考えるようになったのは、江見ちゃんのおかげなんだよね」

「え……」

「今回のイベントの件でね、江見ちゃんや監督とやり取りしてたら、結構違和感なく動けることに気づいちゃった。銀活を辞めてから、もう十年経ってるんだけど、意外にインターバルないんだなぁって。それに……」

麗羅の口調がふっと変わる。

「無理してCSR活動するより、そのほうがずっと私らしいしね」

呟くように言ってから、視線を上げた。

「制作プロダクションを作るのはさすがに荷が重いけど、外国映画の買いつけや、それに準じた投資(インベスト)なら、そここそやれるんじゃないかなって思ってるの」

「それは、すてきですね」

銀都活劇の買いつけ路線を変えた人。今回の特集上映でかかる映画のほとんどが、麗羅が海外渉外を務めた作品だ。映画会社を離れても、麗羅はずっとバイヤーとして活躍してきたのだ。勘が鈍っていることなどありえない。

加えて北野咲子は、多くの才能を見出してきた目利きだ。咲子が招聘した若手監督が、後(のち)に国際映画祭の大きな賞を取ることも少なくなかった。

一人息子の受験のためにキャリアを捨てたと思っていた咲子が復帰を考えていると知り、江見はなんだか嬉しくなる。

「本格的に動くのは、咲ちゃんの息子さんの受験が終わって落ち着いたあとだから、来年の夏以降になると思うけどね」

麗羅が江見を見つめる。

「子どもの受験なんて、別に一生続くようなものじゃないのよ」

「はい」

たとえ途切れたように見えても、歩き出しさえすれば、道は新しくできるに違いない。

「先が決まってないなら、江見ちゃんも、一緒にやってみない？」

さらりと続けられ、言葉を呑み込んだ。

「最初のうちは、たいしたお給料も出せないけど……」

「いえ」

江見は麗羅の申し出を遮る。

「ありがたいお話ですけど、次は、少し違うことをやろうと思っています」

思った以上にしっかりとした声が出た。

「そう。分かった」

再びショートボブの髪を揺らし、麗羅があっさりと頷く。ほかの人たちのように、それ以上の詮索をしようとはしなかった。

「でも気が変わったら、連絡ちょうだい。いつでも歓迎するから」

「ありがとうございます」

頭を上げたときには、麗羅は既に踵を返していた。相変わらず、判断が早く無駄がない。背筋を伸ばして去っていく後ろ姿を、江見はじっと見送った。

スーツのポケットのスマートフォンが震える。開場十五分前。

譲がゲストと共に、控え室へ入ったようだ。江見はエントランスに足を向けた。

満席の場内に和やかな笑い声が響く。

「僕は、九〇年代っていうのは、宝探しの時代だったって思っているんです」

ボーダーのシャツに、春の空のような薄い水色のスーツ。ただし、パンツは宮廷用礼服を思わせるひざ丈の半ズボン。

山高のストローキャップをおしゃれにかぶったカジノヒデキが、グレーのスーツを着た北野咲子と向かい合って話している。

「音楽とファッションと映画が、ほとんど境目なくつながっているように感じていました。深夜までやっているレコードショップにいって、ヨーロッパ映画のアナログ盤サントラコーナーから、とにかくアタリを探すんです。それがものすごく楽しかった。もちろん、ハズレもありますよ。でも、そこにお金を使うのに、もったいないっていう気持ちはまったくなかったです。ミュージシャン仲間と競い合うようにいい曲を見つけて、そのエッセンスを自分の曲にもフレーバーとして取り入れてみたり……」

上映会場の最後方で、江見はトークショーを見ていた。

ている。

九〇年代の末。あの晩と同じように、スクリーンの前のパイプ椅子に、二人が並んで座っている。

また、潮目がきたのだ。

二十年前とそれほど変わっていない二人の姿を、江見は眼に焼きつける。

江見の隣では、前村譲がトークショーの様子をムービーカメラで撮影していた。デジタルリマスターDVDの特典映像として使用するためだ。真っ黒なマスクの上の眼を眇めて、譲は真剣にファインダーを覗いている。

恐らく譲は、編集まで自分でやるつもりでいるのだろう。上長の葉山学は、それを評価することもしない代わりに、邪魔をすることもしないに違いない。

無関心なマナバヌ氏の下で、譲も令奈も成平も、それぞれのスキルを磨いていければいいと、江見は思う。万一、この先、譲渡先の会社で理不尽なことが起きたとしても、サバイブしていける自信を培えるように。

搾取でもなく、強要でもなく、自分自身のために経験を積んでいけるように。

「もともとカジノさんは、いつから映画に興味を持たれていたんですか」

咲子の柔らかい声が、マイクを通して場内に響く。

「子どもの頃から、家族や親戚と映画を見にいくことが多かったんです。でも、意識的にアート映画を見るようになったのは、高校生のとき。好きだったミュージシャンが、〝ゴダールがいい〟って言っていたのがきっかけだったと思います。ゴダールを初めて見たときは、今まで見てきた映画と全然違うぞって、興奮しました。音楽や色遣いがとにかく新しくて、ものすごくかっこよかった。内容は哲学的で結構難しいんですけど、当時は深く考えることなく、まずかっこいいって思えることが重要でした。そこでヌーヴェルヴァーグにはまって、フランス映画のオールナイトとか、随分通いましたね」

「オールナイト。あの時代は、結構多くの映画館でやってましたね」

「そう。一晩で六本くらい上映してる。さあ、見るぞ！　って、気合充分で臨むんだけど、大体途中で寝ちゃう」

場内に、さざ波のように笑い声が広がる。

トークショーに集まった客層は、思ったよりも若かった。当時を知っている世代より、九〇年代のポップカルチャーを再発見しにきている二十代や三十代が眼についた。

「僕の学生時代、ネットとかはなかったですから、情報は『ぴあ』や『シティロード』を熟読してました」

ここで共感の反応を示しているのは、当時を知っている人たちだ。

そう言えば、今日は親子できている人もいた。

江見は先ほどの入場時の出来事を思い返す。

開場時間に合わせてやってきた映画事業グループの仙道和也に、江見はロビーで捕まってしまった。次が決まっていないのなら早期退職を思いとどまれと、ここぞとばかりに説得してくる和也に、江見は手をこまねいた。

〝ほら、今回の上映だって、こんなにうまくいってるじゃないか。砂原君が映画宣伝に戻りたいって言うなら、俺が新役員を説得したっていいから……〟

由紀子の追及も、令奈の勘違いもきつかったが、和也のお節介も躱すのが大変だった。本気で江見のためを思っているらしいから、余計に厄介だ。

〝おい、葉山。直属の上司のお前もなんとか言えよ〟

近くで学がにやにやしているのも癪に障った。

だがそこに、「平成元年組」の額田留美たちが現れた。

〝仙道さぁん〟

和也を見るなり、留美が嬉しそうに甲高い声をあげた。

留美が和也を独占して話し始めてくれたおかげで、江見はようやく解放された。留美と一緒に会場に入ってきたのは、もう一人の「平成元年組」水島栄太郎だった。

留美よりも前に会社を辞めているこの人のことは、江見はまったく知らなかったが、現在は群馬のフィルムコミッションで、ご当地映画誘致の仕事をしているという。東京での所用のついでと話していたけれど、栄太郎は同じくフィルムコミッションで働いている娘と一緒に、上映会にきてくれていた。

栄太郎の娘は、令奈や譲と同世代の利発そうな女性だった。

〝『サザンクロス』の上映って聞いたら、鈴がどうしてもいくって言い出してさ〟と、栄太郎は娘を指さしてみせた。

〝この映画は、私の生涯ナンバーワンですからね〟

鈴と呼ばれた娘は、真面目な表情でそんなことを言っていた。

物販コーナーからやってきた麗羅も加わり、旧交を温めている彼らを眺めていると、やはり、同期の多い好景気の入社組は華やかな世代だと思う。

同世代の男女が共に働いている姿は活気があって気持ちがいい。後輩の令奈や譲や成平を見ていても、そう感じる。

男女雇用機会均等法が改正されて間もなく、〝女性総合職〟と呼ばれながら世の中に出た麗羅や咲子たちが、その道を拓いたのだ。

「あと、九〇年代っていうのは若い人たちが中心になって、三か月や半年で劇的にカルチャーを変えていった時代だとも思います。それを間近に体験できたことが、音楽家として生きていく上で、とても役に立っています」

カジノヒデキの言葉に、咲子が頷く。

「あの頃は、映画界でも若い監督たちが、次々に面白い新作を発表していました。世の中に、それだけの余裕があったのかもしれませんね」

「実は僕は二〇〇〇年の七月から〝カフェライブ〟をスタートさせていて、これ、ちゃんと確認したわけではないので定かではないんですけど、恐らく〝カフェライブ〟っていうのを日本で始めたのは、僕が第一号だったんじゃないかって思うんですね」

明るい表情で、カジノヒデキが場内を見回した。

「それって、映画のトークショーと地続きだったんじゃないかなって、今になって考えてるんです。九〇年代に入って、ミニシアターの映画のトークショーゲストに呼ばれることが多くなって、お客さんとの距離も結構近いんですけど、あれ？　なんか、楽しいし、これくらいの距離間でもライブやれるんじゃないの？　って……」

「そんなふうにつながっていたのであれば、私たち、当時の映画上映に携わってきたスタッフにとっても、光栄な限りです」

咲子が心から嬉しそうな笑みを浮かべる。

始終和やかな雰囲気のまま、約二十分間のトークショーは終了した。

このあと、控え室で囲み取材を行い、上映が終わればイベント初日の主な業務はほぼ完了となる。江見はムービーカメラを担いだ譲と連れ立ち、後方の扉からロビーに出た。

マスコミ関係者を控え室へ誘導し、トークショーを終えたばかりのカジノヒデキと咲子を迎えている令奈にバトンを渡す。

控え室は狭いので、囲み取材の仕切りは令奈に任せて、江見たちは廊下に出た。

「とりあえず、今のところ順調ですかね」

再びロビーに向かって歩いていると、背後から譲が声をかけてくる。

「初日は、上出来。あとは平日の集客がどうなるか……」

パッケージ部門としては、今後のＤＶＤの売り上げで勝負が決まると言われたことを思い出し、江見は微苦笑を浮かべた。学の意見はもっともだ。

どれだけ言い訳を並べたところで、自分が途中退席することに間違いはない。

「ごめんね。販促上映だけやって、結局、逃げるみたいにいなくなる形になっちゃって」

「別に」

間髪を容れずに、譲は首を横に振った。

「どの道、パッケージ部門のＤＶＤ事業グループは、毎月ラインナップそろえなきゃならないんです。制作がストップしてるから、売るものありませんとか、さすがに葉山グループ長だって販社に言えないでしょう。いずれにせよ過去作からなんか引っ張ってくるしかなかったんだから、評価の高い『サザンクロス』の廉価版を今出すのは正解ですよ。これだけ大掛かりな販促上映やれば、販社だって力を入れてくれるはずだし」

「ありがとう」

「謝罪とか、お礼とか言われたいわけじゃないですけど」

譲が軽く鼻を鳴らす。

「会社が早期退職しろって言ってきたのを、砂原チーム長は承諾した。それだけじゃないですか。責任感じることなんて、一つもないと思いますね。それをとやかく言う人がいるなら、早期退職を持ち出してきた役員会を相手取るか、自分も同じように早期退職すりゃいいだけの話でしょう」

どこまでも冷静な意見だ。

「砂原チーム長がいなくたって、俺たち、なんとかやっていきますよ」

受け入れられないと反発されるのも困りものだったが、これはこれで、なかなか寂しい。

「そうだね……。これからはビューティフルハーモニーの時代で、来年はオリンピックイヤーだし、未来は薔薇色だって、葉山グループ長も言ってたよ」

「はあ？」

マスクの形が変わるほど、譲が大きく顔をゆがめる。

「本気で言ってんのかよ。相変わらず、呑気なオッサンだなぁ」

その呑気なオッサンは、あなたの頭を打つようなまねはしない。きっと。

「オリンピックなんざ、どうなろうが知ったこっちゃないですけどね」

江見の感慨をよそに、譲は眉間に深いしわを寄せる。

「はっきり言って、ろくなもんじゃないですよ。令和」

断定的な物言いに、江見は譲を見返した。

「どういうこと？」

一瞬、肌がざわっと泡立つ。前村譲は見えるのだ。

「なんだかよく分かんないですけど」

地震、テロ、戦争……。恐ろしい言葉を予期して身構える江見の前で、譲が寝ぐせのついた髪をかきむしった。

ムービーカメラを持っていないほうの手で、おもむろに自分自身を指さす。

「来年の春頃、街を歩く人間、全員、俺みたいになってる気がする」

真っ黒なマスクで顔半分を覆い、ぼさぼさ頭で仁王立ちしている人相の悪い譲を、江見はまじまじと眺めた。

「しかもそれ、結構長引きますよ」

それは——。確かにろくでもない。

なんのことやら、さっぱり訳が分からないが。

「それでも……」

言いよどんだ後、譲は少し真剣な表情で呟く。

「俺たち、なんとかやっていくしかないんですよ」

今度の「俺たち」の中には、江見自身も含まれている気がした。

「そうだね」

どれだけろくでもないことが起きたとしても、なんとかやっていくしかないのだろう。譲も、自分も、他の皆も。

「なにがビューティフルハーモニーだか。大体、なんで元号なんてあるんですかね。それって単に、○○の時代って、ラベルを貼るのに便利なだけだったりして。うっとうしい」

譲が再び髪をかきむしる。

「でも……」

しばし考え込んでから、譲が顔を上げた。

「砂原さんは、自分が思っているようになりますよ」

ふいに告げられ、江見はハッと息を吞んだ。

遠くを見るような透明な眼差しを、譲がこちらに向けている。

「少し前から、ときどき、砂原さんが浮いて見えることがあったんです」

「周囲から浮いてるってことじゃなくて？」

恐る恐る聞き返せば、苦笑まじりに首を横に振られた。

「それは別に、最近始まった話じゃないでしょう。文字通り、浮かんで見えるんです。地上から十センチくらい」

〝砂原チーム長、最近……〟

以前、何度か譲から妙に思わせぶりな視線をぶつけられたことがあった。

散々眺めまわされた挙句、そう吐き捨てられたのだ。

〝やっぱ、分かんねえや〟

「あれ、よくよく考えたら、前にも見覚えがあったんですよ」

なにかを見透かすように、譲が眼を細めた。

「スタジオにきてる監督とか役者とか、テレビの中でも、ときどき地上から浮いて見える人がいるんです。実際に浮いてるわけじゃないでしょうけどね。俺にはそう見えるんです。で、一体なんなんだろうってずっと考えてたんですけど、この間、ようやく気づいたんですよ。そういう人たちって、皆、なんらかの転身を果たした人だって。それが前進なのか後退なのかはまた別の話ですけど、新しい場所にいったことだけは間違いないです。俺には、砂原さんがなにを考えているのかまでは分かんないですけど……」

譲がパッと眼を開く。今、譲の瞳には、あるがままの自分が映っているのだと感じた。

「砂原さんは、自分が思っている場所にいきますよ」

その瞬間、江見は強く背中を押された気がした。

厚い岩盤や氷の地表を突き破ってマグマが噴き出し、澄んだ虚空にぽーんと放り出されていく。

麗羅から誘われたときも、自然に断ることができた。ここへ戻ってくることは、もう二度とないだろう。

自分は自由浮遊惑星だ。

このまま、一人で新しい場所を目指して駆けていく。

「ありがとう」

気づくと、言葉がこぼれていた。

「いや、だから、別にお礼とか言われたいわけじゃ……って、えええええっ！」

譲が眼をむく。

「砂原さん、どうしちゃったんですかっ」

こぼれ落ちたのは、どうやら言葉だけではなかったようだ。

鼻の奥が痛くなり、視界がぼんやりと滲む。

「俺、明日死んだりしないよね、マジ、怖いわっ！」

慌てふためく譲の前で、江見はあふれる涙を指でぬぐった。人前で涙を流したのなんて、随分と久しぶりだ。

たとえ思った場所へいけたとしても、そこはゴールではなく、新たなスタート地点にすぎないだろう。その先には、茫洋とした暗闇が広がっているに違いない。

それでも江見は、譲の言葉が純粋に嬉しかった。

「さっさとふいてくださいよ。こんなところ、誰かに見られたら、大変ですよ」

「ごめん」

突き出されたティッシュを、礼を言って受け取る。

ティッシュで涙を押さえていると、譲がはーっと大きく溜め息をついた。

「どうして俺って、こんななんですかね」

「こんなって？」

「だから、こんなですよ。俺、精神世界(スピリチュアル)とかまったく興味ないのに、なんで、見えるんですかね。俺が持つと、機材まで反応するし」

「ちょっと、やめてよ！」

誰もいない廊下の隅に向けたカメラの画像に顔認証マークが浮かんでいるのを見せられて、江見はティッシュを放り投げそうになる。

「ここ、誰かいるの？」

「どこにでもいますって」

「やめてってば！」

すべての感傷が一気に吹き飛ぶほど、譲の日常は大変だ。

肩を落としている後輩を見るうちに、江見はだんだん同情を覚えてきた。

「まあ、結局私も同じかもね。どうして自分ってこんななんだろうって、よく思うもの」

「マジで？」

譲が疑わしげな視線を上げる。

「好きだった人とも、うまくいかなくなったしね」

「それって前の旦那さん？」

「そう」

「案外引きずるタイプなんですね。砂原さんて、もっとあっさりしてるのかと思ってた」

「そんなことない。いつだって、後悔と迷いで一杯だよ」

「似合いませんね」

「そう見えるのが、一番厄介なんだってば」

どこまでも懐疑的な譲の反応に、江見は首を横に振った。

「今回の退職のことも含めて、自分はどこかおかしいんじゃないかって何度も思ったけれど、もうあきらめた。仕方ないよ。それも含めて自分だから」

「自分……」

「そう。自分だもの。折り合いつけるしかないよ。ほかの誰かになりたいとか、自分が嫌いとか声高に言ってても、多分、なんにもなんないだろうし。割とたくさんの人が、どうして自分はこうなんだろうって悩みながら、毎日それなりにやり過ごしてるんじゃないのかな」

軌道を外れた自由浮遊惑星が、この銀河系の中だけで数千億個も存在しているのだと教えてくれた元夫の声が懐かしく耳の奥に響く。

「宇宙的な規模で考えたら、自分が自分でいられる時間なんて、ほんの一瞬の、そのまた一瞬の一瞬の一瞬でしかないんでしょうしね」

江見は薄暗い天井を見上げた。

「『サザンクロス』のラストに、女の子が主人公に、父親とも家族とも思えないけれど、同じ時間を過ごした仲間(カンパニー)だと思うって伝えるシーンがあったじゃない？　私はあの台詞に、結構救われたんだよね。自分でいられる時間が一瞬なら、その短い時間のこれまた貴重な一瞬を誰かと共有できただけで、御(おん)の字なんじゃないかなって」

「自分は一瞬、か……」

あらぬ方向を眺めながら、譲がぼそりと呟く。

「そう思うと、なんでも貴重に思えてこない？　カンパニーって、会社っていう意味もあるけど、共にパンを食べるっていうのが語源らしいよ」

共に（ＣＯＭ）パン（ＰＡＮＹ）を食べるで、ＣＯＭＰＡＮＹ。江見は空(くう)に指で文字を書いてみせた。

「ほとんどの会社は、共にパンを食うっていうより、内でも外でもパイの奪い合いみたいなことばっかりやってる感じですけどね」

譲の皮肉に、江見は苦笑する。

「それでも私は前村君と仕事ができて、よかったと思ってるよ」

そっぽを向いている譲に、江見は心から告げた。

「それに、今、すごく嬉しかった。今後、自分がどうするのか、はっきりとは分からないけど、背中を押してもらえた気がした」

一点を見つめていた譲の眼差しが、ふっと和らぐ。

「……俺も、嬉しかったですよ。十連休中に、砂原さんに呼び出されて」

「え？」

またしても、皮肉だろうか。

「電話したときは、激怒してるのかと思ったけど」

「そりゃあ、激怒してましたよ。でも嬉しかったのも事実です」

譲が江見に向き直った。

「俺、こんなだし、人づきあいも苦手だし、就職とかまじでヤバいって思って、一応、DTPとか勉強したんですよ。スキルがあれば、少しは有利かなって。で、一応、新卒入社はできたんですけど、上司はあのマナバヌのオッサンじゃないですか。こっちが頑張って身につけたスキルに気づこうともしないわけですよ」

マスク越しに譲がにやりと笑う。

「だけど、トラブルが起こったとき、砂原さんが真っ先に俺のことを思い出してくれた。俺のスキルを認めてる人がちゃんといるんだって、初めて思えましたよ。だから……」

一旦言葉を切って、譲は真っ直ぐに江見を見つめた。

「砂原さんの背中を押せたなら、俺、こんなでよかったです」

長い前髪に隠れそうな黒い瞳が、意外なほどに澄んでいる。

そのとき、廊下の奥からにぎやかな声がした。囲み取材が終わったのだ。

廊下に出てきたマスコミ関係者に令奈がプレス用の資料を渡し、由紀子がプレスバッジを回収している。視線を合わせることはないが、二人ともきちんと自分の任務を果たしている。

なんだか、以前の自分と由紀子を見ているみたいだ。

「うわ、面倒くさい二人が出てきた。砂原チーム長、しゃきっとしてくださいよ。いつもと違うところ見られたら、どんな憶測をされるか分かりませんよ」

譲が再び慌てふためく。

確かに、まったく違う意味で、憶測の激しい二人組だ。江見は譲から数歩離れた。

マスコミ陣を割って、ファンからもらった花束を抱えたカジノヒデキと、「ヒュッゲ」の厚手の紙袋を持った北野咲子が歩いてくる。なぜかそれを先導しているのは、葉山学だった。

「あれ、あのオッサン、今までどこにいたんだろう」

盛んにカジノヒデキに話しかけている学の姿に、譲がマスクで覆われた顔をしかめた。

「本当に調子だけはいいオッサンだよな」

吐き捨てるなり、カメラを構える。

「すみません、カジノさん。回していいですか」

カジノヒデキが気さくにオーケーサインを出した。

「葉山G長、邪魔なんでどいてください。あ、北野さんはそのままで」

学を追い払い、譲はカジノヒデキと咲子にレンズを向ける。

「砂原さん、お二人を物販コーナーまで誘導してください。『ヒュッゲ』の社長さんや、出版社の皆さんも撮りたいんで」

「了解」

江見はカメラの後ろに回り、咲子に向かって手招きした。咲子が微笑み、カジノヒデキと頷き合う。

「砂原さん、なにしてるんですか」

ファインダーを覗いたまま、譲が囁いてくる。

「カメラの前にいってください」

「え、だって……」

「いいから、画面に入ってください。砂原チーム長がこの企画の発起人でしょうが」

強く促され、江見は咲子たちのもとへいった。

「江見ちゃん、お疲れさまでした」

咲子にねぎらわれ、恐縮する。

「北野さんこそ、ありがとうございました」

一旦は断られたが、やはり咲子に登壇してもらえてよかった。

咲子は自分は陰に回りながら、カジノヒデキの率直な言葉を存分に引き出していた。現在、多くのミュージシャンが開催している「カフェライブ」のきっかけが、ミニシアターでのトークショーに起因しているのかもしれないという話は、当時のスタッフである江見にとっても、心を動かされるものがあった。

〝女性初〟や〝ママさん〟である以前に、北野咲子は根っからのプロデューサーだ。

ロビーに出ると、窓の向こうに渋谷の夜景が広がる。

かつて、ぼろぼろになった自分を受けとめてくれた街。大人たちが始めたバブルが崩壊した九〇年代に、この街を中心に、うたかたの夢のように若者たちのポップカルチャーが花開いた。

ネットに情報やレビューが散乱していない時代。誰もがトレジャーハンターだった。

失敗も多かったけれど、それも含めて遊び心として許される空気があった。

〇〇の時代とラベルを貼るのに便利なために元号があるのではないかと譲は言っていたが、映画や音楽や文学やファッション等のカルチャーこそが、元号以上にその人にとっての一つの時代（エポック）であるのかもしれない。

やがてロビーの奥に、物販コーナーの麗羅や成平の姿が見えてきた。

咲子とカジノヒデキが足を速めた。先を歩くカジノヒデキの脹脛（ふくらはぎ）の筋肉に、江見は変わらぬ姿を保つ人の隠された努力を見る。

いつの間にか江見の隣に令奈がいた。

令奈がきらきらとした瞳を向けてくる。その隣を追い払われたはずの葉山学が、学の後ろを仏頂面の由紀子が歩いている。

同じ画面に納まっている周囲の人たちを、江見は静かに見回した。

星の数だけたくさんの人がいて、たくさんの働き方と生き方がある。そこには正解も不正解もない。それぞれが選んだ方法でいくしかない。

星の悠久の時間に比べれば、一瞬に過ぎない束の間の時間を、私たちは共に駆けている。

ああ、そうか。

やっと一つの答えが江見の胸に落ちてくる。

いつか私は、これを書くのだろう。

映画という、闇の中で見る光からもらった数々の喜びや共感を。同じときを過ごしてくれた、仲間（カンパニー）のことを。互いに味わった楽しさと苦しさを。

身も心も疲れ果てた、かつての自分とよく似た誰かの潮目になるように。

文学部を出て、それなりにものを書く鍛錬はしてきたが、若い頃の自分には、書きたいものはなにもなかった。

社会に出て、挫折を味わい、一本の映画に出会い、導かれるようにして新しい世界へ飛び込んだ。そこで重ねたたくさんの出会いと経験が、空っぽだった自分の中に、熱いマグマを生んだのだ。振り返れば、苦しかった過去も、儘ならない思いも、暗闇の中に映し出される一齣に変わる。

きっと書く。私の届けたい物語。

江見は密かに心を決める。

待っていて。やがてたどり着く、薔薇色でろくでもない未来。

覚悟をして向かうから。

気づくと江見は、譲が覗くカメラを見つめ、大きく笑いかけていた。

謝辞

本作の準備にあたり、カジヒデキさん、竹田憲司さんにご協力をいただきました。この場をお借りして、心より御礼を申し上げます。

解説

松井ゆかり

老舗映画会社・銀都活劇（通称銀活）を舞台としたシリーズの第二作にあたる本書のタイトルは、『二十一時の渋谷で　キネマトグラフィカ』。銀活は東京の銀座（ほぼ新橋だが）にあるのでは？　と思われた方へ、これは現在ではなく一九九〇年代の渋谷を指しているという点にご注目いただきたい。

九〇年代の渋谷という街は、文化の発信地として強烈な魅力を放っていた。渋谷系ミュージシャンが奏でる音楽、ミニシアターで観る映画……。当時の空気感まで感じ取るのは難しいとしても、いまの若い世代にとっても魅力的に思えるであろうおしゃれな雰囲気に満ちていた。

物語はそんな九〇年代の渋谷ではなく、平成の次の新元号が発表された二〇一九年四月一日の新橋の風景から始まる。駅前広場の大型ビジョン前は、発表を待つ人々でごった返していた。職場へ向かう途中でその場に居合わせた本書の主人公の砂原江見は、銀活のビデオグラム事業グループでDVD宣伝チーム長を務めている。かつては日本の映画黄金期を支えた銀活も、大手IT企業資本の映像配信会社の傘下に入ることになり、業務が滞っていた。大型ビジョンに映し出された「令和」の文字を見て、江見は真っ先に「命令」という言葉を思い浮かべた。「和して命令を聞く」というイメージに背筋が寒くなる思いをしながら帰社したが、同じチームの三十代メンバーたちは元号の話題でもちきり。

令和フィーバーに乗れずにいた江見は、その日の夜たまたまカルチャー誌で最後の渋谷系とうたわれたミュージシャン・カジノヒデキの特集を目にし、ある記憶を呼び覚まされる。九〇年代末、江見はひとりで夜の街を歩いていた。子どもをほしくないと打ち明けたことが原因で元夫と口論になり、アパートを飛び出したのだ。身内からも反発され、当時の勤務先だったTV番組の制作プロダクションでのセクハラや嫌がらせもあり、心身ともにボロボロに。ふと気づけば、江見は渋谷にある映画館の前の行列に訳もわからず並んでいた。中に入ってまず観たものはカジノヒデキと女性プロデューサー・北野咲子によるトークショー。その後始まった映画『サザンクロス』が江見の運命を変えた。

『サザンクロス』は、子連れの英国人女性と結婚した日本人男性が、結婚直後に事故で妻を失い、残された十代の連れ子と共に、新婚旅行で訪れるはずだった日本最南端の島に南十字星を見にいくというロードムービーだ。旅の終わりに連れ子の少女の発した言葉が、江見の心のわだかまりを溶かした。翌月、たまたま見つけた『サザンクロス』の製作・配給をしていた銀活の求人に応募し現在に至る。
カジノの記事に触発された江見は『サザンクロス』を中心に過去作品のデジタルリマスターのブルーレイとDVDを再発売し、プロモーションの一環としてイベント上映を行う企画を思いつく。しかし、咲子の同期であり、現在はビデオグラム事業グループ長となった葉山学によって企画は即座に却下されてしまう。

学や咲子を含む六人は、入社年度にちなみ社内では「平成元年組」と呼ばれている。個性の異なる面々だったが、九二年には全国で〝フィルムリレー〟を行い、協力してトラブルを解決した（詳細は第一作『キネマトグラフィカ』を読んでほしい）。

「平成元年組」が三十代だった頃の活躍を見てきた江見からすると、宣伝チームの三十代メンバーの仕事ぶりは、信じられないほどのんびりしたものだ。九〇年代の三十代と彼らとで働き方が違うのは、システムの問題もある。例えば新卒採用がないことにより後輩ができない状態では、いつまでも新人意識が抜けづらい。その他に雇用形態や待遇の違いで現場が一枚岩にならないことなども、江見は問題視してきた（上司に進言したこともあったが、それがきっかけとなって実質的に左遷されてしまう）。

そんないまひとつまとまりに欠ける印象だった三十代メンバーたちをも惹きつけたのが、オリジナル性にあふれた九〇年代から二〇〇〇年代初期の銀活映画や優れたデザインのパンフレット類だった。買収される会社でモチベーションを維持することは難しいが、やりがいのある仕事に就ける喜びは何物にも代えがたいものだ。企画を成功させようと各々が自分の担当業務をしっかり行えるのは、チームとしては理想的といえる（否応なしに連携せざるを得なかった平成元年組とは、また事情が違う）。手応えの感じられる仕事を手がけた経験は、その後の人生に必ずやプラスになるだろう。

平成から令和へ――時代が変わっても、働く上での、そして人生での悩み事はつきないものだ。

「平成元年組」の女性総合職だった咲子と小笠原麗羅は、ともに銀活を去っていた。

息子の中学受験のために退職した咲子は、家族から家庭に入るのは当然と受け止められ、「お母さん」業を要求されることにもやもやする思いを拭えない。

二十代で課長に抜擢され、退職後は会社を経営する麗羅も、本人はあまり気に病んではいないとはいえ「せっかく美人なのに、そんなに料理がうまいのに、なぜ独り身なのか」と古い価値観を押しつけられてきた。

江見の部下の一人で、年号に自分の名前の漢字が使われていると喜ぶ若林令奈は、「呑気を自認」している。しかし彼女もまた家族からは結婚・出産をせっつかれ、稼ぎのいいイケメンと結婚すれば安定した将来が手に入るのではないかという気持ちもあり、自分をないがしろにする恋人との交際を続けてきた。仕事では、以前所属していた映画宣伝チームで同性からのマウンティングに悩まされる経験もしている。

その映画宣伝チームを牛耳るのが、江見が左遷された後でチーム長に昇格した野毛由紀子だ。自らを「組織における〝正義〟」とみなす由紀子は、社内でのふるまい方を見極める能力に長けている。世渡りの才覚に恵まれて「夫、子ども、家、仕事。自分には全部、そろっている」と思いながらも、人の顔色をうかがうことなく自分のやりたい仕事を手がける江見が鬱陶しくてしかたがない。

　妊娠・出産が可能なのは女性だけということは、しばしば問題を複雑にしている。〝女性なら結婚して子どもを産みたいと思うのが当然〟という社会通念は根強く、そうした生き方を望まない麗羅や江見のような女性は否定される。また、咲子のように自ら望んで出産したとしても、育児の責任が重くのしかかる。家庭より仕事を優先することも許容されづらい。

「そうはいっても、男だってつらいんだよ」というのは男性たちの本音だろう。「平成元年組」の中でいまでも銀活に在籍しているのは周囲とうまく付き合える学と仙道和也だ。優秀な麗羅でも課長止まりだったのに対し、ふたりはグループ長の地位に就いている。彼らが何もしないで出世してきたわけではないはずだし、その地位での努力を続けているはずだ。

　個人的に、男性の登場人物で特に印象的だったのは、軽佻浮薄なバブル時代の象徴のような存在として「マナバヌ」という異名をとる学だ。幼い頃から一貫して楽な方へ流れながら、古い体質の残る銀活を渡ってきた。そのマナバヌがなぜか頑なに江見の企画を通さずにいた、そして結局は翻意した複雑な心情については、ぜひ本文で確かめていただきたい。

現在の三十代メンバーは閉塞感を抱える世代として描かれているけれども、古い考え方から解放された人材が育ってきていることは頼もしい。江見のチームには、令奈の他に正社員の前村譲と契約社員の美濃部成平がいる。ふたりとも女性上司のもとで働くことに抵抗はないようだ。成平は〝自分はメンタルがあまり強くないので気楽に働ける部署がいい〟〝バリバリ働きたい妻との間に二人目の子どもができたら自分が子育てに専念してもいい〟と語り、「とても家庭のある男がいう台詞とは思えない」と由紀子を驚かせている。

著者の古内一絵さんは、働くことへの情熱や家族との関係を題材にした小説を多く手がけられ、困難に直面している登場人物たちを温かさをもって描かれてきた。自分がどんな風に生きていきたいか、どのように働きたいかは人それぞれ。女性だって自分の好きなように働いていていいし、男性だって女性をサポートする働き方をしてもいい。

そしてもうひとつ忘れてはならないのは、仕事は決してひとりではなし得ないということだ。「一本の映画が、人の潮目になることもある」とは江見の言葉だが、それに倣って言うならば、誰かとの出会いがその人の潮目になることもある。淡々と自分の業務をしてきた江見の、ラストシーンで抱く同僚たちへの思いが胸に迫る。たとえ会社はなくなっても、ともに働いた人々との日々はきっと将来の彼女を支えてくれるに違いない。

誰もが「自分が思っている場所」を目指して進んで行けるように、今の場所からまた一歩踏み出す勇気を、読者は古内作品から受け取ることができる。

本書は二〇二一年、小社より刊行された作品の文庫化です。

この作品はフィクションです。実在の人物及び団体とは一切関係がありません。

著者紹介 東京都生まれ。『銀色のマーメイド』で第5回ポプラ社小説大賞特別賞を受賞し、2011年デビュー。著書に〈マカン・マラン〉シリーズ、『風の向こうへ駆け抜けろ』『最高のアフタヌーンティーの作り方』『キネマトグラフィカ』『百年の子』などがある。

検印
廃止

二十一時の渋谷で
キネマトグラフィカ

2023年9月15日 初版

著 者 古内一絵（ふるうちかずえ）

発行所 （株）東京創元社
代表者 渋谷健太郎

162-0814/東京都新宿区新小川町1-5
電 話 03・3268・8231-営業部
03・3268・8204-編集部
URL http://www.tsogen.co.jp
DTP キャップス
晩印刷・本間製本

乱丁・落丁本は、ご面倒ですが小社までご送付ください。送料小社負担にてお取替えいたします。

ISBN978-4-488-80402-2 C0193